동아
COMMUNICATION
GROUP

동아
COMMUNICATION
GROUP

동아
COMMUNICATION
GROUP

동아
COMMUNICATION
GROUP

빙의로 최강요원

빙의로 최강 요원 5권

초판 1쇄 인쇄일 | 2022년 7월 22일
초판 1쇄 발행일 | 2022년 7월 28일

지은이 | 박현수
펴낸이 | 박성면
펴낸곳 | (주)동아

출판등록 | 제406-2007-000071호
주소 | 경기도 파주시 문발동 223-1 2층
전화 | (031)8071-5201
팩스 | (031)8071-5204
E-mail | lion6370@hanmail.net

정가 | 8,000원

ISBN 979-11-6302-596-2 (04810)
ISBN 979-11-6302-578-8 (Set)

빙의로
최강요원
박현수 현대판타지 장편 소설
DONG-A MODERN FANTASY STORY
동아
COMMUNICATION
GROUP

빙의로
최강요원

목차

빙의로
최강요원

1. 혹시 무협지 같은 거 본 적 있어요?

빙의로
최강요원

최강으로 인해 노출이 되어 폐쇄되었던 건물.

그곳 건물 안으로 자츠윈 청과 정이한이 들어섰다.

"그들이 먼저 와 있다고요?"

"네, 먼저 와서 조사를 하겠다고 했습니다. 그 검증 후에 의뢰를 받겠다고 하는군요."

전자기기의 자료들은 모두 날려 버렸지만, 시설은 그대로였다. 당장은 노출되어 못 쓰겠지만, 언제고 시간이 지난다면 다시 쓸 날이 올 것이라는 생각에 완전히 날려 버리진 않았다. 그런데 예전에 최강을 가두었던 곳에서 이상한 소리가 들려왔다.

"옴나나 스루 크라라……."

"옴나나 스루 크라라……."

기이한 주문을 외우는 그들을 정이한이 의문을 담아 쳐다봤다. 뭘 하는 걸까 궁금해서다.

그러기를 잠시, 의식을 마친 그들이 한 걸음씩 물러섰다. 곧 로브를 깊숙이 눌러쓴 그들 중 하나가 두 사람을 확인하며 천천히 다가왔다.

"검증을 마쳤습니다."

"그래, 어떻습니까?"

"공간을 어그러뜨린 흔적을 발견했습니다. 저희는 타세계의 기이한 힘이 작용했음이라 판단을 내렸습니다."

"그렇다면……!"

입가만 보이는 로브의 사내가 씨익 웃음 지었다.

"의뢰를 받아들이겠습니다."

헌터들과 헤어진 두 사람은 차를 타고 가며 대화를 나누었다.

정이한이 먼저 물었다.

"의뢰금이 50억이라. 꽤나 새군요."

"저희가 알아본 바에 의하면, 최강 그자는 결코 쉽게 없앨 수 있는 자가 아닙니다. 손에 꼽을 청부업자에게 시키더라도 어차피 그 금액은 주어야 할 겁니다."

"그렇기는 하죠……."

"거기에 저들이 말한 것처럼 그러한 신비한 능력까지 겸비했다면, 저들이 아니고서는 결코 없앨 수 없을 테죠."

"헌터들 말입니다. 준비를 철저히 해야 할 텐데요. 최강에 대한 정보는 건네줬습니까?"

"당연하고말고요. 그의 직업과 지닌 능력은 물론이거니와, 주거지와 사무실도 모두 알려 주었습니다."

"그렇군요."

자츠원 청이 슬쩍 정이한을 쳐다봤다. 그 표정에서 머뭇거림을 발견한 그는 다시 물었다.

"왜요. 뭐가 안 내키십니까?"

정이한은 씁쓸한 표정을 머금었다.

"잠깐이지만 한 배를 탔던 때가 떠올라서요. 정말 한 치 앞도 안 보이던 순간을 함께했었는데. 그 녀석 어머니가 해 주시는 밥도 참 맛있었습니다. 돌아가신 어머니와 어쩜 그리도 비슷했던지……."

최강을 향한 남달랐던 감정은 그의 어머니의 역할이 컸다. 상황만 나쁘지 않았다면 최강을 동생으로 삼고, 녀석의 어머니와도 가깝게 지내고 싶었다. 그만큼 애정이 깊었던 것이다.

언젠가 큰 힘을 얻게 되고, 발라스로부터도 안전해지면 다시 한번 찾아뵈려 했는데. 그러나 이제 그것도 끝이다. 최강을 죽이고 나면, 그의 어머니를 볼 면목이 없을 것이기에.

그것도 잠시, 자츠원 청이 그를 감상 쪽에서 끄집어냈다.

"한때의 감상으로 그냥 놔둘 일이 아닙니다."

"압니다. 발라스가 어떻게 변하건, 결국 우리와는 적이 될 테죠. 거기다가 최강이 발라스를 완전히 장악하는 날에는, 정말로 감당할 수 없는 조직이 되어 버릴 겁니다."

"잊으십시오. 당신은 골드 킹의 마스터입니다. 당신을 믿고 따르는 사람들을 생각하십시오."

"하핫, 이거 저를 너무 몰아붙이는 거 아닙니까? 어차피 하는 일이라면 즐겁게 합시다. 심각하다고 해서 달라질 운명도 아니지 않습니까?"

자츠원 청이 고개를 저었다.

"크흠, 위엄도 좀 갖춰야 아랫사람도 긴장을 하는 법인데."

"시대가 변했습니다. 무겁기만 한 제왕의 시대는 떠나보내자고요."

자츠원 청이 못마땅하게 그를 쳐다볼 때, 정이한은 창가를 통해 밖을 쳐다봤다.

'내 경고를 무시하지 마라, 최강. 곧 내가 날린 비수가 너를 향할 테니까…….'

* * *

띠딩~!

메시지가 날아왔다.

[회주의 요청으로 안건이 생긴 바, 원로위원 회의를 개최합니다. 일정은 3일 후, 28일 토요일 오후 1시가 되겠습니다.]

"3일 후란 말이지."

케라가 말했다.

-3일 후면 이 나라에 있는 발라스의 모든 명단을 손에 쥘 수 있겠구나.

"네. 변화의 시작인 거죠. 하지만 그 전에…… 제가 생각하던 부분도 실행할 때가 된 것 같네요."

-생각하던 거?

"누군가의 족쇄를 풀어 주려고요. 이젠 가족의 품으로 안심하고 돌아갈 수 있도록."

그날 점심에 나는 이진석 실장을 만났다. 그는 나의 식사 제의에 의외라는 얼굴로 자리에 나왔다.

"낮부터 회는 별로일까?"

"아뇨. 좋아합니다."

"다행이군."

꽤나 평정심을 유지하는 듯 보였다. 그렇지만 나의 의도가 무엇인지 많이 궁금할 것이다.

일전에 김종기 의원과 나의 모습을 보았으면 어느 정도 분위기는 파악했을 터. 거기다가 강마석 회장까지 만났으면 이미 대세가 나의 흐름대로 흐른다는 것 정도는 충분히 짐작하고 있을 것이다.

"혹시 내가 말을 놓는 게 불편한 건 아니지?"

"그럴 리가요. 원로위원이신데. 당연합니다."

"그럼 일단 식사부터 하지."

회 몇 점이 입속으로 들어가는 순간, 즐거움이 가득한 소리가 머리를 가득 울렸다.

-역시 이 식감은 최고로구나! 씹을수록 담백한 맛이 입 안 가득 퍼지는 이 느낌! 캬아!

이렇듯, 점심의 메뉴 선정에는 케라의 강력한 의지가 반영되었다. 곧 죽어도 점심은 회로 먹겠다는데 어쩔 수가 없었다. 이번엔 제라로 바도 한 발 물러섰기에 손쉽게 내려진 결정이다.

대신 저녁엔 할 수 없이 튀김을 먹어야 한다. 이것은 둘 사이의 거래였다. 저녁엔 정말 따뜻한 찌개가 포함된 한식을 먹고 싶었는데……. 갈수록 내 의견은 무시당하는 것 같아 나름의 고충도 이만저만이 아니다.

"뭔가 하실 말씀이 있으셨던 거 아닙니까?"

상념에서 벗어난 나는 그를 보았다.

"아직도 정이한을 쫓고 있나?"

"그거야…… 저희 발라스의 배신자니까요."

"그거 이제 그만해도 돼."

역시나 그의 얼굴에 표정의 변화가 생겼다.

"배신자를 그냥 놔두란 말씀이십니까?"

"정이한은 곧 따로 처리할 일이 생길 거야."

"음, 그렇게 말씀하신다면……. 네, 알겠습니다."

"그리고 신정환에 관해서도 더는 관여하지 마."

그가 살짝 표정을 굳혔다. 무슨 뜬금없는 소리냐는 얼굴이다.

"신정환은 이미 죽었지 않습니까? 처리에 대한 보고까지 받았습니다만.”

“내가 다시 살려 냈어.”

“네? 살려 냈다니, 그게 무슨……!”

“이유는 묻지 마. 말해도 이해 못 해. 어쨌거나 이제 신정환은 내 사람이야. 그러니까 행여 모습을 드러내더라도 절대로 건드리지 마. 알아들었어?”

“정말로 신정환이 살아 있단 말입니까?”

“곧 외부로 모습을 드러낼 거니까 알고 있으라고. 3일 후에 열리는 회의에서도 신정환의 면책에 관해 제안할 생각이야.”

이진석이 눈살을 찌푸렸다.

“쉽게 통과되지 않을 텐데요?”

“훗, 아마 전원 만장일치일 걸?”

“그걸 확신하신다고요?”

나는 쥐고 있던 젓가락은 탁 소리를 내며 내려놓았다.

“김종기를 만난 직후에 강마석 회장을 만났다지?”

“아, 네. 그냥 인사차…….”

“그냥 인사차는 아니잖아. 안 그래?”

“무슨 말씀이신지 잘 모르겠습니다만.”

어쭈, 잡아땐다 이거지?

“당신도 나름 뒤에서 애쓰고 있다는 거 알아. 여기저기 비위를 맞추다가 신우범 원장에게 붙었는데, 그거 때문에 김종기한테 미움을 산 거잖아. 아무리 그래도 행동이 경솔했어. 아무리 끝장난 것처럼 보인다 해도 당신 위치에선 그 어떤 원로위원도 적으로 둬서는 안 되는데 말이야."

"음……."

"강마석을 만난 건, 김종기 회주를 갈아치우려는 목적이었나?"

"……!"

이진석이 크게 당황하며 답했다.

"그런 거 아닙니다! 괜한 의문으로 사람 곤란하게 하지 말아 주십시오."

퍽이나 아니겠다. 강마석을 만나서 한 얘기까지 내가 다 들었는데.

"경고해 두는데, 뒤에서 계략 같은 거 꾸미지 마. 앞으로 발라스는 변할 거야. 그 과정에서 행여 방해가 되는 움직임이 보인다면, 어떻게 될지 감이 잡히지?"

"음……."

"잘만 따라오면 지금의 생활에서 바뀔 건 없을 거야. 처음엔 조금 어색해도 익숙해지면 보람도 느낄 거고. 그러니까 기다리고, 변화에 따라."

충분히 배도 채웠겠다, 뜻도 전달했겠다, 나는 먼저 일어났다.

"그럼 먼저 일어나지. 아, 나 신경 쓰지 마. 마저 먹고 일어나도 돼."

* * *

이진석은 차를 타고 이동하며 깊은 생각에 빠졌다. 그러기를 얼마 답답한 마음에 운전을 하고 있는 양충열에게 말했다.

"차 좀 세우자."

"네? 여기서요?"

"어."

다리 위에서 내린 이진석은 넓은 한강을 보며 크게 소리쳤다.

"뭐야, 씨팔 진짜-! 아우우우우-!"

소리라도 지르고 나니 좀 후련해진다.

답답함을 걷어내니 머리도 빠르게 굴러갔다.

"배신자가 살아 있는데, 그 배신자의 면책이 만장일치로 통과된다고? 저 자신감은 대체 어디서 나오는 거야? 발라스가 언제 배신자를 용서한 적이 있었나?"

없었다. 억울하게 뒤집어썼다고 해도 분란을 잠재우기 위해서라도 제거를 하는 게 발라스의 냉정한 방침이었다. 그래야 의심을 받을 행위 자체를 하지 않을 테니까.

그런데 최강은 그를 면책시킬 거라고 했다. 그것도 만장일치로.

"어쨌든 두고 보자고. 정말로 만장일치가 나오나."

그렇지만 정말 이해가 안 가는 게 하나 있었다.

"근데 신정환 그 새끼는 대체 어떻게 살아 있는 거야? VX를 맞고 쓰러졌으면 이미 중추신경 자체가 완전히 망가졌을 텐데. 그걸 살려 냈다고?"

최강의 주변에서는 계속해서 이해할 수 없는 일들이 일어났다.

거기다가 모두가 그에게 굽실거리는 상황. 마치 발라스 전체가 최강에게 장악되어버린 것처럼 느껴지는 것은 왜일까. 발라스는 그런 권력 구조가 아닌데 말이다.

"발라스를 변화시키겠단 말은 또 뭔지……. 정말 하나도 모르겠군. 후우……."

* * *

3일간 건물 구매는 물론, 회사 창립 업무까지 무척 바쁜 나날을 보냈다. 그리고 원로회의에서 원하던 대로 만장일치로 두 가지 안건을 모두 통과시켰다.

"이것으로 회주님과 최강 원로위원님의 안건이 통과되었음을 공표합니다."

땅! 땅! 땅!

통과 직후 다른 원로위원들이 나를 두려워하는 시선으로 보는 게 느껴졌다. 그럴 만도 했다. 회의가 있기 전, 그들 몇이 나의 방문을 받았기 때문이다.

"몇 사람 추가 방문을 한 보람이 있네요."

-이제 발라스 내에서 너의 뜻을 거스를 수 있는 자는 아무도 없겠구나.

"그만큼 겁을 줬는데, 제정신이 아니고서야 그러기는 어렵죠."

강마석 회장은 물론 몇몇 원로위원들이 나에게 정중히 인사를 하는 가운데, 나는 회의장을 빠져나왔다. 그리고 곧장 신정환을 만나러 갔다. 그는 여전히 처음 사무실로 얻었던 장소를 본거지로 삼고 있었고, 나의 방문을 무척 반겼다.

"어서 와, 최강. 하는 일은 잘되어 가고 있어?"

"더할 나위 없이 순조롭죠."

"근데 오늘은 또 어쩐 일이야? 내가 일 제대로 하고 있나, 그거 살피러 왔나?"

"이제 본격적으로 외부에 모습을 드러낼 때가 된 것 같아서요. 오늘은 시간 좀 내주셔야 할 것 같은데. 저 좀 따라오시죠."

"뭐야, 불안하게? 따라갔다가 나 어디 다치는 거 아니지?"

"그럴 일 없을 테니까 안심하고 따라오세요."

발라스로부터 배신자 낙인이 찍힌 그는 웬만한 변장을 갖추기 전까지는 외부로 돌아다니는 일이 없었다.

아니나 다를까, 이번에도 역시 모자에 안경에 수염까지 붙이고는 밖으로 나왔다. 차를 타고 가는 내내 나는 그를 보며 웃었다.

"하하! 답답하지도 않아요? 좀 벗죠?"

내가 모자를 벗기려고 하자 그가 격하게 저항했다.

"안 돼, 그러다가 들키면 어쩌라고. 이게 다 내 목숨 줄이라고."

"정말 안 벗을 거예요?"

"안 된다니까 그러네."

"그럼 어디 언제까지 안 벗나 봅시다."

나는 그를 데리고 어느 빌딩으로 데려갔다.

이미 간판까지 달린 건물에 그가 무척 의아해했다.

"뭐야, 여긴? 우신경비보안?"

"일단 들어갑시다."

내부에선 한창 인테리어가 진행 중이었다.

"공사가 끝나려면 아직 보름 정도는 더 걸릴 겁니다."

"설마 지금 이걸 설립한 게 너라고?"

"아뇨."

"그럼 누가 사장인데?"

엘리베이터를 타고 올라가자 말끔한 복도가 나왔다.

나는 그를 데리고 대표 사무실로 들어갔다. 근사하게 꾸며진 대표 사무실을 쭉 둘러보던 신정환은 책상 앞에 놓인 명패를 보는가 싶더니 깜짝 놀랐다.

[대표 신정환]

그곳에 자신의 이름이 쓰여 있어서였다.

"지금 내 이름으로 회사를 차렸다고? 야, 너 미쳤어? 이걸 발라스가 알게 되는 날에는……!"

"오늘 신정환 당신에 대한 면책을 안건에 올렸습니다. 그리고 방금 전에 통과되었죠."

"뭐?"

"이제 신정환은 더 이상 발라스의 배신자도, 추적당할 이유도 없다는 겁니다."

"말도 안 돼……. 그게 정말이야? 지금 장난치는 거지? 그렇지?"

나는 시계를 보았다. 이쯤에 이곳에서 만나기로 한 사람들이 있어서다.

"올 때가 되었는데……."

때마침 그때, 문밖에서 노크 소리가 들려왔다.

똑똑똑.

"네, 들어오세요."

누가 또 오나 싶어 문을 바라보는 신정환. 들어선 사람을 보며 신정환의 얼굴이 놀라움과 기쁨으로 번졌다.

중년 여인과 어린아이. 바로 신정환의 부인인 이소라와 딸인 신아빈이 그 주인공이었기 때문이다.

"여, 여보……. 아빈아……!"

"여보?"

"아빠다!"

신아빈은 신정환의 분장에 잠시 살피는 듯했지만, 금방 아빠란 걸 알아보고 달려들었다. 딸을 번쩍 안아 든 신정환은 감격하며 물었다.

"아빈아, 여긴 어떻게 알고 온 거야?"

"어떤 사람이 와서 그랬거든. 아빠가 회사를 차렸다고. 아빠가 엄청 큰 보안회사의 사장이 되었다고."

신정환이 놀란 시선으로 나를 쳐다봤다.

뭘 또 그렇게 쳐다보고 말이야. 사람 부끄럽게.

그사이 부인인 이소라도 신정환에게 다가왔다.

"여보, 이게 다 어떻게 된 일이에요. 갑자기 회사를 차렸다는 말을 듣고 얼마나 놀랐는지 몰라요."

"어…… 그게. 그렇게 됐어."

"그럼 이제 더는 몸을 피해 다니지 않아도 되는 거예요? 이제 괜찮아진 거예요?"

나는 잠시 가족 상봉을 하라고 자리를 피해 주었다.

그런데 시간을 주고자 밖으로 나와 창 넓은 곳에 서서 기다리는데, 신정환이 나를 찾아왔다.

"왜 나와요, 할 얘기도 많을 텐데."

그는 살짝 머뭇거리는 것 같더니 눈물을 글썽이며 다가와 내 손을 붙잡았다.

"고마워……."

"훗, 뭘요……."

그런데 갑자기 그가 눈물을 펑펑 쏟아내기 시작했다.

"허흐흐흑! 정말 고마워…… 크흐흐흑!"

"아이, 뭐야……. 지금 울어요?"

"너무 고마워서…… 허흐흐흑! 정말 너무 고마워서…… 허흐흐흑!"

"뭐야…… 좋으라고 준비했더니만. 음음."

그의 눈물을 보고 나니 괜히 나까지 울컥한다.

그래, 악연이었던 사람에게 해 주는 일치고는 정말 큰 은혜겠지. 그렇지만 이제 그는 내 사람이다. 앞으로 그는 내 손과 발이 되어 주고, 내 눈이 되어 주며 나를 돕게 될 것이다. 이것은 바쁘고 고생길이 열려 있을 그에게 주는 일종의 뇌물이었다.

"이제 더는 도망쳐다니지 않아도 됩니다. 가족들과도 함께 지내도 돼요. 그러니까 안심하고, 앞으로는 마음 놓고 편히 살아요."

"꺼흐흐흑, 내가 앞으로…… 네가 시키는 건 다 할게. 이 은혜…… 평생 다 갚고 살아갈게…… 정말 고마워…… 허흐흐흑!"

그러면서 안겨드는데 거부감이 들어 몸이 굳어졌다.

"어어, 점점……! 하하하, 참……."

"허흐흐흑! 정말 잘할게……. 내가 진짜 잘할게……."

"그래요. 정말 잘해야 합니다. 나 같은 사람이 어디에 있습니까? 죽이려고 했던 사람한테 이렇게까지 해 주는데."

"아유, 그 지난 일을 왜 또……."

나는 그와 떨어져서는 환하게 웃었다.

"오늘은 해방의 날이니까, 그 거추장스러운 수염도 좀 떼고. 가족들하고 외식 좀 해요. 다 함께 좋은 시간도 보내고. 가족들 기다리겠다, 얼른 가 보세요."

"어, 그래. 내가 연락할게."

"네."

나는 그들 가족이 함께 나가는 걸 흐뭇하게 바라봤다.

신아빈이 나를 발견했는지 손을 마구 흔들었다.

"어! 최강 오빠다! 아빠, 그거 알아? 저 오빠야. 저 오빠가 나 고쳐준 오빠야."

"어? 아……. 그래."

신정환의 부인은 영문을 몰라 했다.

"그게 무슨 말이야, 아빈아? 너를 고쳐 준 게 최강 씨라니?"

신정환이 그녀를 이끌었다.

"내가 차차 설명해 줄게. 일단 가자고……. 해 주고 싶은 말들이 너무 많으니까……."

나는 아빈이에게 손을 마주 흔들어 주며 웃어 주었다.

"아~ 오늘 아주 봉사 제대로 했네."

-이 정도까지 했으면 저자의 충성심은 더는 의심할 필요가 없겠구나.

"기분도 좋은데, 저도 오늘 하루는 데이트나 실컷 할랍니다. 소현 씨가 뭘 하고 있을까. 후훗."

나는 모두가 두려움에서 벗어나 안심하고 살 수 있는 세상을 만들 것이다.

신정환의 일은 그 시작에 불과했다.

앞으로의 모든 일들이 오늘 같은 뿌듯함으로 돌아온다면 정말 행복할 것 같은데.

아무튼 더 힘내 보자! 아자!

* * *

명단을 받은 나는 곧장 그것을 신정환에게 건넸다.

"휴, 그 누구도 볼 수 없었던 판도라의 상자. 이걸 내가 보게 될 줄은 몰랐군."

"긴장됩니까?"

"되지, 당연히. 만약 내가 이걸 보고 있다는 걸 발라스의 누구라도 알면 당장에 나를 제거하려고 들걸?"

"그런 짓, 다시는 못 하게 만들어야죠."

명단을 살펴보던 신정환의 표정이 놀라움으로 굳어졌다.

"허, 진짜 이렇게나 많다고?"

"왜요, 얼마나 되는데요."

"이 나라에만 10만 3천 명."

"진짜요?"

가서 확인해 보니 명단의 끝 셀에 정확히 그 숫자가 적혀 있었다.

"많을 거라고는 예상했지만, 진짜 어마어마하군요."

"아마 연기자들도 포함일 거야."

"연기자?"

"가짜 가족을 이루고 사는 요원들도 있거든. 임무의 특성 상, 여러 가지 이유로."

"정말입니까?"

신정환이 예를 보여 주고자 스크롤을 만졌다.

"그 경우를 보여 주려면……."

그런데 그러던 중 커서가 한 곳에서 멈췄다. 지워진 일부 명단을 발견했는데, 황당하게도 그 명단 위로 김종기의 이름이 있는 거였다.

"뭐야, 김종기 의원의 가족들이 연기자들이었어?"

김종기 의원의 가족들? 정이한이 모조리 죽인 그들?

"헐! 그때 죽은 사람들이 발라스에서 심은 연기자들이었다고요? 진짜 가족이 아니고?"

"와, 그의 밑에 있었지만, 나도 이건 몰랐는데……. 아무리 서로를 모르게 만드는 게 시스템의 강점이라고 하지만, 무섭다. 무서워……."

정말 발라스가 조직 운영의 신세계를 만들어 놨구나 하는 걸 알 수 있었다. 이런 구조를 완벽하게 제어하는 각 원로위원들의 비서들이 더 대단하다고 해야 할까.

"아무튼 하나하나 감시할 수 있도록 해 줘요."

"야, 이 많은 사람들을 무슨 수로? 우리 인원이 부족해서 안 돼."

"후우, 그렇지……. 그럼 연기자들 빼고, 각 원로위원의 밑으로 있는 중책들과 살해 지령을 받는 전문 요원들만. 그 정도는 되죠?"

"흠, 해 볼게."

그래, 일단은 이 정도만으로 만족하자.

고작 몇백으로 십만이 넘는 인원을 관리하기란 무리니까.

"우신에 대한 사업 진행은 어떻게 되어 갑니까?"

"일단 홍보 전문 업체에 맡겨 뒀어. 홍보가 되어야 사업도 계약이 들어올 테니까."

"가격은 낮추고, 퀄리티는 최상이어야 합니다. 그 어떤 보안회사

보다도 우수해야 해요."

"안 그래도 그렇게 얘기해 뒀어. 그쪽에서는 그 가격으로 남는 게 있겠냐고 하는데, 그냥 진행해 달라고 했지."

"우신의 첫 번째 목적은 다른 보안회사를 밀어내고 대한민국 전역의 보안 시장을 장악하는 겁니다. 어디든 우신의 보안이 설치되어 있으면서도, 그것을 통해 빠짐없는 감시가 가능해야 해요. 그 어떤 계략이나 범죄도 사전에 전부 알아낼 수 있도록."

"이 우신이 대한민국 정보의 중심이 되겠군."

"우신은 모르는 것이 존재해서는 안 됩니다. 잘할 수 있죠?"

"그렇게 힘을 실어 주는데 못 하면 내가 무능한 거겠지. 걱정 마. 어떻게든 해낼 테니까."

"훗, 그럼 믿고 가겠습니다."

* * *

이진석은 자신의 거처에 앉아 황당한 표정을 머금었다.

"정말로 신정환의 면책이 통과되었다고? 최강의 말처럼? 황당하군."

"그 외에 회주가 제안한 안건이 하나 더 있다고 하는데, 거기까지는 알아내지 못했습니다."

이진석은 술잔을 가만히 쳐다보더니 양충열에게 물었다.

"충열아, 너는 어떻게 생각하냐?"

"뭐가 말입니까?"

"최강, 이놈에 대해서 말이다."

"원로위원이시니 저희가 어찌할 수 있는 분은 아니라고 생각합니다."

"그렇기는 하지. 근데 난 말이다. 어쩐지 이 최강이란 존재가 발라스에 위협이 된다고 생각하거든. 무슨 방법으로 면책을 만장일치로 받아냈는지는 몰라도, 발라스라면 그러면 안 되는 거거든. 안 그러냐?"

"뭔가 이상하게 굴러가는 것 같기는 합니다."

이진석이 씨익 웃었다.

"비록 내가 밑바닥에서 굴러먹긴 해도, 이 발라스에선 나름의 조율자라고 생각했었는데. 후후, 최강이 나서니까 그냥 뼈다귀나 던져 주면 받아먹어야 하는 그런 신세로 전락했지 뭐냐. 이거 이렇게 놔둬서 되겠냐?"

"회주인 김종기 의원도 최강을 따르는 것처럼 보였다면서요? 괜히 잘못 건드렸다간 실장님만 다칠까 봐 우려됩니다."

"당연히 내가 직접 움직여서는 안 되지. 그렇지만 이 발라스라는 조직이 아시아에만 있는 게 아니거든. 자, 유럽 쪽에서 이쪽 의회가 이따위로 굴러가고 있다는 걸 안다고 치자. 가만히 있겠냐?"

"설마……."

"후훗, 조용히 흘려 보자고. 이쪽 사정을. 그럼 그쪽에서 알아서 움직여 주겠지."

* * *

나는 최소현과 서로를 노려보고 있었다. 그녀는 칼을 볼까지 가져다 댄 채로 나의 틈을 노렸다.

휘익!

그런 그녀가 빠르게 움직였다. 자세를 낮추고 달려드는 속도가 수준급이다.

챙!

우린 서로 자리를 바꾸며 약점을 파고들었다.

챙! 챙! 챙!

최소현은 배운 대로 칼에만 집중하지 않았다. 이따금씩 다른 손으로 낚아 잡으려고도 하고 다리도 걸어 왔다.

챙! 챙!

칼의 부딪침을 맹렬했다.

비록 날이 없는 칼이라지만, 찍혔을 땐 심하게 다칠 만큼의 격렬함이 있었다.

서로를 잡아끌고, 베고 사정없이 찔러 댔다.

내가 속도를 높이자 나의 칼이 그녀의 손목에 이어 어깨와 가슴을 훑고 지나갔다.

"아으! 거긴 미안……."

"이 씨……!"

비록 칼로 그런 거라지만, 가슴을 한 번 쳐다본 그녀가 눈을 부릅떴다.

최소현은 정말 승부욕 하나만큼은 보통이 아니었다. 한 번 당하자 눈이 뒤집혀서는 달려들기 시작했다.

그렇지만 이건 훈련이다. 결코 봐줄 생각이 없고, 그래서도 안 된다.

더욱 매워지긴 했지만, 그렇다고 냉정까지 잃진 않은 그녀.

우린 한참 뒤에야 서로 주저앉아 거친 호흡을 내뱉었다.

"하아! 하아! 정말 이렇게나 늘었는데, 어떻게 한 번을 못 이기지? 아우, 분해."

"하핫, 이거 보세요, 최소현 씨. 몇 달 전의 나라고 생각하면 곤란합니다. 저도 성장이란 걸 하고 있거든요."

사실이다. 그동안도 매일같이 케라가 나의 몸을 단련시킨다. 그거 말고도 틈틈이 케라에게 훈련을 받는 나다.

훨씬 더 엄한 사부의 가르침으로 훈련을 받고 있는 나인데, 내가 최소현의 성장 속도보다 느리다는 건 말이 안 된다.

"좀 기다려 주면 안 되나?"

"에이, 다른 건 몰라도 그건 안 되죠. 내가 더 성장을 해야, 우리 소현 씨도 더 많이 가르쳐 줄 수 있는 건데."

그때, 케라가 말해 왔다.

-정말 몇 달 사이에 많이 늘기는 했다. 내 밑에 있던 놈들 중에서도 이 정도 성장 속도는 쉽게 찾아보기 힘들어.

최소현의 운동 신경이 그만큼 놀랍다는 뜻이다.

여자임에도 불구하고 칼 다루는 습득력은 웬만한 남자보다도 뛰어났다.

"힘만 좀 더 늘릴 수 있으면 정말 최고일 텐데."

최소현은 고개를 젓고 손사래를 쳤다.

"여기서 근력 운동까지? 안 돼, 안 돼. 그건 사양할게요."

"그건 나도 사양이네요."

"뭐야, 최강 씨는 왜요?"

"여자가 근력 운동이 과해지면 몸매가 안 예뻐지잖아요. 물론, 적당한 탄력은 섹시함을 더하겠지만, 여기서 전투력을 올리기 위한 근력이란, 그 이상을 요구하니까."

최소현이 양팔로 몸을 가렸다.

"뭐야, 이 남자? 그럼 지금까지 내 몸매나 관찰해 왔다는 거예요?"

"아, 아니. 그런 게 아니라……! 그래도 이왕이면, 나는 호리호리한 여자가 좋아서……. 음음."

"칫, 자기 취향 하나는 확실하게도 밝히네. 이거 어디 무서워서 살이나 찌우겠어요?"

나는 그녀에게 다가가 입술에 입을 맞췄다.

쪽.

"뭐예요, 갑자기? 여기서 이러다가 누가 보면 어쩌려고?"

"살찔 것 같으면 내가 더 열심히 훈련시켜 줄게요. 그럼 살찔 겨를이 있을까?"

"치, 뭐야……. 결국 나만 계속 개고생하라는 거잖아."

"함께 노력하자는 거죠. 소현 씨도 내가 뚱뚱보 돼지가 됐으면 좋겠어요?"

"그거 살찐 사람들 비하인 건 알아요?"

"우리 서로 객관적으로 생각해 보자는 거죠. 이왕이면 적당한 몸매에 탄탄한 몸을 선호하는 게 대부분 사람들의 심리니까."

훈련에 대한 얘기가 나와서일까, 둘이 함께 있을 때에는 웬만해서는 끼어드는 법이 없는 케라가 다시 말해 왔다.

-힘에 관한 부분이 부족하다면, 혹시 카우라를 가르쳐 봄이 어떠냐?

카우라?

나는 혼잣말을 하듯 물었다.

"그걸 할 수 있으려나……."

-혼자서 생성하고 구색을 갖추려면 어려울 테지만, 너의 몸을 통해 내가 돕는다면 보다 빠르게 기본을 만들 수 있다.

정말? 그게 가능하다고?

-이만하면 충분한 능력도 갖추었겠다. 카우라를 배우기에는 적기라고 본다.

그렇다는데, 안 할 이유가 없지. 해서 나는 최소현에게 물었다.

"소현 씨. 혹시 말이에요. 힘을 키울 수 있는 다른 방법이 있다고 한다면, 해 볼 의향이 있어요?"

"다른 방법?"

"그러니까 이걸 어떻게 설명해야 하나……. 우리는 보통 하루를 지내다 보면 남는 에너지가 존재하는데…….”

뭐라고 말을 하려고 하니 설명하기가 참 어렵다.

그래서 나는 간단한 예를 제시했다.

“아, 혹시 무협지 같은 거 본 적 있어요?”

“네. 어려서 친구들이 책방에서 빌려오는 걸 몇 번.”

“그럼 거기서 내공이란 게 어떤 역할을 하는지는 알고 있겠네요?”

“에이, 무협지에서 내공 빠지면 무협지인가요?”

좋아. 그걸 안다면 설명이 쉽지.

“그런 것과 비슷한 겁니다. 몸 내부에 내공을 만들어 필요할 때 폭발시켜 더 큰 힘을 낼 수 있는 거죠.”

최소현의 눈이 동그랗게 커졌다.

“진짜? 정말 그런 게 가능하다고요?”

“지난번, 핵탄두 경매 때 본 적 있죠? 추격당할 때, 내가 여기저기 차들 넘나들었던 거.”

“네. 그땐 진짜 사람이 어떻게 저런 움직임을 보일 수 있나 했었는데…….”

“카우라를 배우면 그런 게 가능해집니다. 힘과 신체 능력만이 아니라, 뼈와 피부까지도 모든 게 강해지죠. 한번 배워 볼래요?”

그녀가 나를 째려보더니 팔을 찰싹 때렸다.

짝!

“아야.”

“그런 게 있으면 진즉 알려 주지 왜 이제야 알려 주는 거예요?

어떻게 하는 건데요. 빨리 해 봐요."

이 여자, 또 이런 쪽에선 욕심이 많아가지고. 아무튼 나는 케라에게 몸을 맡겼다. 카우라를 전수하는 특별한 방법에 관해서는 나는 아는 바가 없기 때문이다.

곧 우리는 마주 보고 앉았고, 나의 두 손이 그녀의 두 손을 붙잡았다.

"눈을 감고, 생각을 지우고 몸 내면에서 느껴지는 힘에 집중해라."

"뭐야……. 말투까지 변하고?"

"어허."

"알았어요. 하면 되잖아."

미안합니다, 소현 씨. 이건 내가 하는 말이 아니라서.

아무튼 내 몸에서 카우라의 힘이 손끝으로 빠져나가 최소현에게로 전달되는 것 같았다. 기이하게도 그 힘은 뱀처럼 스며들어 가 그녀의 몸 곳곳을 누비다가 가슴 중앙에 똬리를 틀고 자리를 잡았다. 꼭 기생충을 건네준 느낌이랄까?

설명이 좀 이상한가?

아무튼 케라에 의해 그 힘을 다루는 방법이 전달되었고, 우리는 한참을 그러고 있으면서 최소현이 카우라를 다루기 전까지 반복했다.

* * *

퇴근길. 최소현은 뭔가 불편해하면서도 이질적인 느낌인지 어색한 표정을 지어 보였다.

"뭔가 되게 이상하다. 꼭 가슴 속에 아기를 품은 느낌이에요."

길을 지나던 사람들이 우리를 쳐다봤다.

그래, 이상하게 들릴 만도 하다.

"소현 씨? 다른 사람이 들으면 오해합니다. 그러니까 웬만하면 좀 작게."

"호호! 그러네! 누가 들으면 우리 사이에 아기가 생긴 줄 알겠다. 킥킥!"

그녀는 웃고 넘겼지만, 나는 그 말을 들으며 상상을 해 보았다.

그녀와 나 사이에서 아이가 생긴다? 크큭, 생각만 해도 행복해진다. 솔직히 이 정도 만나 왔으면 관계의 발전이 있어도 충분할 것 같긴 한데.

아무튼 기회가 생겼을 때 적당한 분위기를 잡아 보도록 하자.

"아! 이거 어쩌죠? 나 핸드폰 놔두고 왔는데."

우린 술을 한잔할 생각으로 차를 놔두고 온 상황이었다.

그래서 자주 가던 술집으로 가던 길이었는데, 그녀가 핸드폰을 두고 왔단다.

"그럼 같이 가지러 가요."

"에이, 아니에요. 내가 얼른 뛰어갔다가 올게요. 먼저 가 있어요."

후다닥 뛰어가는 그녀. 먼저 가 있기는 좀 그렇고, 잠깐 사람 구경이나 하며 여기서 기다리자 싶었다.

퇴근길, 사람들은 무척 많았다. 나는 그 각양각색의 사람들을 하나하나 훑어보며 주변을 두리번거렸다.

그런데 바로 그때였다. 어느 순간부터인가, 마치 갑자기 나타난 것처럼 이상한 복장의 사내가 내 앞에 서서 나를 보고 있었다.

검은 후드를 깊게 눌러쓰고 녹색 휘장을 두른 사내.

거기다가 기이하게 생긴 지팡이까지 쥐고 있었다.

"할로윈도 아닌데 왜 저런 복장이래. 어디 행사라도 가나……."

그런데 그가 나를 보더니 씩 웃는다.

그 미소는 꽤나 소름 끼치는 것이었다.

나는 본능적으로 눈앞에 있는 사내의 목적이 나임을 깨달았다.

그렇지 않고서야 이렇게 빤히 서서 가만히 있지도, 저런 미소를 머금지도 않을 테니까.

"뭐죠? 저 아십니까?"

그가 어눌한 한국말로 말해 왔다.

"당신이 최강인가?"

나는 가슴 속에서 올라오는 긴장감을 느끼며 그를 쏘아봤다.

"당신 뭐야. 나한테 무슨 용건이지?"

그 순간, 사내가 들고 있던 지팡이로 지면을 한 번 내리쳤다.

쿠궁-!

지진이 나는 듯한 거대한 소리가 귀를 때렸다.

동시에 하얀 물결이 지면을 통해 파동처럼 뻗어 나갔다.

그리고 그 물결이 뻗어 나가는 동안 나를 제외한 모든 사람들이 갑자기 눈 깜짝할 사이에 사라지고 말았다.

"뭐야……!"

곧 머릿속에서 경고성이 울렸다.

-결계다! 최강아, 어서 빠져나가야 해!

"결계?"

하지만 그 하얀 빛은 이미 하늘까지 솟아 올라가 하나로 결합되고 있었다.

스하하하하핫……!

앞을 보니 세 명의 후드를 쓴 이들이 있었다.

그들은 곧 음침해 보이는 후드를 확 벗어 던졌다.

한 명은 긴 쇠사슬로 연결된 십자 형태의 칼이 달린 무기를 들고 있었다. 다른 자는 석궁을 들고 있었다. 그리고 지팡이를 든 자는 가만히 서서 지팡이를 잡고 유지하는 듯 보였다.

"당신들, 대체 뭐 하는 자들이지? 어떻게 이런 게 가능한 거야……."

곧바로 제라로바의 음성이 흘러나왔다.

-조심해라, 최강! 이놈들 마법을 쓰고 있다!

"그러니까요. 마법이 아니고서야 이런 게 가능할 리가 없는데. 근데 내가 사는 세상에도 이런 게 있다고? 와……."

지팡이를 든 자가 영어로 말해 왔다.

"이질적인 힘으로 세상을 혼란에 빠뜨리려는 자, 그것을 막는 것이 우리 조율자의 역할이다. 순순히 잡힌다면 그 힘을 거두어 가는 것으로 끝날 것이나, 거부한다면 목숨을 거둘 것이다."

케라가 불쾌감 가득한 목소리를 냈다.

-건방진 것들! 겁먹지 마라, 최강! 저 버릇없는 것들을 혼쭐내주자꾸나!

"겁은 안 나는데요. 살짝 걱정은 되네요."

전혀 몰랐다. 나의 세상에도 마법이 존재한다는 것을. 나에게 일어난 일만도 평범치 않은 일일진대, 현실에서 이런 사람들과 마주칠 줄이야.

그렇다고는 해도 순순히 붙잡힐 순 없는 거잖아? 나는 내 실력을 믿는다. 아니, 솔직히 나보다도 내 안의 둘을 믿는다.

비록 다른 세상이지만, 그곳 세상에서 최강이라고 자신하던 두 사람이 내 안에 있다. 결코 이 둘이 나의 현실의 마법에 밀릴 거라는 생각은 없었다.

"뭔지는 몰라도 한번 해보자고. 그래, 나에게 뭘 할 생각이지?"

"거부인가?"

"납치범들한테 순순히 붙잡히는 타입은 아니라서."

"어쩔 수 없군."

무기를 든 자들이 지팡이를 든 자의 수신호를 받고 움직이기 시작했다. 나는 그들을 보며 경고했다.

"근데, 이건 알아 둬. 상대의 목숨을 위협하려 할 때에는 자신들도 목숨을 걸어야 한다는 거. 그걸로 상대를 악하다고 판단하는 건 굉장히 곤란해."

"죽을 놈이 말이 많구나."

"다 니들 생각해서 하는 말이거든!"

곧 십자 칼날의 쇠사슬이 칼날을 빠르게 휘돌리는가 싶더니 내게 던져 왔다.

쩨에에엑-!

나는 씨익 웃고는 손바닥을 뻗었다. 그런데 이게 웬걸? 멈춰야 할 칼날이 멈추지 않고 곧장 날아들었다.

손바닥에 있는 문장은 총알도 막는데! 갑자기 왜 이래?!

"윽!"

나는 얼른 몸을 틀어 칼날을 피했다.

하지만 멈출 거라고 생각했던 터라 살짝 늦은 감이 있었다.

칼날은 나의 왼쪽 어깨를 치고 지나갔다.

팟-!

"뭐야……! 왜 멈추지 않는 거지?"

내가 입고 있는 옷은 방탄에 방검이 가능한 옷이다.

그렇지 않았다면 필시 깊게 베였을 것이다.

지팡이를 든 자가 기괴한 웃음을 흘렸다.

"어리석은 놈. 이 결계가 왜 있는 것 같으냐? 이 결계 안에서는 마법은 사용할 수 없다. 오로지 귀물만이 능력을 쓸 수 있지."

"귀물?"

아무래도 쇠사슬이 달린 십자 칼날 같은 것인가 보다.

"귀물이란 게 뭘까요?"

-아무래도 마도구를 말하는 것 같다.

“마도구라면, 뭐 마법이 깃든 그런 도구. 그런 거요?”

-저 지팡이의 역할이 무엇인지 이제야 알겠구나. 몸에서 흘러나오는 마력을 흩어지게 만드는 것이다. 마도구는 마력을 그 안에 담고 움직이니 사용이 가능한 것이고!

“그럼 이제 마법은 사용할 수 없다는 건데. 아이씨. 이건 좀 쫄리네.”

-그렇게 긴장할 것 없다. 저런 놈들이라면 케라의 능력만으로도 충분하겠지만, 너의 몸에 새겨진 마법 일부는 사용할 수 있을 거다.

“하지만 방금 마법을 사용할 수 없다고……!

-몸 외부로 일으키는 마법만 제외인 것이다. 몸을 숨기고 관통시키는 마법은 너의 몸에 새겨진 것이니 사용할 수 있을 거다. 문장을 너의 몸에 새김으로써 이미 너의 몸 자체가 저들이 말하는 귀물인 셈인 거다.

오호? 진짜, 그렇다고? 그래도 제대로 짚고 넘어가도록 하자.

“확실한 거예요?”

-저 지팡이에서 흘러나오는 힘을 보아하니 내 말이 맞을 거다. 물론 해 봐야 알겠지만.

그래, 이 세상에 존재하는 그 어떤 실험도 시행착오 없이는 결과를 알 수 없는 법이다.

피육! 피육!

곧 석궁의 화살이 날아들었다. 나는 칼을 꺼내어 가볍게 쳐 냈다.

저들도 나름 놀라는 눈치다. 한 번이면 우연일 수 있을 테지만 다섯 발을 모조리 쳐 내니 나름 심각해지는 표정들이었다.

그런데 석궁 역시 평범한 건 아닌가 보다. 쳐 낸 화살들이 튕겨 나간 그대로 방향을 꺾어 다시 날아들었다.

"뭐야, 이건……!"

-한 번 목표가 정해지면 박힐 때까지 움직이는 마법인 것 같다!

"귀찮은 것들이네, 진짜!"

나는 날아드는 화살을 바닥으로 내려쳤다.

파앗! 파앗!

그때마다 화살이 바닥으로 박혀 들었다. 겉돌던 화살이 모두 바닥으로 박히자 조율자라고 지껄이던 자들의 표정이 돌처럼 굳어졌다.

"실력이 있는 건 알았지만, 그 단련이 우리 상상을 훨씬 벗어나는군."

"당연하지. 얼마나 죽자고 훈련했는데."

"그런데 아까부터 누구랑 그렇게 대화하는 거지?"

"그걸 알고 싶었으면 처음부터 대화를 청했어야지. 이미 늦은 것 같지 않아?"

곧 다시 십자 칼날이 날아들었다. 이번엔 휘둘러지는 것에서 끝나지 않고 사방으로 마구 엮이며 공격해 왔다.

쇠사슬을 든 자가 조금씩 쇠사슬을 흔들며 쫓아왔다.

그런데 그렇다고 보기에는 이상한 점이 있었다.

자꾸만 십자 칼날이 스치고 지나갈 때마다 쇠사슬이 나를 옭아매고 있는 느낌인 것이다. 쇠사슬의 길이도 자꾸만 늘어나는 것 같았다.

-빠져나가야 해!

갑자기 몸놀림이 번개같이 변했다. 케라가 나의 몸을 움직이며 일어난 일이었다.

그런데 빠져나온 직후에 내가 있던 곳을 보니 쇠사슬들이 가득 뭉치는 게 보였다.

"휴~! 아무래도 십자 칼날에 정신이 팔려 있을 때, 쇠사슬로 포위하며 결박하는 게 저 무기의 능력인가 보네요."

그런데 이번엔 하늘에서 화살이 마구 쏟아져 내렸다. 석궁을 든 이가 석궁 밑으로 무언가를 장착하는 것 같더니, 아무래도 화살을 탄창처럼 공급하는 장치인 모양이다.

"어윽!"

팟팟팟팟!

몸을 구르다가 화살을 쳐 냈다. 역시나 그 다음 상황은 무한 반복이다. 쳐 낸 화살들이 다시 파리처럼 따라붙었다.

휘익! 휘익!

거기에 쇠사슬이 달린 십자 칼날까지 날아들자 짜증이 확 솟구쳤다. 이대로는 끝이 없겠잖아!

"정말 나도 이렇게는 안 하려고 했는데!"

나는 칼을 왼손으로 옮겨 쥐고 품에서 총을 꺼냈다.

그리고는 나를 공격하는 둘에게 총을 쏘았다.

탕! 탕!

쇠사슬은 든 자는 쇠사슬을 뭉쳐 막고, 석궁을 든 자는 석궁을 들어 몸을 막았다. 자세를 낮춰 막는 것이 이런 공격에도 능숙한 듯 보였다.

팅! 팅!

총알은 그들의 무기를 맞고 튕겨 나갔다.

그래도 이건 몰랐을걸?

총알은 튕겨난 직후 뒤로 휘어 곧장 그들의 가슴을 관통했다.

푹! 푹!

"커윽!"

"끄억! 어떻게……!"

나는 그들을 향해 미소를 지어 주었다.

"니들이 말하는 그 귀물 말이야. 나도 있거든. 여기."

"총이…… 귀물이라고?"

"이런, 많이 놀랐나봐? 이런 건 처음보는 모양이지?"

나는 총을 거두고 지팡이를 든 자에게 말했다.

"급소는 피했으니까 죽지는 않을 거야. 다짜고짜 내 목숨을 노리지 않고 설득부터 하는 걸 보면, 당신들도 최소한의 양심이나 뭔가 나름의 규칙이 있는 모양인데……. 이럴 게 아니라, 다음에는 정중하게 대화를 청해 보는 게 어때?"

"끄음……."

지팡이를 든 자는 지팡이를 거두고 동료들에게 가는 모습이었다. 지팡이를 땐 순간, 결계가 걷히고 사라졌던 사람들도 다시 보이기 시작했다. 하지만 다시 후든 쓴 이들을 보았을 땐, 놀랍게도 감쪽같이 사라져 보이지가 않았다.

"도망가는 건 엄청 빠르네, 그것들."

-왜 그런 거냐, 최강? 살려 줄 이유가 없었잖아?

케라의 물음에 나는 내 솔직한 생각을 말했다.

"다시 덤벼 와도 저 정도는 얼마든지 쓰러뜨릴 수 있으니까요. 그보다, 궁금하단 말이죠. 저들의 정체가 뭔지, 그리고 저들이 알고 있는 건 어디까지인지. 그래서 기회를 좀 열어 둔 겁니다."

나는 화살 몇 개를 바닥에서 주웠다.

"그리고 살려 보내 놔야 어디로 가는지도 알 수 있을 게 아닙니까. 안 그래요?"

화살.

추적 마법은 그 대상이 지닌 물건만으로도 충분히 펼치는 게 가능했다.

제라로바는 흥미가 강한 듯이 말했다.

-아무튼 이곳 세상에도 마법이 존재한다니, 일이 꽤나 재밌게 돌아가는구나.

"근데 참 이상하네. 저 사람들은 나한테 그런 능력이 있다는 걸 어떻게 알고 찾아왔을까요?"

* * *

술집으로 달려간 나는 먼저 자리를 잡고 앉아 있는 최소현을 볼 수 있었다. 그녀는 많이 기다렸는지 심통이 나 있는 표정이었다.

"어딜 갔던 거예요, 연락도 안 되고? 먼저 와 있던 거 아니었어요?"

"아까 헤어진 곳에서 기다리고 있었는데. 근데 이상한 사람들을 만나는 바람에 지나쳤던 모양이네요."

"이상한 사람들?"

나는 내가 겪은 일을 그녀에게 말해 주었다. 역시나 최소현은 눈이 동그랗게 커져서는 놀랐다.

"그게 진짜예요? 마법을 쓰는 사람이 또 있다고요?"

"신기하죠? 나도 나 말고 그런 사람들이 또 있다는 거에 얼마나 놀랐는지 모릅니다."

"그래서 몸은요? 괜찮아요? 그러고 보니까 옷이 좀 더러워진 것도 같고."

"아, 이건 화살을 피하느라 바닥을 좀 굴렀더니. 털면 되죠, 뭐. 보다시피 다친 곳은 없습니다."

최소현은 내 말을 듣더니 무척 걱정스러워했다.

"정말 큰일 날 뻔했네. 그런 것도 모르고 난 막 짜증만 내고 있었는데. 엄청 속 좁아 보였겠다. 그죠?"

"사정을 몰랐으니까 그럴 수밖에요. 괜찮아요."

"근데 나 우리 헤어졌던 장소에서 살짝 주변을 두리번거렸었는데. 진짜 아무것도 안 보였거든요. 길에 다니는 사람들밖에는. 근데 거기서 그런 일이 일어나고 있었다고 하니까 뭔가 모르게 막 소름이 돋네요."

"잘은 모르지만, 현실에는 영향을 안 주는 형태의 결계 같았어요. 뭐, 주변 사람들에게 피해를 주지 않고 싶었던 그들 나름의 조치가 아니었을까요?"

"뭐예요, 오히려 그 사람들을 옹호하는 것 같은 그 발언은? 그게 지금 목숨 노려진 사람이 할 소리예요?"

"좀 음산해 보이긴 했지만, 뭔가 모르게 나쁜 사람들 같지는 않았거든요. 기회가 된다면 묻고 싶은 것도 많고요. 이걸로 끝낼 게 아니라면, 또 보게 되겠죠."

* * *

전화 너머에서 격한 음성이 흘러나왔다.

[페나트와 기아란이 다쳤다고?]

"네, 그렇습니다. 위중하긴 하지만 다행스럽게도 목숨에는 지장이 없다고 합니다."

[나부크, 자네는?]

"어째서인지 그놈이 저에겐 손대지 않았습니다. 페나트와 기아란도 죽일 수 있음에도 살려 주었고요."

[음…….]

전화 속 사내가 침음을 삼킬 때, 나부크가 말했다.

"제이슨 님, 그보다 더 중요한 게 있습니다."

[뭔가?]

"놈도 우리처럼 귀물을 지니고 있었습니다. 그것도 현재에나 다루는 총이 귀물이었습니다."

[총을 귀물로 지니고 있었다고? 그게 정말인가?]

"네, 제가 직접 보았습니다."

전화 너머의 제이슨은 금발의 줄무늬 정장을 입은 중년인이었다. 그는 무척 신중한 표정을 머금는가 싶더니 침중한 목소리로 말했다.

"일단 알았네. 나부크 자네는 남고, 페나트와 기아란은 본국으로 소환토록 하게. 곧 지원할 수 있는 다른 팀을 보내 주도록 하지."

[네, 알겠습니다.]

제이슨의 앞으로는 안경을 쓴 중년의 여성이 있었다.

레이나라는 이름의 그녀는 통화를 듣더니 굳어진 얼굴로 물었다.

"나부크 팀이 당한 건가요?"

"그렇다는군."

"나부크면 꽤나 실적이 좋은 팀이었을 텐데……. 아무튼 보통 레벨로는 안 될 자라는 거군요. 어떻게, 헌터의 등급을 올리시겠습니까?"

"올려야겠지."

"그럼 어떤 등급으로……."

"레드로 가지."

"옐로우가 아니고요?"

"현대식 무기를 귀물로 사용하는 자라는 모양이야."

"허! 그렇다는 건 설마……!"

"귀물을 제작할 수 있는 단계의 존재일 수도 있다는 거지."

"수백 년 이래 그런 자가 나타났던 적은 없었는데……. 큰일이군요."

"레드 팀을 보내면 알게 되겠지. 비웬 팀이 좋겠군. 현재 어디에 있는지 알아봐 주고, 연락이 닿는 대로 내게 먼저 연결시켜 줘."

"네, 알겠습니다."

비서가 나가자 제이슨은 곰곰이 생각에 잠겼다.

"일단 싸웠으면 서로 목숨을 노렸을 텐데. 그럼에도 일부러 살려서 보내 줬다……. 어떤 자인지 궁금해지는군. 따로 좀 알아봐야겠어."

* * *

북카페는 처음엔 만화방의 진화 버전처럼 퍼졌지만, 이제는 기업 형태로 변화해 가며 어느새 체인점으로 변화해 가는 추세다.

거기다 최근에 생긴 좋은 곳들은 편안한 자리와 음료는 물론, 식사까지도 할 수 있었다. 거기에 공부, 영화 감상, 대화, 독서 등 취향에 맞는 공간이 나뉘어져 있어 현대인들과 젊은이들 사이에선 인기 데이트 코스로도 통했다.

그런데, 시설 좋아 보이는 어느 북카페 앞에서 들어가지 못하고 막힌 젊은 커플이 있었다.

"죄송하지만 이곳은 회원제로만 운영되고 있답니다."

"지금 바로 회원 등록할게요."

"죄송합니다, 손님. 이곳은 추천을 통해서만 회원 등록이 가능합니다."

커플은 황당해했다. 그런 북카페가 있다는 소리는 들어 보지 못했다. 아무리 근래에 회원제 업종이 늘어간다고 하지만, 북카페까지 그런 게 있다니 어이가 없었다.

"아 뭐야……."

"그냥 가자. 다른 곳도 있는데."

"아니, 그럼 여긴 어떤 사람들만 들어간다는 거야?"

또각. 또각. 또각.

때마침 그때, 그런 그들을 최강이 멋진 차림으로 지나쳤다.

그 멋진 모습에 여자는 살짝 시선이 돌아갔다.

남자친구가 한눈파는 그녀를 살짝 툭 치는 가운데, 최강이 점원에게 핸드폰을 내밀었다. 황금 동전이 그려진 곳으로 점원이 바코드 확인 기기를 가져다 대자, 곧 기계 음성이 흘러나왔다.

[승인되었습니다.]

"들어가시죠, 회원님."

"네."

커플은 그래도 이런 곳에 들어가는 사람들이 있긴 하구나 하고 깨달으며 멀어져 갔다.

"아까 그 남자 봤어?"

"그래, 너 한눈파는 거 다 봤다. 남자친구 앞에 두고서 그러고 싶냐?"

"그게 아니라 입은 옷 수준이 장난 아니었잖아. 여기 무슨 재벌만 받는 그런 곳인가 봐."

"그렇게 부러우면 따라가든가."

"뭐야 또? 왜 그래?"

"아, 됐어. 나 집에 갈래."

"아~ 왜~?! 자기야!"

* * *

책들로 가득한 곳에는 둘러앉아 얘기를 나누는 사람들이 있었다. 나는 그들을 쭉 둘러보다가 2층 호화스러운 룸으로 향했다. 들어오고 나면 그런 장소가 있을 거라는 말을 미리 전해 들은 터라 자연스럽게 그곳으로 올라가려고 했다.

그런데 대뜸 서빙을 하던 여성이 나를 막아섰다.

"손님? 죄송하지만 여긴 VIP 전용입니다."

나는 한 걸음 물러나 그녀를 쳐다봤다.

"그 말은, 나는 올라갈 자격이 안 된다는 건가요?"

그녀는 잠시 황당해하는 표정을 짓는가 싶더니 내게 다가와 귓속말을 했다.

"저기요, 뭘 모르는 모양인데요. 여긴 원로위원 전용석이라고요. 들어갔다간 큰일 난다고요. 알아들어요?"

여자 점원은 살며시 떨어지더니 웃음 지었다.

"보아하니 이제 막 요원으로 승격되어서 와 본 모양인데. 다른 자리도 있으니까 실수하지 말고 얼른 다른 곳으로 가세요. 아셨죠?"

선배로서 조언을 해 준다는 듯한 말투와 표정. 솔직히 좀 황당하긴 했지만, 의외로 재미있는 상황이지 싶기도 했다.

하기야, 모를 만도 하지. 나는 이런 곳엔 처음 오는 거니까.

그러니 갓 들어와 멋모르고 실수하려는 요원으로 착각할 법도 했다. 나이도 20대 후반의 젊은 사내이니 설마하니 원로위원일 거라고 생각이나 했을까.

"훗."

그녀는 내가 알아들었다고 생각했는지 쟁반을 들고서 지나쳤다. 장애물도 사라졌겠다, 나는 다시 위로 올라갔다.

역시나 놀란 그녀가 따라 올라오는 소리가 들려왔다.

"이, 이봐요! 미쳤나 봐, 저기요!"

계단을 따라 올라오는 소리가 들려왔지만 나는 신경 쓰지 않았다. 그냥 다 올라와서 문을 열었고, 그곳에 앉아 있는 회주, 김종기를 만났다.

"아, 오셨습니까."

"바쁜 거 아니었나? 이런 곳에서 다 보자고 하고. 선거가 쉬운가 봐?"

"그런 건 아니고요, 일정을 끝내서 이제 막 쉬려고……."

김종기가 말하고 있을 때, 여자 점원이 내 뒤로 따라 들어와 김종기에게 급히 사과했다.

"죄, 죄송합니다! 제가 올라가면 안 된다고 말을 했는데, 이 사람이 알아듣지 못하고 올라온 모양이에요. 다시 한번 죄송합니다! 제가 얼른 데리고 나가겠습니다. 뭐 하고 있어요, 얼른 안 나오고. 이분이 누구신 줄 알아요? 빨리 나와요."

김종기가 눈을 부릅뜨더니 버럭 소리를 질렀다.

"지금 뭐 하는 짓이야!"

"네?"

"당장 그 손 못 놔?! 이분이 어떤 분인 줄 알고……!"

"아니, 그게……."

나는 김종기에게 손을 들어 보였다.

"아아. 됐어. 모르고서 한 행동이야. 그만하면 됐어."

"그렇지만 감히 최강 님께……."

"내가 말할게. 당신이 말하면 괜히 사람만 놀라."

나는 영문을 몰라 하는 그녀에게 설명했다.

"나는 얼마 전에 원로위원이 된 사람입니다. 이곳에 올라올 자격이 되어서 올라온 것이니까 신경 쓰지 말고 내려가도록 해요."

"네? 네에……?!"

"음료는 됐으니까 가져올 필요 없고. 그만 가 봐요."

"아, 네……."

멍한 얼굴로 내려가는 그녀를 김종기가 못마땅한 시선으로 쏘아봤다.

"거 사람도 몰라보고 말이야."

"내가 이곳에 처음인데 무슨 수로 알았겠어. 먼저 인식표를 안 보여 준 내 잘못이야. 그러니까 그만해."

"말씀만 하시면 당장에 치우겠습니다."

치운다는 그 말 한마디에 나는 갑자기 기분이 확 더러워졌다.

"후우……. 김종기. 내가 그런 말 하는 걸 무척 싫어한다는 걸 이제 알 때도 되었을 텐데. 지난번 교훈으로는 부족했던 모양이지?"

김종기가 기겁하여 엉덩이를 들썩였다.

"허억! 아뇨! 아닙니다! 제가 헛말이 나왔습니다. 용서해 주십시오."

"됐고, 하고 싶은 말이 뭐야?"

그는 손수건을 꺼내 식은땀을 닦아내고는 어색하게 웃었다.

"다름이 아니오라, 지난번에 말씀하신 공표는 언제쯤 하시나 궁금해서요."

"아, 그거. 음, 나는 당신 선거 후에 하려고 했는데. 막 대통령에 당선되고 그 직후에 꺼내는 게 알맞지 싶어서. 힘이라는 건 원래, 증폭되었을 때 한 방 제대로 휘둘러야 위력을 더하거든."

"음음, 그러셨군요."

"근데 왜 그렇게 서둘러? 무슨 얻고 싶은 거라도 있는 모양이지?"

"그냥 유럽 쪽과 중동 쪽 발라스는 어떻게 하시려는지 궁금해서 그냥……. 허허, 허허허……."

그냥이 아니지 싶은데? 아무래도 발라스의 통합을 기대하는 눈치다. 왜, 아시아 지부의 회주도 모자라서, 발라스 전체의 수장이라도 되려고? 하여간 욕심은. 내가 그 속을 몰라?

하지만 그런 식으로 운영할 생각은 추호도 없다.

방식은 기존의 운영 방식 그대로 갈 거다.

물론, 그쪽 회주도 나를 따르게 만들어야 할 테지만.

"그건 내가 알아서 해. 그러니까 지금은 대통령이 되는 것에나 집중해. 아무리 당선이 유력하다지만, 끝까지 긴장 풀지 말자고."

"네, 알겠습니다."

"말만 잘 들으면, 당신 권력은 언제까지나 유지될 거야. 그러니까 실수 없이 유지하는 데 집중하자고."

"아휴, 그렇게만 해 주신다면야……. 저야 더 바랄 게 없죠. 허허허."

대화를 마치고 돌아가고자 내려가는데, 웬 예쁘게 생긴 중년 여성과 아까 실수를 했던 점원이 기다리고 있었다.

관리자인가?

"안녕하십니까, 이곳을 책임지고 있는 관리자입니다. 정말 죄송합니다. 저희 직원이 알아 뵙지 못하고 그만 실수를 저질렀습니다. 제가 다시 제대로 교육을 시킬 테니 이번 한 번만 용서해 주시면 감사하겠습니다."

역시 관리자가 맞네. 아무래도 큰 징계가 내려올까 걱정이 컸던 모양이야. 아니나 다를까, 김종기가 먼저 눈을 부릅뜬다.

거친 말이 오갈 게 뻔하기에 나는 아무도 못 보게 그의 옆구리를 툭 하고 쳤다.

"끄어어어억……!"

그는 숨이 넘어갈 듯 부들부들 떨었다. 관리자와 점원이 깜짝 놀라는 가운데, 나는 말했다.

"모르고 그런 건데 탓할 거 없습니다."

"아니, 그래도……. 등급 확인이 우선인데, 실수한 것은 맞죠."

"누구라도 이렇게 어린 사람이 원로위원으로 나타날 줄은 몰랐을 테니까. 그러니까 징계 주지 말고, 이번엔 그냥 넘어갑시다. 아무도 불쾌했던 사람 없으니까."

나는 김종기를 쳐다봤다.

"회주님? 뭐하십니까, 이만 가셔야죠."

"끙, 네……. 가시죠……."

* * *

유지은은 오늘 백마 탄 왕자님을 본 것 같았다. 그렇게나 큰 실수를 저질렀는데도 웃으며 미소로 용서를 해 준 사내.

이미 문밖을 나갔는데도 도저히 그의 모습이 눈앞에서 사라지질 않았다.

"멋있다……."

그러나 그것도 잠시, 뒤에서 독사 같은 눈빛과 위협적인 목소리가 들려왔다.

"지금 멋있다는 말이 나옵니까, 유지은 씨?!"

"허억! 죄송합니다, 관리자님!"

"지금 목숨이 왔다 갔다 한 거는 알고 있어요? 방금 그 옆에 계셨던 분이 바로 이번에 선출된 회주님이셨어요. 그분 말 한마디면 나조차도 무사하지 못하는데……! 하아, 정말 운 좋은 줄이나 알아요."

"죄송합니다……."

"뭐, 용서도 해 주셨고, 평소 일 하나는 잘하는 지은 씨니까. 이번엔 그냥 넘어갈게요. 그렇지만 등급 확인, 철저! 알았어요?!"

"넵!"

관리자가 사라지자 유지은은 그제야 굳었던 어깨가 늘어졌다.

"휴, 심장 떨어지는 줄 알았네……. 어휴, 이 바보. 확인도 안 보고 경솔하게 왜 그랬어."

스스로 자신의 머리를 쥐어박는 유지은에게 직원들이 다가왔다.

"괜찮아요, 지은 씨?"

"네, 다행히 그냥 넘어갔네요."

"정말 큰일 날 뻔했어요. 설마 회주님 앞에서 실수할 게 뭐야."

"그러게요."

사람들의 관심사는 유지은의 걱정에서 최강에게로 넘어갔다.

"근데 아까 그 남자, 뭐야? 엄청 멋지던데?"

"그렇게 젊은 사람이 어떻게 원로위원이 되었을까. 진짜 신기하다."

* * *

차를 타고 도착한 곳은 친구 김정원이 사는 아파트였다.

나는 들어가면서 혹시나 싶어 전화를 해 보았다.

"집에 있냐?"

'그럼 이 저녁에 집 아니면 어디겠냐?'

"불금이잖아. 어디서 술 처먹고 있을지 누가 알아."

'안타깝게도 다들 회식에 바쁘고, 여친하고 데이트한다고 바쁘다더라. 외로운 나만 늘 혼자지.'

"죄다 퇴짜 맞았구나? 큭큭. 아무튼 집이라니까 들어간다."

'뭐야, 여길 온 거야?'

집으로 들어가자 김정원이 미소로 반겨 줬다.

"음~ 안 그래도 술이 고팠는데."

역시나 오랜 친구답게 내가 들고 있던 술부터 챙기긴 했지만, 이것도 다 우정이 깊으니까 하는 짓이 아닐까 싶다.

잠시 후, 우리는 함께 맥주를 마시며 대화를 나누었다.

"한동안 연락도 뜸하더니, 웬일이야?"

"왜, 내가 연락 없어서 서운했냐?"

"당연하지. 그 난리를 겪었던 것도 도와줬더니. 대체 그동안 뭐 하고 산 거야?"

"너는 모르는 엄청난 일들이 많았지."

친구 녀석이 갑자기 맥주를 내려놓더니 나를 끌어와 바로 보았다.

“왜 이래?”

“자, 이제 좀 말해 봐.”

“말하긴 뭘?”

“그동안 우리 사이에 비밀이 너무 많아졌다고 생각 안 하냐, 친구야? 우리 안 그랬던 걸로 아는데.”

“알면 다쳐 인마.”

갑자기 김정원이 심각해진 얼굴로 물어왔다.

“아직도 내가 알면 안 되는 비밀이 있는 거야?”

“이제는 그렇지 않지. 다 지나갔기도 하고.”

“그럼 왜 말을 못 해?”

나는 화제를 돌리려 한마디를 꺼냈다.

“아, 이건 말할게. 나 여자 친구 생겼다.”

“허억!”

녀석이 눈을 부릅뜨더니 주먹으로 내 어깨를 쳤다.

퍼억!

“아……! 아파, 인마!”

“이 나쁜 새끼! 이젠 너까지? 누군데? 얼른 말해 봐? 어디서 뭐 하는 여자야? 아니다. 예쁘냐?”

“하여간 남자 새끼들은 다 똑같지. 어떻게 된 게 예쁘냐부터 나와?”

“비겁한 새끼. 그럼 나는?”

“너는 뭐?”

“새끼를 쳐야지, 인마!”

“아유! 아직 그럴 단계 아니거든! 그리고 우리 소현 씨, 친구가 별로 없는 편이라. 미안하다, 친구야. 소개팅은 앞으로도 어렵지 싶다.”

그러자 멱살까지 잡고 아주 난리다.

“너, 이잇……! 그게 친구한테 할 소리야? 너는……! 배신자야. 이 배신자 새끼……!”

“이것 좀 놔라, 야……! 나, 예전의 최강 아니거든? 아우, 진짜 친구한테 힘을 쓸 수도 없고.”

“어디 해 봐! 나는 오늘 이대로는 못 참아-!”

잠시 후, 부둥켜안고 굴러다니던 것도 잠시. 우리는 진지하게 대화를 나누기 시작했다.

“그래서…… 예쁘냐고.”

“어, 엄청…….”

녀석이 두 눈을 감고 끓는 목소리를 냈다.

“어우…….”

“부럽냐?”

“그래. 당장 확 뛰어내리고 싶을 만큼.”

“도와줄 수는 있어. 베란다 앞에 서서 눈만 딱 감아. 내가 밀어줄게.”

“가만히 있어라. 부러운 놈이 뭔 짓인들 못 할까. 확 집어던져 버린다.”

"후훗, 사진 보여 줄까?"

녀석이 혹해서는 달려들었다.

"어! 보자! 어디 얼마나 예쁜가."

나는 사진을 보여주려고 핸드폰을 꺼내 들었다. 오늘 여기 부러워서 죽는 놈 하나 생기겠네. 그런데 때마침 그때, 전화가 울렸다.

[신정환]

"어? 이 사람이 이 시간에 왜……."

"뭐야, 누군데?"

"아~ 일 같이 하는 사람. 미안, 잠깐만?"

나는 방으로 들어와 신정환의 전화를 받았다.

"네, 접니다. 이 늦은 밤에 웬일이죠?"

[다른 게 아니라, 이 실장을 감시하던 중에 그쪽 아이피에서 이메일 하나 날아가길래 인터셉트 해 봤는데, 이게 내용이 그냥 넘길 게 아니라서.]

"무슨 내용이었는데요?"

[지금 바로 내용 보낼 테니까 네가 직접 확인해 봐.]

보내 준 이메일을 확인한 나는 신정환이 왜 이 밤에 이렇게 급하게 전화를 했는지 이해가 갔다.

"유럽 지부로 이쪽 사정을 흘리는 내용이네요. 후우…… 그렇게 가만히 있으라고 충고를 해도……. 하던 버릇을 고치는 게 이렇게 힘들어서야."

[어떻게 할까?]

“잡아들이세요. 일 시작하기에 앞서 좋은 본보기가 되겠네요.”

[알았어.]

전화를 끊은 나는 한 가지는 인정해야지 싶었다.

“안 될 놈은 끝까지 안 되는가 보다…….”

고쳐 쓸 수 있는 사람이 있는 반면, 아무리 고쳐도 못 쓰는 사람도 있는 거였다.

* * *

해가 저물 무렵이었다. 이진석은 양충열이 모는 차를 타고 집으로 향하고 있었다. 그런데 집에 거의 다 도착해 갈 즈음, 뒷좌석에서 편안하게 눈을 감고 있던 그에게 양충열의 목소리가 들려왔다.

“실장님. 뭔가 분위기가 이상합니다.”

“뭐가?”

이진석은 얼마 전 김종기에게 크게 당했던 일 이후로 어딜 다닐 때나 뒤로 믿을 만한 이들을 따라붙게 만들었다.

뿐만 아니라, 항시 집도 감시를 붙여 두었다.

한 번 크게 당하고 났더니 그도 조심성이 생긴 거였다.

“조금 전부터 후미 차량이 보이지 않습니다.”

“뭐?”

이진석이 굳어진 얼굴로 뒤를 돌아볼 때, 양충열이 전화를 잡았다.

“신호가 걸렸을 수도 있으니까 전화를 넣어 보겠습니다.”

이제 1분이면 집에 도착할 상황.

"흠, 받지 않습니다."

이진석은 손으로 턱을 매만졌다. 일순간 불안감이 스쳤다. 사실 그도 걸리는 게 없다면 이렇게까지 불안해하지는 않을 것이다.

"충열아, 메일 다른 사람 이름으로 넣은 거 분명하지?"

"네, 그렇습니다. 저희와는 전혀 관련 없는 사람의 것입니다."

"그래. 그럼 걸릴 게 없는 건데. 근데 왜 이렇게 쌔하냐."

집 앞에서 대기하고 있을 수하들까지 안 보이자 양충열은 뭔가 잘못되었음을 확실히 느꼈다.

"실장님, 뭔가 이상합니다. 그냥 지나치겠습니다."

이진석 자신도 뭔가 좋지 않은 예감이 들었다. 그래서 고개를 끄덕였다.

"일단 다른 곳으로 가서……!"

그런데 바로 그때였다. 어디서 튀어나왔는지, 정면과 양쪽에서 검은색 승용차가 튀어나와 그들 차를 막아섰다.

끼이이이익……!

"뭐야……!"

족히 스무 명쯤 되는 사내들이 세 대의 차에서 내려 그들 차를 포위했다.

"얼른 빠져나가지 않고 뭐해!"

"네!"

양충열은 차를 앞뒤로 움직이며 포위된 차들에서 벗어나려 무진

애를 썼다. 벽과 차를 박으며 어떻게든 틈을 만들려 했다.

하지만 포위한 사내들도 가만히 있진 않았다. 보이는 유리는 물론이고, 도끼까지 가져와 차를 찍어 댔다. 단 몇 초만에 그 좋던 고급차가 엉망진창이 되었다. 도끼질 몇 번에 차 보닛이 종이처럼 찢어졌다.

양충열은 운전석으로 쇠파이프가 찔러오는 걸 견뎌내며 앞으로 차를 밀어붙였다. 하지만 도끼 하나가 엔진을 때린 그 순간, 차는 더 이상 움직이질 못했다.

쾅! 쾅! 퍼석!

"이리 나와!"

퍼억!

* * *

잠깐 정신을 잃었던 이진석은 이마에서 피가 흐르는 걸 느끼며 서서히 눈을 떴다. 그는 온몸이 피투성이가 되어 있었다.

이마 곳곳은 부어오르고 찢어진 상처로 가득했으며, 옷도 다 찢어져 너덜너덜해져 있었다.

"뭐야, 씨팔. 여긴 어디야."

그의 앞으로는 양충열이 비슷한 처지가 되어 의자에 묶여 있었다.

"야, 충열아? 야, 양충열! 정신 좀 차려 봐, 이 새끼야……!"

양충열이 간신히 정신을 차리며 이진석을 보았다.

“실장님……. 괜찮으십니까…….”

“정신 똑바로 차려, 충열아. 여기서 빠져나가지 못하면 아무래도 우리 둘 다 골로 가지 싶다. 그러니까 정신 차리고, 어떻게든 빠져나갈 궁리부터 해. 알았어?”

“네…… 네…….”

그러나 양충열의 상태는 무척 심각한 듯, 눈알이 돌아가기를 반복하고 있었다. 이진석은 그가 별로 도움이 못 될 것 같다는 생각에 주변을 둘러보며 어떻게든 묶인 밧줄을 풀려고 안간힘을 썼다.

한편, 퇴근을 하던 최강은 신정환으로부터 전화를 받았다.

“네, 말씀하세요.”

[이진석 이 새끼 잡았다.]

“쉽진 않았을 텐데. 피해는 없었습니까?”

[애들이 좀 다쳤어. 한 명은 위급하고. 이진석 이 새끼 칼을 좀 쓴다는 말은 들었지만, 엄청 쑤셔댄 모양이야.]

어차피 이런 일을 하다 보면 생길 수밖에 없는 일이란 건 안다. 하지만 최강은 자신이 시킨 일로 누군가가 다쳤다는 것에 마음이 쓰였다.

“다친 사람들, 병원에 있습니까?”

[아니, 일단 우신 내부에 있는 의료 시설에 있어. 아무래도 자상이라서 일반 병원에 갔다간 바로 신고가 들어갈 거거든.]

국가정보원이나 발라스를 통한다면 그 문제는 해결 될 테지만,

앞서 생긴 일에 대한 후속 처리일 뿐이라서 신고 접수는 막지 못했을 것이다.

"알았어요. 우신으로 가면 되는 거죠?"

[어.]

"금방 가겠습니다."

옆에 있던 최소현이 그런 최강을 보며 웃었다.

"바쁘네, 내 남자 친구?"

"이거 어떻게 하죠? 나 지금 바로 가 봐야 할 것 같은데."

"괜찮아요. 해야 할 일 많은 거 아는데. 이해해 줄 테니까 얼른 가 봐요."

"역시 내 여자친구, 마음이 넓다니까. 훗. 그럼 이따가 집에서 봐요?"

쪽.

최강은 그녀의 입술에 입맞춤을 하고는 급히 택시를 타고 사라졌다. 그런 최강의 뒷모습을 바라보는 최소현은 갑자기 허전해진 느낌에 어색한 미소를 머금었다.

"그래도 오래는 안 걸렸으면 싶은데. 집에 가서 조용히 기다리고 있으면 되려나……."

* * *

나는 우신에 도착하자마자 곧바로 의료실부터 찾았다.

그곳에선 네 명의 의료진이 바쁘게 움직이며 처치를 하는 모습이 보였다.

"여기 들어오시면 안 되세요!"

그들은 나를 처음 보기에 밀어내려 했지만, 신정환이 들어오며 멈춰 섰다.

"대표님? 혹시 이 사람, 같이 오신 건가요?"

신정환은 다친 환자를 처치하고 있는 의료진 모두에게 큰 소리로 말했다.

"지금 당장 손 놓고 모두 나가 계십시오."

"네?"

모두는 황당해했다. 그럴 수밖에 없을 것이, 절단과 과다 출혈은 물론, 당장 수술하지 않으면 숨이 넘어가게 생긴 환자도 있었다. 안 그래도 큰 병원으로 옮겨 수술을 해야 한다는 말을 하려 했는데, 손 놓고 나가라고 하니 환자를 죽일 생각처럼 보였을 것이다.

"대표님, 여기서 손 놓게 되면 여기 있는 사람들 몇은 죽습니다! 이럴 게 아니라 당장 큰 병원으로……!"

신정환이 그들에게 말했다.

"저도 이 사람들 살리고 싶어서 이러는 겁니다. 여긴 내가 알아서 할 테니까, 나 믿고 잠시만 나가 계세요. 부탁드리겠습니다."

의사가 나를 잠시 쳐다보는가 싶더니 못이기는 척 의료실을 나갔다. 간호사들도 따라 나가는 가운데, 신정환이 문을 꼭 닫고 나를 쳐다봤다.

"자, 다 내보냈어. 이제 어쩔 건데?"

"어쩌긴요. 다들 고쳐야지. 각자 못 보도록 칸막이부터 치세요."

신정환이 칸막이 커튼을 치는 사이 나는 가장 위급한 환자에게 다가갔다. 상태를 보니 정말 심각했다. 곳곳에 찔린 상처가 무척 많았고, 의료장비에선 계속해서 경고음이 들려오고 있었다.

혈압이 떨어지고 있는 표시를 본 나는 곧바로 손을 내밀었다.

"라울 스미라가 가이라스 코나디아."

신정환이 내 옆으로 왔다가 함께 상처가 나아 가는 사내를 지켜봤다. 모든 상처가 서서히 사라지며 곧 말끔해졌다.

그 광경을 지켜보는 신정환의 입장에서는 놀라는 게 당연했다.

"가능한 건 알았지만 이게 진짜 이렇게 된다고? 허……."

"일단 급한 불은 끈 것 같고. 심각한 순서대로 알려 주세요. 얼른 치료하고 끝냅시다."

"어, 알았어."

* * *

우신에 고용되어 얼마 전부터 일을 하기 시작한 의사 이명준은 의료실 밖에서 초조한 듯 기다리고 있었다. 아무리 고액의 연봉에 혹해서 왔다지만, 자신도 의사였다. 바로 저 안에 위급한 환자가 있는데, 밖에만 나와 있자니 가슴이 쪼그라들고 애가 탔다.

그런데 퇴장을 부탁 받은 지 10분쯤 흘렀을까. 의료실 문이 열리더니 갑자기 의료실로 들어왔던 사내가 나왔다.

"저기……."

그는 최강에게 뭔가를 물으려고 했지만, 최강은 살짝 목 인사를 하고서는 지나쳐 버렸다. 하여 할 수 없이 뒤따라 나오는 신정환에게 물어야 했다.

"대표님, 안에서 대체 무슨 일이 있었던 겁니까? 환자들은요?"

"환자들은 모두 무사합니다. 한숨 푹 자고 일어나면 될 거니까, 다들 깨어나면 수고했다고 전해 주십시오."

"네? 아니, 그게 무슨……."

"그렇게만 아시면 됩니다. 얼른 들어가 보시죠. 보시면 알게 될 겁니다."

이명준은 이게 대체 무슨 말인가 싶었다. 그는 그런 말만 남겨두고 가 버리는 대표가 이해가 안 됐다.

황당해하던 것도 잠시. 들어가 보면 알 거라고 했으니 일단 확인부터 해 보자고 생각했다. 하여 그는 얼른 의료실로 뛰어 들어갔다.

"허……!"

그곳에 들어간 순간, 그는 경악했다.

풀어진 붕대 안에 있던 손가락이 모두 멀쩡해져 있었다.

절단된 손가락은 어딜 갔는지 보이지도 않았다.

"이걸 붙였다고?"

간호사들이 환자들을 살피며 밝은 표정으로 말해 왔다.

"선생님! 바이탈도 모두 정상이고, 상처도 다 나았습니다!"

"여기도요!"

이명준은 이게 다 어떻게 된 일인가 싶었다.

기적? 그렇다고 보기엔 너무 인위적이다.

초조해하던 신정환 대표가 어디론가 전화를 걸고 누군가를 데려오더니 생긴 일이었다.

"이게 다 그 사람이 한 일이라고?"

그는 마지막으로 확인해야 할 게 있었다. 맨 끝에 있던, 당장 수술이 필요했던 위급한 환자.

차르르르륵!

그곳으로 달려가 커튼을 연 그는 환자를 확인하며 눈을 부릅떴다. 혈압이나 호흡 모든 게 정상으로 돌아왔고, 얼굴이나 몸 곳곳에 베인 상처도 깨끗하게 사라져 있었다.

혹시나 싶어 상처의 붕대를 떼어 내 보니 깊숙하게 찔려 훤히 벌어졌던 상처조차 말끔히 사라지고 없었다.

"말도 안 돼……. 어떻게 이런 일이……."

그는 풀려 버린 다리로 두어 걸음 뒷걸음질 치는가 싶더니 의료실 문을 멍하니 쳐다봤다. 대체 이곳에 들어왔던 사내의 정체가 무엇일까 그것이 궁금했던 것이다.

* * *

어두운 공간에서 온몸이 밧줄에 묶인 이진석은 안간힘을 썼지만 도저히 풀려날 방법이 없었다.

평소 몸 곳곳에 칼을 넣어 두는 그였지만, 이미 끌려오며 몸수색을 한 것인지 칼이 하나도 없었다. 심지어 소매 속에 넣어둔 작은 칼조차도 전부 찢어서 가져간 것 같았다.

"젠장, 도저히 어떻게 할 수가 없네. 킥킥킥."

빠져나갈 방법은 없고, 그나마 힘이 되어 줄 양충열은 자신보다도 상태가 나빴다. 아무것도 할 수 있는 게 없다는 걸 깨닫게 되자 그는 허탈한 웃음까지 흘러나왔다.

처컹!

그런데 바로 그때, 누군가가 오는 모양인지 등 뒤에서 문이 열리는 소리가 들려왔다.

또각. 또각. 또각.

이어 두 사람의 구둣발 소리도 들여왔다.

"그래, 어디 한번 보자. 누가 오나."

자신에게 이런 짓을 한 간 큰 자가 누구인지 기다리던 그.

그러나 자신을 돌아 얼굴을 보이는 누군가를 본 순간, 그의 표정이 돌처럼 굳어졌다.

"당신은……! 최강 원로위원님?"

그뿐이 아니었다. 옆의 다른 한 사람도 익히 아는 사람이었다.

"신정환……."

"오랜만이네. 서로 반가운 사이는 아니지만."

마른 침을 삼킨 이진석이 최강을 쳐다봤다.

"뭡니까? 대체 왜 이러시는 겁니까?"

"내가 경고했을 텐데. 가만히 있으라고."

"무슨 말씀을 하시는 건지 잘 모르겠습니다만. 그리고 같은 발라스 사람끼리 이렇게 위협을 하는 거, 회칙에도 어긋난다는 것 정도는 아실 텐데요."

"그럼 지부 전체를 위협하는 당신의 처분은 뭘까?"

최강이 신정환에게 받았던 메일을 보여 주었다. 가까이 가져다주는 핸드폰으로 그 메일을 확인한 이진석은 눈썹을 꿈틀거렸다.

"끄음……."

"왜, 계속 모른다고 해 보지."

"이미 다 알고서 보여 주는 거잖아. 흥! 여기서 뭘 더 부정하겠어. 근데 대체 어떻게 한 거야? 그게 왜 니들 손에 있는 거냐고?"

그 물음에는 신정환이 대신 답했다.

"이미 당신이 쓰는 핸드폰, 집안의 노트북이나 컴퓨터, 인터넷 아이피까지. 전부 감시하에 두고 있었거든. 다른 사람의 이름으로 메일을 보내는 것까진 좋았는데…… 후훗, 아이피가 당신 집이어서야 무슨 소용이야. 안 그래? 그래서 우리가 중간에서 가로챘지."

"그럼 그 메일은 안 갔다는 거네. 염병할……. 크그그극!"

잠시 웃던 그가 최강을 쳐다봤다.

"그래서 이제 날 어쩔 생각이지?"

"내가 널 죽이거나 하진 않아. 곧 대선이잖아. 그게 끝난 직후에 발라스에 너의 죄를 밝히려고. 처분은 발라스의 방식으로. 그러니까 잠시 괴로운 나날을 보내도록 해. 목숨이 연장된 것에 기뻐하면서. 아무래도 다음에 볼 때가 우리가 보는 마지막이 되겠군."

최강은 자기 할 말을 마쳤다는 듯 그에게서 벗어나 걸음을 옮겼다. 그런데 그때, 이진석이 버럭 소리를 질러왔다.

"야이, 씨팔 새끼야-!"

최강의 발자국 소리가 멈추었다는 걸 안 이진석이 떨리는 목소리로 물었다.

"넌, 대체 뭐야? 뭔데 원로위원들을 그렇게 손아귀에 넣고 주무를 수가 있는 거냐고? 도대체 어떻게?"

최강은 가만히 생각에 잠기더니 미소를 띤 얼굴로 입을 뗐다.

"그거 아나? 세상엔 말이야. 마법이 실제로 존재하더란 말이지."

"뭐?"

"이후부터는 혼자서 고민해 보든가."

모두가 사라지자 이진석은 무척 혼란스러운 표정을 머금었다.

"마법이라니 무슨 개소리야. 저 새끼 지금, 나 먹인 거지? 이씨!"

최강은 솔직하게 말해 준 거였지만, 믿음이 없는 그에겐 그 솔직함도 아무런 소용이 없었다. 그저 자신에게 다가올 처분을 기다리는 것만이 그가 할 수 있는 유일한 것이었다.

2. 난 살인마가 아니니까

빙의로
최강요원

정이한은 헌터가 실패했다는 보고를 받으며 얼굴에 미소를 그렸다.

"후훗, 그 사람들로도 어쩔 수가 없었다니. 역시 최강, 보통이 아니란 말이지."

그의 앞에 앉아 있던 자츠윈 청은 몹시 불편한 표정을 지어 보였다.

"지금 최강 그자를 칭찬할 때입니까?"

"아, 미안합니다. 이게 자꾸 나도 모르게 그 녀석을 응원하게 되지 뭡니까. 죽이라고 사람을 보낸 게 정작 나인데도 말이죠."

"아무튼 헌터 쪽에선 자신들 실수를 인정했고, 다시 보다 등급이 높은 헌터를 보낸다고 통보해 왔습니다. 이번만큼은 처리할 자신이 있다고 전해 왔으니 좀 더 기다려 보시라, 그걸 알려드리려고 온 건데…….”

“근데 제 반응이 영 마음에 안 드신다. 그런 거죠?”

“일에 관해선 진지한 자세를 보여 주셨으면 합니다.”

정이한은 피식 웃어 보였다.

“처음 봤을 때도 내 성격이 이렇다는 것쯤은 알고 있었지 않습니까? 저는 원래 이런 타입의 사람인 겁니다. 그러니까 저를 바꾸려고 하지 마세요. 그렇다고 제가 어디 일 허투루 하는 거 보셨습니까?”

“그나마 일 하나는 똑 부러지게 한다는 게 다행스러운 일이긴 하죠. 개발이나 훈련에 대한 지원도 부족함 없이 잘해 주시고 계시고요.”

“알다시피 우리와 함께하고 있는 다른 조직에선 있는 대로 무기를 긁어모으고 있고, 기존에 갖추고 있던 병력도 훈련을 거쳐 보다 뛰어난 인재로서 거듭나고 있습니다. 일이 이렇게 순조롭게 흘러가는데, 걱정할 게 뭐란 말입니까?”

“저는 아무래도 그 최강이란 자가 계속 마음에 걸립니다. 그를 향한 마스터의 애정도 불편하고요.”

“어차피 그 일은 우리의 손을 떠나 헌터에게 맡겨졌습니다. 그러니까, 지켜봐야 나오는 결론에 너무 힘쓰지는 말자고요. 그보다…… 개발에 대한 건 어찌 되어 가는지 궁금한데요. 부작용, 아직도 잡지 못한 겁니까?”

"그건 아직……."

자츠윈 청을 바라보는 정이한의 눈빛이 예리해졌다.

"우리 골드 킹이 썬 아이즈에 원했던 건, 개개인의 능력이나 실력 같은 게 아니었습니다. 딱 하나, 그 개발하던 약에 흥미를 느껴 추천할 수 있었던 거죠."

"음, 알고 있습니다."

"이른 시일 내에 완성하도록 하세요. 아무리 부족함 없는 지원이라지만, 결과 없이 언제까지 계속되리라는 보장은 없으니까. 아시겠지만, 나 외에는 인내심이 있는 사람이 하나도 없단 말이죠. 무슨 말씀인지 아시죠?"

빠른 결과를 원하는 다른 조직의 보스들의 원성을 언제까지나 막아 줄 순 없다는 뜻이었다.

"네……."

"시일이 걸리는 일이란 건 압니다. 하지만 그걸 단축하라고 주는 지원임을 잊지 마세요. 연구원을 더 늘리든, 더 뛰어난 사람을 고용하든 하란 말씀입니다."

이럴 때만 저 권위적인 모습이 나오는 것이 참 신기했지만, 그의 말에 틀린 것이 하나도 없기에 순순히 받아들이고 답을 할 수밖에 없었다.

"알겠습니다. 최대한 빠른 시일 내에 결과를 가져오도록 하겠습니다."

* * *

대통령 선거. 수많은 사람들이 자신의 투표권을 행사하는 날이다. 드디어 모두가 바라던 선거 날이 돌아왔다.

후보라면 누구라도 긴장되는 순간이겠으나, 한편으로는 현 정권이 그동안 잘해 왔는가 하는, 심판을 받는 날이기도 했다.

과연 국민의 선택은?

늦은 밤, 김종기 후보는 몇몇 동료 의원들과 함께 집에서 개표율이 상승하는 것을 지켜보고 있었다.

"어흠."

처음부터 벌어지던 1위 2위 다툼은 개표 30% 즈음 10% 이상 벌어지기 시작했다. 투표 상자는 열어 봐야 안다고, 더 기다려 보았다. 그러나 70%가 넘었을 때에는 격차가 15%나 벌어지고 말았다.

압승!

개표가 이루어질수록 더욱 벌어지기만 하는 격차에 김종기의 집은 이미 축제 분위기였다.

"축하합니다, 이제 김종기 당선인님이시군요!"

"전 이미 투표 시작도 전에 후보님이 되실 줄 알았습니다!"

김종기 당선인도 입이 귀에 걸리며 좋아했다.

"다들 고맙습니다. 이게 다 여긴 계신 모두가 이렇게 곁에서 지지해 주신 덕분이 아닌가 싶습니다."

"허허허허!"

하지만 이런 말은 다 인사치레일 뿐이다.

그는 자신이 이렇게 모든 것을 쥘 수 있었던 게 모두 어떤 한 사내 덕분이란 걸 누구보다도 잘 알고 있었다.

새벽 시간, 모두의 환호성 앞에 집을 나선 김종기 당선인.

그는 지지자들 모두에게 고맙다는 인사를 잠시 나누고는 당선인으로서의 일정을 소화하기 시작했다.

* * *

아침에 탕비실에서 커피를 마시는데, 장태열이 들어오며 성질을 냈다.

"에이, 짜증 나."

"왜요, 무슨 안 좋은 일이라도 있었어요?"

"그걸 몰라서 물어? 김종기가 대통령에 당선이 됐잖아."

아무래도 야당 지지자였던 모양이다.

"난 또 뭐라고."

"김종기 저거 꽤나 음흉해 보였거든. 무슨 자기 납치한 사람들도 용서하는 부처다 마음이 넓다 어쩐다 하는데, 내가 보기엔 다 쇼거든."

어쭈? 그게 보였어? 예리한데.

"왜요, 난 사람 훈훈해 보여서 좋던데. 말도 참 잘 듣게 생겼고."

물론, 주관적 입장이지만.

"야, 넌 사람 보는 눈이 그렇게 없냐? 저 눈매하고 볼살에 맺힌 욕심이 이게 이게 안 보이냐?"

"무슨 관상가라도 돼요? 그게 보이게?"

"사람이란 게 말이야. 원래 짓던 표정대로 나이를 먹게 되는 거거든. 평소에도 저렇게 욕심 가득한 표정을 지어 왔으니까 저런 인상이 만들어진다는 거야."

장태열, 이 사람. 은근히 사람에 관해 통달해 있다.

하긴, 듣고 보니 그 말도 맞지 싶고. 실제로 김종기가 욕심이 많은 것도 사실이다. 곁에서 보아 온 나라서 그거 하나는 잘 알고 있거든.

"사람들이 말이야. 현 정권에 그렇게 당해 왔으면서 어떻게 국민 평화당을 또 뽑아? 아유, 속 터져."

막 성질을 내며 나가는 그를 들어오던 최소현이 보더니 나에게 물어 왔다.

"왜 저래요? 아침부터?"

"이 아침에 투표 결과 나왔잖아요. 지지하던 당이 안 됐나 봐요."

"아~"

최소현은 주변 눈치를 보더니 속삭여 왔다.

"근데요. 김종기가 원래는 발라스였다면서요. 근데 저렇게 대통령이 되고 해도 돼요?"

아무래도 한 나라의 대통령이 가지는 권위와 권력이 걱정스러웠던 모양이다.

"내가 짜 놓은 흐름인데, 당연히 돼야죠. 안 되면 오히려 곤란한 건데."

"진짜요?"

"김종기는 이미 내 사람입니다. 안심해도 되요."

"발라스를 장악해 가고 있다더니, 벌써 그렇게나 진행 중이었어요?"

"그동안 제가 바빴잖아요?"

"그렇기는 했죠."

"일을 많이 했으니까, 지금쯤이면 이 정도 결과정도는 나와 줘야죠. 안 그래요?"

최소현이 가만히 생각하더니 물어 왔다.

"그래서 그 일은 언제 끝나는 거예요?"

"왜요? 혹시, 내가 일을 서둘러 끝내야 할 이유라도?"

"그게…… 근래에 시간이 남다 보니까 저도 대학 동기들하고 연락이 닿았지 뭐에요. 그래서 여행이나 갈까 했죠, 뭐."

동기들이라면 아무래도 경찰대학 친구들을 말하는 모양인데.

"여행? 동기들이랑? 근데 그게 내 일하고 무슨 상관일까? 혹시, 커플 여행?"

"빙고~!"

하지만 좋아하던 그녀의 표정은 다시 시무룩해졌다.

"근데 역시 안 되겠죠? 최강 씨는 중요한 일로 바쁠 테니까……."

"음…… 날짜가 언제인데요?"

"다음 달, 1일."

"대략 한 달 후인데……. 장소는요?"

"인도. 좀 멀죠?"

인도? 중동 쪽 발라스 회주가 거기에 있다고 들었는데. 이거, 시기상 적절해 보이는데?

"좋아요. 가도록 하죠."

"정말요?!"

"네, 안 그래도 그쪽에 볼일이 있기도 했었고. 겸사겸사 하면 될 것 같아서요."

최소현이 팔짝 뛰며 기뻐했다.

"고마워요! 얘기 꺼내기 정말 주저했는데. 안 그래도 그것들이 톡방에서 자기 남자친구들 자랑하는데, 얼마나 눈꼴 시리던지."

"소현 씨도 하면 되잖아요?"

"근데 또 우리가 하는 일이 워낙 비밀스러운 일이라서. 그렇다고 거짓말을 할 수도 없고. 그래서 조용히 있었죠, 뭐."

비밀엄수에 대한 조항 때문에 말도 못 꺼내고 끙끙 앓았던 모양이다. 그렇다면 이런 기회에 자신감을 불어넣어 주는 것도 남자친구의 역할이 아닐까.

"훗, 그렇군요. 그럼 저도 나름의 위장이 필요하겠는데요?"

"위장?"

"기다려 봐요. 그때가 되면 동기들 앞에서 남부럽지 않은 남자로 변신해 있을 테니까."

하지만 그 일에 앞서 내게는 해야 할 일이 하나 있었다.

대통령 선거 다음 날인 오늘, 발라스의 원로위원회의가 기다리고 있기 때문이다.

* * *

회의가 열리는 저녁. 김종기가 나타나자 모두가 박수로 그를 축하해 주었다. 김종기는 단상에 오르며 활짝 웃었다.

"다들 짐작은 했겠지만, 압도적인 지지를 통해 이 사람이 대통령에 당선이 되었습니다. 뭐 어떤 사람들은 회주에 대통령 업무까지 모두 어떻게 해낼 것이냐 우려하는 분도 계실 테지만, 나 이 사람, 문제없이 열심히 해낼 테니까 지켜봐 주십시오."

"대통령이 되신 걸 정말 축하드립니다. 한데 말입니다. 회의의 안건에 대해선 전혀 알려 주지 않으셨는데요. 안건은 무엇인 겁니까?"

공인모 회장의 물음에 김종기가 고개를 끄덕였다.

"안건에 관해선 지금 바로 설명해 드리도록 하겠습니다."

김종기는 스크린까지 띄워 가며 정말 열심히 설명을 했다.

결론은 이것이었다.

더는 나쁜 짓을 하지 않는다. 모든 조직망은 앞으로 악행을 저지르는 자들을 감시할 것이며, 그들이 법의 심판을 받을 수 있도록 돕는다. 법이 심판하지 못할 때에는 발라스 자체적인 규칙에 따라 처리한다. 발라스는 앞으로 세상의 보호와 평화만을 위해 움직인다.

예상했던 대로 모두가 엉덩이를 들썩이며 흥분했다.

"그건 지금까지 우리가 해 온 일들과 정반대되는 일이지 않습니까!"

"그 말은, 우리 중에 몇몇은 아예 일을 하지 말라는 겁니다!"

"대체 뭐가 남는다고 그런 일들을 한단 말입니까? 이익 없이 운영이 가능하기나 한 겁니까?"

나는 자리에서 일어나 모두의 불만을 날려 버렸다.

"그만! 내가 원해서 하는 일입니다-! 왜요, 여긴 계신 분들 중에 누구 불만을 가진 분이라도 계실까요?"

모두가 꿀 먹은 벙어리가 되었다. 그래, 누구든 한마디만 더 해 봐. 아주 입속의 옥수수를 확 다 털어 버릴라니까.

나는 곧 단상에 올라 모두에게 말했다.

"운영 자금은 나쁜 놈들 자금 빼앗아서 충당할 생각입니다. 이 나라 안에서 운영되는 나쁜 놈들, 그 외의 조직들, 비리로 자금 축적하는 정치인들까지. 그 돈들 다 거둬들이면 아마 금액이 엄청날 겁니다. 우리 발라스는 오늘 이후로 새로 태어날 것이며, 이로 인해 각자의 자리가 위태로워지는 일도 없을 겁니다."

강마석 회장이 난감해하며 일어났다.

"그럼 저는 어찌해야 합니까? 확실히 어떻게 하라는 말씀을 해 주셔야……. 음음."

밀매, 마약, 대부업과 여러 암흑가에서 벌어지는 일들까지. 바뀌는 발라스의 방침 안에서는 할 수 있는 게 아무것도 없을 것이다. 아니, 하고 있는 모든 일을 그만둬야 할 판이었다.

나는 그에게 말해 주었다.

"지금 하는 일 그대로 하면서 같은 업종의 나쁜 놈들은 벌하고 착한 사람을 도와줄 방법을 찾으면서, 온 도시에서 일어나는 범죄와 악행을 통제하세요. 그게 강마석 회장님이 앞으로 해야 할 일입니다."

"끄음……."

"왜요, 못 하겠습니까? 그럼 할 수 있는 사람을 찾아보겠습니다."

못 할 것 같으면 내려오라는 소리다. 강마석 회장도 단박에 알아듣고 얼른 답했다.

"아뇨! 하겠습니다! 그렇게…… 진행하겠습니다."

몇몇 원로위원들도 일어나 물어 오려 했지만, 내가 먼저 그 말을 잘랐다.

"다른 분들도 같은 맥락입니다. 각자의 위치는 지키되, 그 자리에서 범죄와 악행을 찾아내고 막아 낼 수 있는 방법을 찾으세요. 압력으로 안 된다면, 지금까지처럼 발라스 행동대원들이 움직여 처리할 겁니다. 아시겠습니까?"

로비스트 기업을 이끄는 정우찬 회장이 우려를 나타냈다.

"그렇지만 저희들의 이런 방침을 알면, 유럽과 중동 쪽 회주들이 가만히 두고 보질 않을 텐데요?"

나는 씨익 웃음 지었다.

"안 그래도 하나하나 만나러 가 볼 생각입니다. 그럼 충분히 정리가 되는 거겠죠?"

악마의 방문. 그것이 얼마나 공포스러운 것인지는 누구보다도 이들이 잘 알고 있다. 그래서인지 더는 말문을 여는 사람이 없었다. 결과가 너무 뻔하니까.

"네, 그렇게 하신다면야……. 믿겠습니다."

모두가 수긍하는 걸 보며 나는 그들에게 말했다.

"그리고 안건이 또 하나 있는데."

손짓과 함께 장정 둘이 피투성이인 이진석을 끌고 나왔다.

그를 보자 모두가 놀라 눈을 치켜떴다.

"아니!"

"이 실장?"

"이 실장이 왜 저런 꼴로……."

나는 큰 스크린 화면으로 그가 보내려고 했던 메일을 띄웠다.

"이건 얼마 전 이 실장이 유럽 발라스 지부에 보내려고 했던 메일입니다. 분명 우리 쪽 사람인데도 불구하고, 우리의 운영이 마음에 들지 않아 이런 짓을 벌였죠."

모두가 크게 흥분했다.

"저저……!"

"우리가 얼마나 곤란한 상황에 놓일지 알 것이면서, 저런 짓을 벌였다고!"

"이런 미친놈을 봤나!"

"니가 감히 우리를 배신해?!"

그러자 이진석이 크큭 대고 웃었다.

"크큭큭, 웃기고들 앉았네. 배신? 배신은 당신들이 먼저 했지. 생각을 해 봐. 이게 제대로 된 발라스인가. 대체 무슨 약점을 잡힌 건지 모르겠는데 말이야, 당신들 잘 생각해. 겨우 최강 이따위 인간한테 휘둘려서야 되겠어? 나는 말이야-! 당신들을 구원해 주려고 한 거라고! 알아?! 나라도 이렇게 해야 당신들이 정신을 차릴 테니까!"

나는 그를 가엾게 쳐다보다가 모두에게 배턴을 넘겼다.

"난 여기서 빠지도록 하죠. 처분은 여기 계신 모두에게 맡기겠습니다."

회의실을 빠져나가는 동안 이진석의 독설이 귀로 파고들었다.

"야, 최강-! 너라고 나처럼 안 될 것 같아! 너도 곧 뒤질 거다! 두고 봐라, 내 말이 틀리는가! 두고 보라고-!"

회의실을 나오자 케라가 말해 왔다.

-그놈 마지막까지 참 시끄럽구나.

"이미 다 내려놓은 거겠죠. 사정해 봐야 소용없을 거 아니까, 어차피 끝나는 마당에 막말이라도 해 보자는 거 아닐까요?"

제라로바가 말했다.

-아무튼 이쪽 지부의 변화는 곧 시작될 테고, 이제 세계로 퍼져나

가는 일만 남았구나.

"일정도 생겼겠다. 중동 쪽을 먼저 손봐 보려고요. 인도는 볼거리도 많다고 하던데. 잠시 쉬고 즐기는 시간 좀 갖자고요. 그동안 좀 바빴잖아요?"

-그것도 좋지! 흘흘!

* * *

[유광석: 납치, 살인미수 등으로 수배]

[박윤석: 불법시술, 살인미수 등으로 수배]

이들 둘은 노숙자들과 납치해 온 아이들을 보며 히죽 웃고 있었다.

"아우…… 저희들 어디로 가는 겁니까? 가는 곳이라도 말씀을 해 주셔야……."

"입 처닫고 가라는 곳으로 가! 처 맞기 싫으면."

"아앙! 집에 가고 싶어요-!"

우는 아이의 얼굴로 사내의 거친 손이 날아들었다.

철썩!

인정사정없는 그들이 행위에 공포 분위기가 조성되었고, 아이는 사내들의 강압적인 손에 의해 질질 끌려가다시피 했다.

"흘흘, 오늘도 물건이 꽤나 많습니다, 사장님."

박윤석의 말에 유광석이 실실 웃었다.

"그러게. 오늘은 상품 가치 있는 것들이 많네. 특히 요 근래 애들 심장 구하는 놈들이 많던데, 돈 좀 되겠어. 박 선생이 고생 좀 해 줘?"

"고생할 게 뭐 있나요? 어차피 죽을 것들, 필요한 부분만 칼질로 뜯어내면 그만인데."

사람을 살릴 때는 혈관 하나도 신경을 쓰고 봉합을 해야 했으나, 장기를 떼어 내는 일에는 그럴 필요가 없었다. 죽거나 말거나 신경 쓸 게 없어서다.

그래서 박윤석은 면허를 되살릴 수 있음에도 굳이 복원하지 않고 이들과 일을 하는 거였다. 신경 쓸 일이 없어서 속도 편하고, 돈도 훨씬 많이 챙길 수 있어서 그 어떤 병원에서 일하는 것보다도 만족스러운 직장이었다.

그런데 바로 그때였다.

처컹-!

갑자기 입구의 문이 거칠게 열리더니 여러 명의 사내들이 우르르 몰려왔다.

"뭐야, 저거?"

유광석이 인상을 쓸 때, 부하 하나가 옆으로 다가와 말했다.

"마 회장님 밑에 있는 이 비서님 같은데요?"

"그러네?"

유광석은 간간이 같이 일을 했던 사람이라 환하게 웃으며 다가갔다.

"아이고~ 이 비서님! 이 비서님께서 이런 누추한 곳까진 웬일로. 어디 돈 떼먹고 몸으로 때우는 놈들이라도 생기셨나? 그런 거라면야 저희는 언제든지 받을 준비가 되어 있는데. 말씀만 하십시오."

이자중은 노숙자들과 아이들을 슥 보더니 유광석에게 말했다.

"유 사장."

"네~ 이 비서님."

"당신 오늘부터 일 접어야겠어. 그러니까 저 사람들 다 풀어주고, 밑에 있는 사람들도 다 해체하도록 해."

"네? 아니, 그게 무슨 말씀이신지……. 왜요, 제가 무슨 잘못이라도 했습니까?"

"조직 방침이 바뀌었어. 그러니까 시키는 대로 해. 서로 안 다치고 좋게 끝내고 싶으면."

갑자기 쳐들어와서는 사람들도 모두 풀어주고 조직도 해체하라니, 이건 황당함을 넘어 어처구니가 없었다. 처음엔 저자세였지만, 개도 자기 밥그릇 건들면 무는 법이다. 유광석은 갑자기 태도를 확 뒤바뀌었다.

"아~ 씨팔 이건 또 뭔 개소리야. 암만 마 회장님 밑에 계신다지만, 이건 아니죠. 사업을 접으라니."

"정리해야 할 일이 많아서 길게는 설명 못 해. 조직원들 해체시키면서 들어가는 돈은 이쪽에서 전부 댈 테니까 시키는 대로 해."

"못한다면? 그럼 어쩔 건데?"

"그게 유 사장 선택인가? 그럼 할 수 없지."

이자중은 뒤에 있는 수하들에게 명령했다.

"처리해."

위협감을 느낀 유광석은 뒤로 물러나며 소리쳤다.

"야, 뭐하냐! 이것들 밀어내!"

사내들은 한데 얽혀 치열한 격투를 벌였다.

그리고 잠시 후, 유광석은 피투성이가 되어 무릎을 꿇은 채 이자중을 올려다보게 되었다.

"대체 이러는 이유가 뭐야. 우리가 뭘 잘못했다고 이러는 거냐고."

"잘못한 거 없어. 회장님 지시 사항이고, 앞으로 이 바닥에서 이런 식으로 장사하는 놈들은 보기 힘들 거야. 그렇게만 알아."

발라스의 바뀐 방침에 따라 어둠 속의 조직들은 하나둘 와해되어 갔다. 그것은 유명 클럽도 마찬가지였다.

"야, 약 없냐?"

"죄송합니다, 형님. 요즘 약이 공급이 안 됩니다."

"뭐? 그럼 롤러들은? 그 새끼들은 있을 거 아냐?"

"지금 죄다 무슨 일을 당했는지 병원 신세 지고 있단 소리가 있어요."

"그게 무슨 말이야?"

"누군가가 지금 이 바닥을 정리하고 있단 소문이 있더라고요. 약을 파는 새끼나, 약을 구하시는 분들이나…… 가리지 않고 친다고 하니까, 형님들도 조심하시는 게 좋습니다."

간단히 구할 수 있는 파티 마약조차 그 공급이 뚝 끊어졌다.

수많은 마약 중독자들이 길거리를 배회하며 약을 찾으려 애를 쓰지만, 있던 약도 어디선가에서 활활 불태워지고 있는 상황에 약이 밖으로 돌 리 없었다.

이자중은 아이 하나를 데리고 초인종을 눌렀다.

띵동!

눈물 자국이 가득한 채로 나오던 아이의 엄마는 아이를 보더니 화들짝 놀라 뛰어나왔다.

"아이고, 채윤아!"

"엄마-! 아아아앙-!"

"어헝! 어딜 갔다가 왔어! 이 엄마가 얼마나 놀랐는 줄 알아? 이틀 동안 대체 어딜 갔다가 온 거야!"

납치로 신고가 되어 있던 모양인지, 경찰이 뒤따라 나오고 있었다. 경찰은 다행스러워하면서도 아이를 데려온 이자중을 의심스럽게 쳐다봤다.

"누구시죠? 이 아이, 어디서 찾은 겁니까?"

"그냥 우연히 도와주게 되었습니다. 그럼 이만."

"아니, 저기요! 잠깐만요!"

경찰이 쫓아가려고 하자 아이가 크게 소리쳤다.

"그 아저씨 나쁜 아저씨 아니에요! 나쁜 아저씨들한테 잡혀 있는 걸, 그 아저씨가 와서 구해 줬단 말이에요!"

경찰과 아이의 엄마가 그 말을 듣고 깜짝 놀랐다.

아이는 이자중에게 다가와 눈물 가득한 얼굴로 고개를 숙였다.

"아저씨 고맙습니다……."

7살의 아이는 말도 참 또박또박 잘했다. 이자중은 아이의 갑작스러운 인사에 어색해했다.

"어? 어, 그래……. 다음에는 나쁜 아저씨들 따라가면 안 돼. 알았지?"

"네, 아저씨. 정말 고맙습니다……."

아이가 이런 행동을 보이는데, 경찰이라고 해서 더는 이자중을 붙잡을 수 없었다.

"저기 그래도 잠깐 가셔서 조사라도……."

"죄송합니다. 제가 시간이 없어서요. 그럼 이만."

이자중이 차에 올라 창밖을 보았다.

아이는 손을 흔들고, 아이의 어머니는 연신 고개를 숙이고 있었다. 그걸 보는데 어찌나 가슴에 이상한 기분이 드는지.

그는 자신도 모르게 피식 웃었다.

"훗, 이것도 나쁘진 않군. 후후."

조직 생활을 하며 이런 뿌듯함을 느끼게 될 거라고는 생각지도 못했는데. 이자중도 조직의 이런 변화가 처음엔 낯설었지만, 지금은 나름 보람도 되고 만족스러웠다.

* * *

며칠 동안 뉴스를 틀 때면 볼거리가 참 많았다.

그동안 잡지 못했던 수배자는 물론이고, 실마리조차 잡지 못하고 있던 범죄 조직들이 모조리 소탕되었다는 소식들로 가득했기 때문이다.

"와, 저 나쁜 놈이 잡히긴 하네요."

"연쇄살인범이죠?"

"네, 맞아요. 아우, 치사한 새끼. 연약한 여자들만 퇴근길에 납치해서는 토막 내서 강가에 버렸다고 하잖아요."

"아으…… 잔인한 새끼. 저런 건 아주 당장에 사형을 시켜야 하는데."

이형석이 몸서리치는 걸 보며 김지혜가 말을 보탰다.

"그것뿐인 줄 알아요? 공범도 있었는데, 여자들이 차고 있던 귀금속 팔고 남은 돈을 가르는 과정에서 불만이 생기니까 공범도 죽여 버렸데요."

"와, 정말 인간백정이 따로 없네요. 진짜 나쁜 놈이네, 저거."

나는 죽이 맞아서는 그렇게 대화를 나누는 그 둘을 보며 최소현에게 말했다.

"소현 씨, 저기 두 사람, 근래 들어서 꽤나 친해진 것 같지 않아요?"

"그런가? 글쎄요. 저는 잘 모르겠는데요. 그리고 매일같이 사무실에 둘만 갇혀 지내니까, 친해지는 게 당연한 거 아닐까요? 점심 먹는 것도 혼자 가기 뭐하니까 둘이 같이 다니는 것 같던데."

"그러니까 내 말은, 저 둘이 사귀는 게 아닌가, 그런 생각이 든다는 거죠."

"에이, 설마요."

그러면서 최소현이 속삭였다.

"설마 우리처럼 사내 연애를 할까요……."

"그건 모르죠. 내가 그런 부분에서 경고를 주거나 안 된다고 한 적은 없으니까."

"흠, 진짜 그런가? 사무실에 있을 때는 정말 일만 하는 사이인 것 같던데……."

"서로 잘 어울리는 것 같은데. 잘되면 또 어때요."

"호홍~ 그럼 형석 씨가 고생 좀 하겠는데요?"

"형석 씨가? 왜요?"

"지혜 씨, 은근히 성격이 앙칼지더라고요. 장태열 씨한테 쏘아붙일 때 보면, 어우…… 살쾡이가 따로 없어요."

"그거야…… 장태열 씨가 워낙 사람 긁는 재주가 있으니까."

그걸 또 들었는지 뒤에서 장태열의 목소리가 들려왔다.

"재주? 누가 무슨 재주가 있는데?"

깜짝 놀란 우리는 얼른 둘러댔다.

"아뇨, 뭐! 굼뱅이가 그런 재주가 있다고요."

"일 보세요, 그럼."

그가 우리를 수상하게 쳐다봤다.

"뭐지? 이 나만 따돌리는 것만 같은 느낌 아닌 느낌은? 치사하게 사람 따돌리고 그러지 말자. 그럼 나 기분 나빠."

"따돌리기는 무슨. 그런 거 아닙니다."

"쓰읍, 이상한데……."

* * *

김지혜와 함께 퇴근하던 이형석은 퇴근할 때면 근심이 가득한 그녀의 얼굴을 보며 묻지 않을 수가 없었다.

"지혜 씨."

"네?"

"뭘 그렇게 놀라요? 그냥 부른 건데."

"아, 네. 그러게요……."

"혹시 요즘 무슨 걱정 있어요?"

"아뇨. 그런 거 없는데요."

"몇 달 전부터 뭔가 좀 그늘진 얼굴을 자주 보이는 것 같아서요. 평소엔 밝은 편이어서 좀 이상하다 싶어서요."

"정말 그런 거 없는데. 헤헤."

이형석은 그녀의 눈치를 보다가 어렵게 말을 꺼냈다.

"에이, 안 되겠다. 오늘 나하고 술이나 같이 합시다."

"술이요? 이렇게 갑자기?"

"어차피 지혜 씨도 혼자 산다면서요. 집에 가서 우울하게 혼자 있을 바에는, 나하고 술이나 한잔합시다. 내가 기분 풀어 주고 싶어서 그래요."

"아니, 뭘 또 그렇게……."

"그래서 싫다는 거예요?"

"아뇨, 뭐……. 가요. 그러죠, 뭐. 대신, 이상한 생각 하면 곤란해요. 이건 엄연히 직장 동료로서의……! 음, 뭐랄까……."

"친목 도모."

"아! 그래요. 친목을 위한 거니까. 동료로서의."

"훗, 그럽시다."

그렇지만 이형석은 은근히 김지혜를 마음에 품고 있는지, 표정이 확 밝아졌다.

그런데 바로 그때였다. 갑자기 건장한 사내 둘이 그들 두 사람을 가로막았다. 이형석은 자신들 앞을 딱 가로막고 선 그들에게 얼른 물었다.

"뭡니까, 당신들? 왜 이래요?"

두 사내는 김지혜를 보았다.

"감사실에서 나왔습니다. 연계된 상사의 일로 같이 좀 가 주셔야겠습니다."

이형석은 그런 걸 들어본 적이 없어서 황당해했다.

"감사실이라니요? 국가정보원에 그런 게 있었나? 그 말 진짜예요?"

김지혜는 그들이 국가정보원 소속이 아님을 알았다. 그래서 이형석을 밀어냈다.

"형석 씨, 잠깐만요. 제가 아는 사람들이에요."

"네? 정말요?"

연계된 상사라면 필시, 박명훈 기조실장과 신우범에 관한 일일 것이다.

그녀는 그들의 직속에서 최강을 감시하라는 명령을 받고 있었다. 하지만 그들 두 사람은 조직을 배신했다는 혐의로 모두 처분당했다. 늘 걱정하고 불안해하던 불씨가 기어이 자신에게까지 덮친 것이다.

"네, 알겠어요. 따라갈게요."

"지혜 씨?"

"술은 다음에 해요. 미안해요?"

"아…… 네……."

끌려가는 차 안. 김지혜는 드디어 올 게 왔다고 생각하면서도 이대로 제거되는 것이 아닌가 내심 불안감에 사로잡혀 있었다.

자신의 처분은 뭘까, 살기는 어렵겠지, 생각도 많았다. 별다른 조사 없이 끝날 수 있으면 정말 좋을 텐데 하는 것이 가장 큰 바람이었다. 이럴 줄 알았으면 이형석이나 좀 만나보는 건데 하는 황당한 생각마저 들었다.

그런데 어느 순간, 옆으로 차 한 대가 거친 엔진 소리를 내는가 싶더니 자신이 탄 차를 가로막았다.

부아아아앙-!

끼이이익-!

"뭐야, 저건?"

"나가서 얼른 확인해!"

"네."

그러나 나간 운전사는 오히려 누군가에게 고개를 조아리는 모습이었다. 그리고는 얼른 차로 다가와 두 사내에게 말했다.

"얼른 좀 나와 보셔야겠습니다."

"뭔데 그래?"

그러나 운전사가 말하기도 전에 차를 막은 당사자가 그들에게 다가왔다.

"그 여자는 앞으로 내 소관이야. 그러니까 당장 이리 내보내."

김지혜가 그를 보고 깜짝 놀랐다.

"최, 최 과장님? 최 과장님이 여긴 어떻게……."

사내들이 올려다보자 운전사가 얼른 말했다.

"원로위원이십니다."

"어엇!"

그제야 놀란 두 사내가 태도를 바꿔 얼른 차에서 내렸다.

하지만 자신들도 지시받은 사항이 있어서 김지혜를 이대로 내어줄 순 없었다.

"죄송합니다. 몰라뵈었습니다. 그렇지만 저희도 지시를 받은 몸이라서 말이죠."

"누구 지시인지는 몰라도 내가 데려갔다고 해. 그럼 될 거야.

그러니까 당장 그 여자 내려놓고 가."

그들은 무척 곤란해했지만, 원로위원의 말을 함부로 거스를 수가 없어서 이내 수긍하며 얼른 다시 고개를 숙였다.

"음……. 네, 알겠습니다."

잠시 뒤. 김지혜는 잔뜩 주눅이 들어 최강의 앞에 앉아 있었다.

둘은 커피숍에 와 있었고, 최강이 커피로 입을 축인 후에 천천히 말을 꺼냈다.

"내가 원로위원이라고 해서 많이 놀랐어요?"

"네? 아…… 네. 전혀 몰랐습니다."

"원래 윗사람들 사이에서 일어나는 결과를 아랫사람들한테 알려 주는 조직은 아니니까."

"근데 대체 어떻게……."

"어떻게 원로위원이 되어 있냐고? 그야 내 능력이 워낙 출중하니까."

"아, 네……."

최강은 그녀가 초조해하는 이유를 무척 잘 알았다.

자신을 감시할 목적으로 7과에 들어온 거니 그걸 알까 싶어 걱정스러운 것일 것이다.

"처음부터 알고 있던 거니까 그렇게 주눅 들어 할 필요 없어요."

"네?"

"신우범 원장. 아니, 신우범 회장의 지시로 나 감시하러 7과에 들어온 거. 지혜 씨가 처음 들어올 때부터 이미 알고 있던 거라고요."

그녀의 얼굴이 하얗게 떴다. 이제 죽었구나 하는 생각을 하느라 손을 마구 움켜쥐는 것 같았다. 그걸 아는지 최강은 말했다.

"그 일로 지혜 씨한테 내려지는 징계는 없을 겁니다. 그러니까 걱정하지 않아도 돼요."

"네?"

"지시를 내리던 사람들이 모두 그렇게 되어 버렸으니, 갑자기 붕 떠 버려서 뭘 해야 할지도 몰랐겠죠. 심지어 배신으로 처분되었으니 얼마나 걱정이 많았을까."

"과장님, 저는……."

"괜찮아요. 지혜 씨는 내 사람입니다. 그래서 앞으로도 지혜 씨는 내가 보호합니다. 그러니까 아무 걱정하지 말고, 편히 지내도록 해요."

그녀는 그 말에 그동안의 걱정이 모두 눈 녹듯이 녹아내리는지 갑자기 눈물을 뚝뚝 흘렸다.

"고맙습니다……. 흐흡, 정말 고맙습니다……."

"뭐야……. 원래는 침투를 목적으로 한 현장요원 아니었나? 현장요원이 이렇게 마음이 약하면 어디 발라스 조직원이라고 할 수 있겠어요?"

"그게 저도 모르게…… 죄송합니다……."

"그렇다고 사과받으려고 한 말은 아닌데……. 아무튼 메시지 보내 놨으니까 거기로 가봐요."

"네? 어디로……."

“가 보면 알아요. 무거운 짐을 내려놓은 첫날이니까 재밌게 놀고. 내일은 하루 쉬도록 해요. 그럼 나 먼저 일어납니다.”

김지혜는 대체 어디로 가라는 것일까 싶어 메시지를 보았다.

놀랍게도 가라는 곳은 어느 술집이었다.

“여길……?”

시키는 대로 술집에 가서 두리번거리는데, 한 곳 테이블에서 이형석이 놀라며 일어나는 게 보였다.

“지혜 씨? 지혜 씨가 여길 어떻게……. 분명, 최 과장님께서 여기서 기다리라고 했는데.”

김지혜는 그제야 최강의 뜻을 알고는 울먹이기 시작했다.

“지혜 씨, 왜 그래요? 울어요?”

그녀는 울면서 웃었다. 그러면서 다가오는 이형석을 부둥켜안았다.

“흑흑, 고마워요……. 정말 고마워요…….”

이형석은 정말 크게 당황했다.

“아니, 무슨 영문을 알아야…….”

사람들이 많아서 살짝 부끄러워하던 이형석이었지만, 그는 곧 개의치 않고 그녀를 토닥여 주기 시작했다.

“오늘 뭔가 힘든 일이 많았던 모양이네요. 그래요, 울고 싶으면 울어요. 오늘은 내가 곁에 있어 줄게.”

너무도 좋은 사람들. 김지혜는 그 안에 속해 있을 수 있어서 너무 행복하다고 생각했다.

* * *

감사실 실장 이원용은 부하직원들로부터 이야기를 전해 듣고 고개를 주억거렸다.

"흠, 그래. 최강 원로위원께서 직접 데려가셨다고."

'저희들로서는 그분의 명령을 들을 수밖에 없었습니다. 죄송합니다.'

"아니야. 잘했어. 윗분의 말씀인데 따라야지. 더군다나 그분의 심기를 거스를까 싶어서 김지혜를 조사하려던 거였는데, 직접 데려가셨다면 우리가 할 수 있는 건 더 없어."

이원용 감사실장은 곧바로 자신의 상관인 김필준 원로위원을 만나러 갔다.

사정을 설명하자 김필준 원로위원도 수긍했다.

"그분이 그랬다면 됐어."

"최강 원로위원께선 이미 알고 계셨던 걸까요?"

"흘흘, 왜 끌려가는지 아니까 나섰던 게 아니겠나. 그런데도 보호했다는 건, 그럴만한 이유가 있다는 거야. 그러니까 그 일은 그만 캐고, 그만 멈춰."

"그런데 그분이 대체 어떤 분이시기에 선생님까지도 이처럼 윗분 취급을 하시는 것입니까?"

"아주 무서운 분이시지. 모르는 사람은 이 발라스가 회주에 의해 움직인다고 보지만, 실제로는 그렇지가 않아. 바람은 언제나 등 뒤에 있는 법이거든."

"그게 무슨……."

"새 바람이 불더라도 자네나 내가 하는 일은 달라지지 않을 거야. 그러니까 현재의 자리를 지키고, 자네의 일을 하면 돼."

"음……. 네."

이원용 감사실장이 나가자 김필준은 하던 일을 멈추고 몸을 바로 세웠다.

그리고는 창밖의 야경을 보며 웃었다.

"모르실 리가 없는 것을, 내가 헛일을 했군그래. 흘흘."

* * *

"좋은 아침입니다-!"

음료를 사 온 김지혜는 팀원들에게 활기차게 인사를 하더니 팀원들에게 음료를 하나씩 나눠 주기 시작했다.

그녀는 보는 사람마다 음료를 주었고, 곧 나에게도 다가왔다.

"과장님, 여기 음료수 좀 드세요."

"훗, 네. 고마워요."

모두에게 음료를 전하고 자리로 돌아가는 그녀를 보며 최소현이 내게 다가왔다.

"지혜 씨, 뭔가 좀 달라진 것 같지 않아요?"

"그래 보여요?"

“네. 몰랐는데, 저 모습을 보니까 최근까진 좀 어두웠던 게 아닌가 싶기도 해요.”

“누구나 가슴 속 깊이 자리한 불안을 털어내면 홀가분해지는 거니까. 뭐, 그런 게 있었나 보죠.”

“뭐야, 이 모든 걸 다 안다는 듯한 말투는?”

“내가 그랬나? 일합시다. 일…….”

모르는 척 최소현을 피하고 있는데, 전화가 걸려왔다.

누군가 싶어 확인해 보니 김종기였다.

한창 장관들 뽑느라 바쁘고 탈도 많더니, 웬일인가 싶었다.

“어, 나야. 그러든지. 알았어, 거기에서 보지.”

만나자는 말에 나는 김종기와 식사를 함께하게 되었다.

그런데 식사를 하는 사이 그가 전한 말에 나는 깜짝 놀랐다.

“뭐? 나더러 국가정보원 원장을 하라고?”

“언제까지 명령을 받으면서 그쪽에서 일을 할 수는 없지 않겠습니까?”

“그래서 명령을 내리는 입장이 되어라? 난 싫은데.”

“아니, 왜…….”

난감해하는 그에게 나는 내 입장을 말해 주었다.

“요즘 장관 후보자로 흠 많은 사람들만 골라서 뽑는다고 말들이 많던데. 거기에 나까지 숟가락을 얹으라고? 생각을 해 봐. 당신이 보는 이 몸의 나이가 고작 스물아홉이야. 다른 차장들도 많은데 하필 새파랗게 어린 과장을 그 자리에 앉힌다고 하면 누가 납득을 하겠어?"

"그렇다고 해도 제가 끝까지 밀면……!"

"그럼 다른 장관들처럼 청문회에 서겠지. 얼굴 팔리는 거 딱 질색인 거 몰라? 내가 왜 당신을 그 자리에 올렸다고 생각해? 전면에 서는 게 싫어서 그러는 거잖아."

"음……. 그럼 누구를 앉혀야 할지……."

그러게. 그것도 은근히 신경이 쓰이긴 하네. 괜히 깐깐한 사람 앉혔다가는 이런 일 저런 일 막 시키면 곤란한데.

웬만해서는 지금처럼 널널하게 일을 하고 싶은데.

"그거 꼭 국가정보원 관련자만 세워야 하는 거 아니잖아?"

"그야 그렇지요. 같은 당 의원들이나 그 외로 조직을 운영해 본 사람이면 누구나 선정할 수 있다고 봅니다."

"잡음이 안 생길 사람으로 선정하면서도, 이왕이면 발라스 내의 사람이면 좋을 것 같은데. 그럼 내가 굳이 그 자리에 앉지 않더라도 문제 될 게 없지 않겠어?"

"아……!"

"그럼 그렇게 하는 거로?"

"허허, 네, 알겠습니다."

차를 타고 사무실로 가는 길, 제라로바가 말해왔다.

-그럼 계속 과장이란 직책에서 머무를 생각인 것이냐?

"네. 이게 가장 편하지 싶어서요."

-근데 말이다. 굳이 지금의 일을 고집하는 이유는 무엇인 거냐?

글쎄, 왜일까? 그러고 보면 이 일을 시작한 이유나 계기는 전부 사라진 것 같은데.

세상 사람들이 모르는 정보를 보다 쉽게 접할 수 있어서? 그렇지만 그건 발라스 안에만 있어도 충분히 얻을 수 있는 거고.

생각해 보니 결론은 의외로 쉽게 나왔다.

“뭔가 세상의 법 위에 있는 느낌을 받고 싶어서가 아닐까요? 어떤 일에 연루가 되건, 임무의 일환이라도 둘러대면 어디든 무사통과니까. 그리고 해 보니까 이 일…… 꽤나 재밌단 말이죠. 악당을 혼내주는 위치에서 특별한 능력을 사용한다는 것도 은근히 즐겁고요.”

케라는 쉽게 수긍했다.

-재미를 위해서라는데, 그거면 충분하지. 그리고 이 일이 아니고서야 우리가 능력을 펼칠 일이 뭐가 있겠어? 지루한 생활은 딱 질색이야.

그래, 내가 즐거우면 되는 거다.

자기가 좋아하는 일을 한다는 것만큼 중요한 것도 없으니까.

* * *

검은 코트를 입은 삼십 대 후반의 백인이 제이슨의 앞에 서 있었다.

“부르셨다고요?”

"비웬, 아무래도 자네 팀이 나서 줘야겠어."

"안 그래도 쉬는 게 지겹던 차였는데 잘됐군요. 목표가 누구입니까?"

"최강이라고, 대한민국 사람이야."

"대한민국……."

"자료는 레이나에게 받으면 될 거야. 총을 귀물로 사용하는 자라고 하니까 조심해야 해. 이미 나부크 팀이 당했고, 현지로 가면 나부크가 자네 팀을 지원할 거야."

"나부크라면 그 결계를 쓰는……."

"아무튼 나머지 상황은 나부크에게 듣도록."

"네, 알겠습니다. 바로 떠나겠습니다."

비웬은 공항에서 팀원들을 만났다.

네 명의 남녀가 그의 등장에 몸을 바로 세웠다.

"오셨습니까, 팀장님!"

"네이단, 크리스티나, 알렌, 베코."

팀원들 하나하나의 이름을 호명한 그는 임무에 관해 말했다.

"이번 임무는 무척 위험한 임무가 될 것이다. 이미 한차례 헌터가 실패한 만큼, 우리의 역할이 매우 크다는 걸 알아야 한다. 장비들은 문제없이 챙겼겠지?"

"네, 팀장님!"

"좋아, 지금 즉시 출발한다. 목적지는 대한민국이다. 목표에 관해선 가면서 설명하도록 하지."

하루 뒤.

공항으로 마중을 나온 나부크가 비웬과 그의 팀원들을 만났다.

"오서 오십시오."

"자네가 나부크인가?"

"네, 그렇습니다. 일단 지낼 곳을 안내해 드리겠습니다."

저마다 큰 가방을 등에 멘 그들은 나부크를 따라 어느 호텔로 오게 되었다. 비웬은 매우 긴 가방을 한쪽으로 내려놓으며 나부크에게 물었다.

"목표에 관해선 오면서 충분히 숙지했어. 근데 그가 자네 팀을 한 명도 죽이지 않았다던데. 사실인가?"

"네, 그렇습니다. 그러면서 하는 말이, 대화를 먼저 청해 왔으면 좋았을 거라는 말을 했습니다."

"후후, 어차피 결론은 자신의 힘을 포기하지 못한다는 거 아닌가? 근데 무슨 대화가 필요해."

"그렇지만 그리 악한 자는 아닌 듯 보였습니다. 사람을 아무렇게나 해치는 자도 아닌 것 같았고요."

"그가 이 나라의 정부요원 같은 그런 거라고?"

"네, 그렇습니다. 그래서 결계를 쓸 수 있는 제가 파견되었던 거고요."

"자칫 정부요원들이나 경찰이 끼어들었다가는 골치 아플 테니까. 아무튼 놈의 행동반경에 대해서 먼저 설명해 봐."

* * *

핸드폰을 만지며 즐거운 미소를 머금고 있는 그녀. 다른 상사였다면 근무시간에 딴짓을 한다며 뭐라 했을 테지만, 나는 다르다.

나는 오히려 사랑스러운 눈빛으로 그녀에게로 다가갔다.

"뭐가 그렇게 재밌어요? 나도 좀 같이 알면 안 되요?"

그러자 그녀가 핸드폰을 보여 주었다.

"동기들하고 톡 주고받고 있는데요, 동기들이 내 남자친구 궁금하다고 엄청 쪼아대는 거 있죠. 그래서 당일 날 공개한다며 신비로움 좀 풍겼죠."

"그러다가 동기들 실망이라도 하면 어쩌려고."

"어머? 내 남자친구가 얼마나 멋진데 실망을 해요? 키 커, 인물 잘생겼어, 능력은 또 얼마나 좋아?"

"훗, 다 맞는 말이라 반박은 못 하겠는데. 아무튼 이렇게 된 이상, 미뤄왔던 멋진 남자친구 만들러 가야겠네요."

"무슨 말이에요?"

"나도 비밀. 여행 당일 날 알려 줄게요."

"어어?! 치사해. 진짜 그러기에요?"

사무실을 나와 내가 간 곳은 보안업체인 우신이었다.

이제 우신의 대표가 된 신정환은 나의 방문을 무척 반가워했다.

"왔어? 차 뭐로 마실래?"

"시원한 아이스티 같은 거 있을까요?"

"아이스티. 잠깐만 기다려 봐. 내가 신기한 거 보여 줄게."

뭘 하려고 이러나 싶어 조금 기다리는데, 문이 저절로 열리면서 웬 로봇이 들어왔다.

알고 보니 서빙 기계였다.

"뭐야? 이런 건 또 어디서 났어요?"

"밑에 1층에 카페 만들어 놓은 거 봤지?"

"네."

"어플로 주문을 하면 이렇게 각 사무실로 서빙 로봇이 전달을 해 주게 해 놨어. 비서한테 커피 심부름 시키는 것도 은근히 갑질인 거거든."

"와, 세상 참 많이 좋아졌네요."

"그러게. 나도 아침에 눈뜰 때마다 바뀌는 세상에 깜짝깜짝 놀란다니까."

그런데 그때, 제라로바가 강한 욕구를 드러냈다.

-최강아, 이거 정말 좋아 보이는구나. 그러니까 이게 스스로 사무실까지 찾아도 오고 음식이나 음료도 나른다는 것이지 않느냐?

"뭐……."

신정환이 앞에 있어 말은 못 하고 간단히 수긍만 했다.

그런데 이 할아버지가 대뜸 황당한 소리를 했다.

-우리도 이것 좀 가지자꾸나!

"풉!"

신정환이 물어 왔다.

"왜? 무슨 문제 있어?"

"쿨럭! 아뇨. 그런 게 아니라. 갑자기 황당한 소리를…… 아니, 황당한 생각이 들어서……."

나는 기침을 하며 속삭였다.

"대체 무슨 생각으로 그런 걸 요구하는 건데요?"

-왜, 안 돼? 돈도 많은 녀석이 그게 뭐가 어려워?

그렇기는 해도, 이걸 어디다 써먹으려고 이러는 건지.

"나중에 다시 얘기합시다, 그건……?"

나는 어색하게 웃으며 신정환을 보았고, 그는 나를 이상하게 쳐다보다가 히쭉 웃고는 물어왔다.

"근데 진짜 어쩐 일이야?"

"아, 용건이 있었지. 그게 다름이 아니라, 나 여기 자리 하나만 만들어 줬으면 해서요."

"자리? 정말? 나야 그렇게 해 주면 좋기는 한데……! 근데 진짜 지금 하는 일 그만두려고?"

"아니, 그런 건 아니고요. 그냥 형식적인 자리만. 이 회사 이름으로 직함하고 이름만 파려고요."

신정환은 진심으로 아쉬워했다.

"크음, 난 또 뭐라고. 훌륭한 직원 하나 얻나 싶었는데 괜히 좋아했네. 그래서 무슨 직함이 필요한데?"

"음…… 이왕이면 이사 정도? 사회적인 급이 좀 높은 게 좋으니까."

"이사라. 알았어. 내가 내일이라도 당장 만들어 줄게. 사무실도 내줄까?"

"에이, 됐어요. 사무실은 무슨."

"어차피 빈 사무실이 많아서 그래. 만들어 둘 테니까 필요할 때 써. 자주 오가기도 하면서 직원들이 얼굴 익힐 수 있게도 좀 해 주고."

나는 시원한 아이스티를 마시다가 물었다.

"그보다, 발라스 중책들의 감시는 어떻게 되어 가요? 달라진 방침에 내분을 일으키려 하거나 수상한 움직임을 보이는 사람은 없던가요?"

"그런 분위기는 안 보였어."

"다행이네요."

"다들 갑자기 좋은 일 찾아서 하려니까 어색하긴 한 모양이야. 근데 몇몇은 꽤나 뿌듯해하기도 하더라고. 감시하는 직원들도 자신들이 앞으로 해야 할 일도 그와 같은 거라서 무척 만족스러운가 봐."

"그렇게 좋은 영향을 계속 퍼트릴 수만 있다면 정말 좋을 텐데. 아무튼 문제없이 굴러간다고 하니 조금만 더 감시하다가 그만둬야겠네요. 여기 직원들도 이제 슬슬 자기 일을 찾아서 해야죠."

대화를 마치고 1층으로 내려온 나는 회사를 나가려고 했다.

그런데 저만치 한쪽에서 옆으로 걸어 나오더니 내 앞을 가로막는 외국인이 있었다.

누가 보더라도 나를 빤히 쳐다보고 있어서 묻지 않을 수 없었다.

"누구시죠?"

"영어 할 줄 아나?"

"네. 그렇습니다만."

"최강 당신과 대화를 좀 했으면 하는데. 시간이 될까?"

갑자기 찾아와서는 대화를 청하는 외국인. 거기다가 내 이름까지 알고 있다.

설마……? 나도 짐작하는 바가 있는지라 일단 고개를 끄덕였다.

"네, 앞장서시죠."

그는 뒤돌아 먼저 걸어나갔다. 나는 심상치 않은 분위기를 풍기는 그의 등을 보며 미소와 함께 천천히 따라 나갔다.

"훗, 오늘은 또 무슨 황당한 일이 생기려나……."

나를 찾아온 사내는 차를 타고 숲길로 이동하고 있었다.

-아무래도 너를 함정에 빠뜨릴 심산인 모양이다.

"압니다. 그렇지 않고서야 이렇게 한적한 곳으로 올 리가 없죠."

그가 말하는 대화라는 건, 처음엔 말 그대로 단순한 대화일 것이다. 그러나 그 대화가 통하지 않을 경우엔? 지금 가는 이 숲에서 공격당할 공산이 컸다. 지난번 나를 공격했던 이들이 혼자 다니지 않았던 것처럼, 어쩌면 목적지에서 누군가가 나를 기다리고 있을지도 몰랐다. 그래도 명색에 국가정보원 요원인데 이 정도 예상은 당연한 거다.

근데 왜 따라가냐고? 훗, 나도 바보가 아니다. 과연, 내가 이런 것에 대한 대비도 안 해 놨을까?

"이쯤이면 충분하지 싶은데. 후훗."

얼마 안 가 앞차가 섰다. 차에서 내리는 그를 보며 나도 차에서 내렸다.

"대화를 하기엔 꽤나 외진 곳을 골랐군요."

"우리의 대화가 조금 특별한 만큼, 남이 들으면 조금 곤란하거든."

"그렇긴 하겠네요."

"일단 나를 소개하지. 나는 조율자 조직의 헌터, 비웰이라고 하네."

"지난번에 마법으로 나를 공격했던 자들이 있었는데. 그들과 같은 조직인가요?"

"그런 셈이지. 하지만 우린 마법을 직접 쓸 수 있는 사람들이 아니야. 귀물이란 걸 다룸으로써 그 힘을 쓰는 것이지."

우리는 차와 차를 사이로 서로에게 조금 더 다가갔다.

"그래서 저에게 원하는 게 뭐죠?"

"자네는 특별한 능력을 지녔다더군. 어떤 공간에서 감쪽같이 사라진다든가, 총을 귀물로서 사용하며 원하는 방향으로 움직인다든가 하는."

"그런데요?"

"그 힘을 포기해 주게나."

"갑자기 나타나서는 내 힘을 포기해라?"

"혹시 그 모든 능력들이 귀물에 의한 것이라면, 그 귀물만 넘겨주면 돼. 그럼 우린 자네에게 어떤 해도 끼치지 않고 이대로 사라져 줄거야."

그래, 너희들이 나를 찾아온 목적은 여전히 똑같다고 치고.

이번엔 내가 좀 묻자.

"저도 궁금한 게 있습니다. 당신들 조직은 뭐 하는 조직이죠?"

"우린 이 세상에서 쓰여서는 안 될 힘을 모으고, 세상의 균형을 맞추는 조율자야. 이 세상은 마법이나 초자연적현상 같은 것으로 흐트러져서는 안 돼. 우린 그런 힘들이 세상의 균형을 깨뜨릴 거라고 믿고 있지. 수천 년을 넘는 세월 동안 그렇게 살아왔고, 그 덕분에 이 세상은 그런 힘들로부터 안전할 수가 있었어."

"초자연적 힘으로부터 세상을 지킨다. 그것이 조율자 조직의 의무이다. 그런 거군요."

"맞아. 그래서 우리가 자네의 목숨을 빼앗지 않도록 협조를 부탁하는 것이네."

"만약에 말입니다. 그것이 단순한 지식으로 행해지는 능력이고, 빼앗을 수 없는 능력이면 어찌합니까?"

"우리에겐 그 기억을 지울 귀물이 있어. 하니 그 또한 문제가 되지 않아."

별걸 다 가지고 있네.

그렇다면 설마…….

"그럼 혹시 빙의된 영혼도 꺼낼 방법이 있습니까?"

비웬이 나를 가만히 쳐다봤다.

"자네, 그런 상태인 건가? 혹시 자네에게 빙의한 영혼들에 의해 조종받고 있는 거야?"

그냥 궁금한 걸 묻고 싶었던 건데.

어쩌다 보니 내 상태에 대해 너무 까 버렸다.

"그냥 그런 경우의 고통을 받는 사람이 한 명 있어서 말이죠. 주변에 귀신들린 사람 한 명쯤은 있는 거 아닐까요?"

대충 둘러대는 변명치곤 조금 궁색했나?

"있네. 우리에겐 그런 귀물도 있어. 하니 도움을 바란다면 말하게. 자네가 스스로 힘을 포기한다고만 한다면 뭐든 해 줄 수 있어."

후, 나쁜 놈들이 아닌 건 알겠다. 이들은 그저 자신들이 수천 년 간 지켜 온 사명을 수행하려는 것이다.

그래서 힘을 내어줄 거냐고? 미쳤어? 그건 안 되지.

"만약에 말입니다. 제가 세상을 보다 평화롭게 만들기 위해 당신들의 그 귀물이란 걸 좀 가지자고 한다면, 당신들은 내게 그 귀물을 줄 겁니까?"

"말도 안 될 일이지."

"그렇죠? 각자가 아무리 신성하고 좋은 뜻을 지니고 있더라도, 그 방법이 다르면 좋은 사람끼리도 서로 적이 될 수밖에 없는 겁니다."

"자네는 그럼 세상의 평화를 위해 그 힘을 쓰고 있다는 것인가?"

"그러기 위해 노력하고 있고, 지금도 진행 중이죠. 현재는 이

나라의 범죄를 줄이고, 마약 같은 것들로부터 사람들의 고통을 줄여나가는 것부터 해 보고 있을 뿐이지만."

"정부요원이라더니, 나라를 위해 좋은 일을 하고 있군."

"저의 일은 곧 전 세계로 뻗어 나갈 겁니다. 평화롭게 살아가는 사람이 악인들로부터 고통받지 않는 세상, 그게 제가 꿈꾸는 세상이거든요. 아무리 혼자서 놀라운 능력으로 악인들을 막아 봐야 무슨 소용입니까? 결국 큰 조직을 움직일 수 있어야 할 수 있는 일인 겁니다."

비웬은 뒤로 걸음을 옮겨 점차 멀어져 갔다.

"자네의 좋은 뜻은 알겠다만, 우린 마법 같은 힘으로 세상에 그런 영향을 주는 걸 용납할 수가 없어. 세상은 아무리 고통받더라도 그 자체로서 남겨져야만 한다네. 선하고 악한 마음을 지닌 것을 떠나, 신비로운 힘으로 세상을 바꾸는 건 안 된다는 거지."

나는 그를 보며 환하게 웃었다.

"우린 서로가 좋은 사람이란 걸 알지만, 적이 될 수밖에 없다는 것도 충분히 이해한 것 같네요."

"그런 것 같군."

"그 전에 한 가지만 제안해 볼까요?"

"뭔가?"

"나를 더 이상 건드리지 않으면 저도 당신들한테 관여치 않겠습니다."

"만약 그렇지 않는다면?"

"이후엔 제가 당신들을 찾아가는 게 당연한 수순 아닐까요? 아는지 모르겠지만, 저에겐 그럴 능력이 있거든요."

"아직 우리의 능력도 모르면서, 자신감이 너무 과하다는 생각은 안 해 봤나?"

"할 필요가 없거든요. 나는 나를 믿으니까."

"안타깝군."

"같은 마음입니다. 그리고 당신들 모두를 없애지 않는 한, 저는 계속 저의 안전을 위협받겠죠. 그렇게 되면 아무리 사람을 해치는 게 싫은 저라고 해도, 적을 살려 보낼 수만은 없는 겁니다. 저와 제 주변 사람들을 위해서라도."

"이해하네."

"좋은 대화였습니다. 궁금한 것도 많이 해소되었고요."

"우리가 자네의 목숨을 거두는 걸 너무 원망하지 말게."

"후……. 아무래도 오늘은 누군가는 죽게 되겠군요."

그런데 바로 그때였다. 갑자기 비웬이 큰 소리를 내기 시작했다.

"우워어어어어어어어-!"

그 순간, 숲 곳곳에서 여러 사람이 나타나기 시작했다.

누군가는 활을 들고 나왔고, 또 누군가는 펜과 책자를 들고 나오기도 했다. 또 누군가는 단순한 봉을 가지고 나오기도 했고, 어떤 이는 너클을 끼고 나타났다. 그리고 거기서 또 하나, 예전에 보았던 지팡이를 든 인물도 포함이었다.

"지난번보다 수가 많기는 하군."

비웬이 외쳤다.

"지금부터 사력을 다해 목표물을 제거한다!"

"네!"

그 순간, 가장 먼저 움직이는 건 지팡이를 든 인물이었다.

그는 지팡이를 들더니 지면으로 내려쳤고, 그와 동시에 예전에 일어났던 결계가 사방으로 퍼져나가기 시작했다.

쿠궁-!

스하하하하하앗-!

* * *

빛의 결계가 뻗어 나가고 공간을 삼켰을 때, 최강도 함께 그 자리에서 사라졌다.

스륵.

비웬과 그의 팀원들로서는 놀라는 게 당연했다.

"아니!"

"놈이 사라졌습니다!"

비웬이 나부크에게 물었다.

"결계 안에서는 마법을 사용 못 하는 거 아니었나?"

"그렇습니다!"

"그럼 이건 뭐야?"

"이럴 리가 없는데……. 아! 어쩌면 선배님이 상대했던 그자는 이미 마법의 힘으로 그곳에 있었던 것인지도 모릅니다!"

"그럼 내가 환영하고 얘기를 하고 있기라도 했다는 거야?"

"그런 거라면 지금 이렇게 사라진 것도 이해가 갑니다. 먼 곳에서 시행되던 마법이 저의 결계로 인해 차단된 것일 테니까요."

"흠, 우리가 이렇게 기다리고 있었던 것처럼, 그도 대비 정도는 해 놨다는 거로군."

수 싸움이었다.

이걸 비겁하다고 할 순 없었다.

자신들 역시 함정을 파고 최강을 끌어들인 것이기에.

그러니 최강도 그에 대비코자 마법으로 환영을 보내 대화를 했던 것이다.

"정말 바로 앞에서 대화를 나누는 것 같았는데. 대단한 능력이군."

비웬이 나부크에게 말했다.

"결계를 거두게. 아무래도 이 싸움에선 결계는 무용지물일 것 같군."

"그렇지만……! 이렇게라도 해야 그의 능력을 제한시킬 수 있습니다!"

"아니. 그는 절대로 이 결계 안에 들어오지 않을 거야. 아무튼 틈이 보이거든 가두도록 해 봐!"

"네, 알겠습니다."

결계는 곧 사라지고, 사라졌던 이들이 다시 나타났다.

최강은 조금 먼 거리에서 그들을 지켜보고 있었다.

"조금 당황하는 것처럼 보이죠?"

-예상을 못 했던 모양이구나.

"아무렴 내가 함정인 걸 뻔히 알면서 저기로 갈까. 사람을 너무 순진하게 보네요."

최강은 비웬의 차를 따라가며 분신 마법과 관통 마법을 함께 사용했다. 본체는 뒤로 빠져나가고, 분신만을 차에 남겨 두고서 비웬과 대화를 시킨 거였다.

그의 분신은 단순히 환영과는 달라서 약간의 물리력도 사용할 수 있었다. 그래서 차의 문도 열고, 목소리도 내어 진짜 같이 행동할 수 있었던 것이다.

"저기다!"

곧 그들도 최강을 발견했는지 빠르게 달려오는 게 보였다.

최강도 칼을 쥐고 총을 빼 들었다.

-놈들이 오는구나.

"우선 가장 귀찮은 것부터 처리해야겠습니다."

최강은 앞으로 쏘아지다가 땅으로 쏙 꺼졌다.

달려오는 걸 보았던 터라, 나부크는 곧장 사정거리 안으로 들어왔음이라 여기며 지팡이로 지면을 치려고 했다.

쿵-!

그런데 결계가 생성되지 않았다.

밑을 보니 칼이 지면에서 튀어나와 지팡이 끝을 찌르고 있었다.

"엇!"

그러더니 최강이 쑥 튀어나와 칼을 휘둘렀다.

스핫-!

기이한 녹색 빛이 서린 검이 휘둘러지자 지팡이가 그 자리에서 두 동강이 나 버렸다.

재질이 무엇인지는 몰라도, 두 동강이 난 지팡이는 그대로 쭈그러들어 가죽처럼 변해 버렸다.

"이럴 수가……!"

최강은 허탈해하는 나부크의 어깨에 검을 대었다.

그로 인해 최강을 공격하려 했던 비웬의 팀도 잠시 주춤했다.

최강은 나부크에게 경고했다.

"더는 이 싸움에 관여하지 마. 당신을 살려 주는 건 이번이 정말 마지막이야."

나부크는 절망했다. 어차피 귀물을 잃은 이상, 더는 싸움에 관여할 방법도 없었다. 자신들 헌터는 귀물의 선택을 받아야만 귀물을 쓸 수 있었다. 그런데 방금 귀물을 잃었으니, 이제 나부크는 헌터로서의 생명이 끝난 셈이다.

최강은 비웬의 팀을 보더니 뒤로 통통 튀며 물러났다.

"배려는 여기까지야. 지금부터는 목숨을 걸자고."

크리스티나가 화살도 없이 활시위를 당겼다. 활시위가 튕겨질 때마다 파란 얼음이 생성되어 최강을 향해 빠르게 쏘아졌다.

이쪽저쪽으로 움직이며 물러나던 최강은 날아든 화살이 바로 옆 나무에 박혀드는 걸 보며 신기해했다.

쩌저저적-!

그대로 나무 전체가 얼어붙었기 때문이다.

-최강아! 저걸 맞았다가는 위험하다!

제라로바의 말이 옳았다.

맞는 순간 그대로 얼음이 될 것 같았다. 그러나 케라의 코웃음도 동시에 들려왔다.

-저딴 것에 당할 이 몸이 아니시다!

얼굴 정면으로 날아오는 화살에 최강의 몸은 저절로 움직였다.

그리고 카우라가 맺힌 칼을 그대로 휘둘렀다.

파삭-!

화살은 그대로 흩어져 소멸되었다.

"와! 이걸 막는다고요?"

-우리 세계에서 과연 우리가 어떻게 마법사를 상대해 왔을 것 같으냐? 바로 이런 힘들 덕분이다. 카우라는 모든 힘을 소멸하는 힘도 갖추었기 때문이지.

카우라!

최강은 지금까지 육체적인 힘과 견고함을 상승시키고, 칼의 예리함을 늘릴 수 있는 줄만 알았다. 그런데 카우라에는 마법사에 대항할 수 있는 힘까지 갖춰져 있던 모양이다. 밤마다 최강의 몸을 훈련시켜 왔던 케라여서 카우라의 힘도 엄청나게 축적이 된 상태.

최강은 더욱 자신감이 붙었다.

"하핫! 내가 이래서 이분들을 좋아한다니까. 오늘 저녁은 두 분이 좋아하는 음식을 다 먹어 드리겠습니다. 어디 오늘, 배가 한 번 터져 보자고요!"

-그거 좋구나!

-가자! 저놈들을 깨부수러!

반면, 비웬 팀은 상당한 충격을 받은 얼굴들이다.

"크리스티나의 화살을 저렇게 막아 낸 놈은 아마 처음이지?"

"물리력을 이용해 다른 걸 대체해서 막은 걸 제외하고는."

"설마, 저 칼도 귀물인 거야?"

이번엔 최강이 달려들고 있었다.

탕! 탕! 탕!

"조심해!"

"제가 막겠습니다!"

봉을 든 이가 나서서 봉을 휘둘렀다. 그러자 봉에서 채찍 같은 빛줄기가 날아들더니 사방을 휘감았다. 빛의 채찍은 총알을 모조리 쳐 냈는데, 방향을 틀어 다시 공격할 게 남아 있지가 않았다. 총알들이 그 자리에서 모조리 소멸된 때문이다.

"저건 좀 위험하겠군요."

그때, 달려들던 최강에게로 비웬이 달려들었다. 검은 가방에서 커다란 검을 꺼내든 그는 한 마리의 곰처럼 달려들어 검을 내리찍어 왔다.

휙-!

최강은 순간적으로 옆으로 피했다.

콰광-!

하지만 강력한 전류가 흐르는 파괴력이 지면을 때린 순간, 그 여파로 한쪽으로 날아가는 건 어쩔 수가 없었다.

"으엇!"

지면을 때린 비웬의 검의 위력이 그만큼 대단하단 거였다.

-아무래도 전류가 흐르는 검인 모양이다!

"카우라의 힘이 저 힘을 견딜 수 있을까요?"

갑자기 최강의 눈빛이 카우라와 같은 녹색 빛으로 물들었다.

"후후, 그건 지금부터 내게 몸을 맡겨 보면 알게 될 거다. 카우라의 진정한 능력을 보여 주마."

최강은 카우라가 전신으로 퍼지자 몸 전체가 돌처럼 변하는 느낌이 들었다. 그만큼 몸이 단단해지고 강해지는 느낌이 드는 거였다. 거기다가 팔의 무게가 안 느껴질 만큼 강한 활력이 동반되었다.

"그럼 어디 다시 붙어 볼까?"

비웬은 목소리까지 변한 최강을 보며 아까 그가 했던 말이 헛소리가 아님을 깨달았다.

"역시 그 몸엔 다른 영혼이 깃들어 있는 모양이군. 최강, 내가 당신을 자유롭게 해 주도록 하지."

"흥! 그건 능력이 있는 자나 할 소리다!"

둘은 강하게 격돌했다.

쩌정-!

뇌력의 파동과 카우라의 파동이 동반되어 사방으로 뻗어 나갔다. 도움을 주려던 비웬의 팀원들은 그 파동에 밀려 저마다 뒤로 넘어져야 했다. 몸을 일으킨 네이단은 큰 충격에 빠졌다.

“말도 안 돼. 지금까지 팀장님의 검을 받아 낸 사람은 없었는데…….”

막아 낸 걸로 끝이 아니다.

둘은 무지막지한 검격을 주고받으며 수없이 격돌했다. 둘 사이를 가로막는 나무는 그 굵기를 떠나 모조리 산산조각이 났다. 그것은 결코 인간의 격돌이라 할 수 없었다.

주변의 지형이 변하고, 그들 사이에선 나무는 모두 사라지고 대지도 모두 울퉁불퉁하게 변해 버렸다.

콰광!

그리고 최강이 놀라운 속도로 달려들어 검을 가로로 베었을 때, 그걸 막은 비웬이 강하게 튕겨 바위에 부딪혔다.

퍼억!

“쿠억-!”

머리에서 피가 줄줄 흐르는 비웬. 그는 평생을 훈련해 온 팔이 부들부들 떨려오는 걸 느꼈다. 귀물의 능력에 의해 인간 이상의 힘을 쓰는 자신이거늘, 어떻게 이럴 수가 있나 싶었다.

“대체 뭐지? 그것도 당신이 쓰는 신비한 힘의 하나인가?”

최강이 녹색 눈빛을 흘리며 다가왔다.

"헛소리. 이것은 오로지 육체의 단련으로 만들어진 힘이다. 그래서 니들이 빼앗고 싶어도 결코 빼앗을 수 없는 힘이지. 마법은 그저 내게 옵션에 불과해."

-옵션이라니! 어딜 힘만 센 괴물 놈이 마법을 무시하느냐!

"거 노인네 시끄럽구먼."

최강의 말에서 비웬은 느낄 수 있었다.

"아무래도 그 몸엔 하나의 영혼만 있는 게 아닌 모양이군."

"눈치가 빠른 놈이군. 근데 꼭 눈치 빠른 놈들이 빨리 죽지."

최강이 지닌 검을 강하게 내던졌다.

스잉-! 퍼석!

비웬이 몸을 틀어 피하자 검은 바위를 꿰뚫어 하늘 위로 궤도를 그리더니 다시 지면으로 그의 머리를 찔러 왔다.

"젠장……!"

"팀장님!"

방금 전의 충격으로 움직일 수 없었던 비웬.

그러나 크리스티나가 달려들어 그를 덮쳤다. 그리고 동시에 너클을 낀 베코가 금빛의 막을 만들며 최강을 밀쳐냈다.

푸억!

검은 지면에 박혔고, 최강은 팔로 막은 모습으로 밀려나 베코를 쳐다봤다.

"그건 방어의 힘을 지닌 건가?"

"아니. 이런 것도 가능하지."

베코가 주먹을 휘두르자 금빛의 무언가가 최강을 향해 쏘아졌다. 힘 대 힘으로 싸우길 좋아하는 케라가 이걸 마다할 리 없었다.

케라는 씨익 웃더니 날아드는 힘을 모조리 주먹으로 쳐 냈다.

수없이 금빛 힘을 쏟아내던 베코는 또 한 번 놀랐다.

"말도 안 돼. 인간의 힘으로 이걸 막는다고?"

최강의 몸을 움직이는 케라가 비웃음을 흘렸다.

"이 육체는 너희는 상상도 못 할 훈련을 거쳐 왔거든."

그때, 어디선가 거대한 악어가 나타나 최강을 덮쳤다.

크어어어엉-!

"그럼 이건 어떠냐!"

거대한 이빨에 물린 최강이었지만 오른 손목을 만진 순간, 최강은 감쪽같이 사라졌다. 거대한 악어가 목표를 잃었을 때, 지면에 박혀 있던 검이 갑자기 한 방향으로 날아갔다.

바로 방금 전에 책자에서 악어를 꺼낸 알렌을 향해서였다.

스극!

"커억!"

순식간에 가슴을 꿰뚫린 알렌의 뒤로는 최강이 자리해 있었다.

검에 새겨진 문양을 통해 검을 끌고 온 최강이 검을 되찾으며 그 능력으로 알렌을 꿰뚫은 거였다.

털썩.

알렌이 쓰러지자 거대한 악어는 사라지고, 비웬의 팀원들 모두가 슬픔에 빠졌다.

"알렌-!"

"이 악마 같은 새끼!"

최강은 자신의 몸을 찾으며 난감해했다.

"아무리 지는 쪽이 당신들이라고 하지만, 그 말은 너무한 거 아닌가? 내가 이런 걸 원한 게 아니란 건 당신들이 더 알잖아. 그러게 돌아가라고, 덤비지 말라고 몇 번을 말해?"

-최강아! 더 말할 필요도 없다! 모조리 죽여 버리면 돼!

"후우……. 잠깐 몸을 맡겼더니, 기어이 일을 저지르시네요."

제라로바가 말해왔다.

-아직 숨은 붙어 있다. 어쩔 것이냐?

최강의 뇌리에 순간적으로 귀물을 잃고 실의에 빠지던 나부크의 모습이 떠올랐다.

"딱 한 번만 더 참된 교훈이란 걸 만들어 보죠."

크리스티나가 광기에 들려 활시위를 당겼다.

양쪽으로 빠르게 피하던 최강은 어느 순간 모습을 감추더니 크리스티나의 눈앞에 나타나 그녀의 복부를 때렸다.

퍼억!

"흐억!"

활을 빼앗아 한쪽으로 던진 그에게 빛의 채찍이 날아들었다. 동시에 너클의 황금 물결까지 날아들었다. 다시 사라진 최강은 네이단에 이어 베코에게 다가들며 검을 휘둘렀다.

너무도 감쪽같이 나타나 검을 휘두른 최강이어서 피할 겨를도 없었다. 그러나 그 결과는 큰 고통으로 그들에게 다가왔다.

"끄아아악-!"

"내 팔이……! 꺼흐흐흐흑!"

둘 다 팔이 잘려 무기를 떨어뜨리고 만 것이었다.

최강은 크리스티나에게 했던 것처럼 그들의 무기를 빼앗아 한곳에 모았다. 그런 그의 행동에 비웬은 얼굴을 꿈틀거렸다.

"안 돼…… 저것들을 빼앗기면……."

그는 있는 힘을 다해 검을 꽉 쥐었다. 그리고는 즉시 쿵쿵 소리를 내며 최강에게 달려들었다.

"그건 절대로 내어줄 수 없어-!"

뒤돌던 최강이 다시 초록빛 눈빛을 만들더니 검을 휘둘렀다.

꽈창-!

거대한 충격의 결말은 참혹했다. 비웬은 자신의 검이 눈앞에서 산산조각이 나는 걸 보며 경악하고 말았다.

"이럴 수가……! 미밍구스의 검이……!"

미밍구스의 검은 영웅 호테루스가 숲의 정령 미밍구스에게서 받은 검으로, 이 검으로 호테루스는 뇌신 토르를 물리치고 반신 발두르를 죽였다고 알려져 있었다. 그런 신화 속의 검이 케라의 카우라라는 능력에 의해 산산조각이 난 것이었다.

충격에 빠져 무릎을 꿇은 비웬을 잠시 쳐다보던 최강. 그는 곧 비웬 팀이 가져온 귀물을 한데 모아 그들이 보는 자리에서 강하게 내리쳤다.

퍼석! 쩌정! 쿠궁!

순서대로 파괴되며 힘을 잃고 마는 귀물들을 보며 모두는 허탈함에 빠졌다.

"누가 이딴 걸 가지겠다고 했지? 난 전혀 그럴 생각이 없는데."

비웬이 크게 고함을 내질렀다.

"미쳤구나! 그 물건들이 어떤 물건인 줄 알고……!"

최강은 칼날을 집어넣어 가슴에 잘 넣고는 그들 모두에게 다가갔다.

"혹시라도 또 누군가를 보낼 거면 이 말을 꼭 전해 둬. 어디 그딴 거 가져오기만 해 보라고. 가져오는 족족 다 부수어 버릴 테니까."

"끄흑……."

"내 안의 누군가는 당신들 전부를 모조리 죽여 버리라고 하는데. 내가 그 말에 반대했어. 난 살인마가 아니니까."

최강은 가슴을 관통당해 당장이라도 숨이 넘어갈 것 같은 알렌에게 다가가 마법을 펼쳤다.

"라울 스미라가 가이라스 코나디아……."

그리고 마찬가지로 팔이 잘린 베코와 네이단에게도 같은 행동을 취했다.

"팔이 다시 되돌아오다니……."

"이런 치료 마법까지 지니고 있다고?"

최강은 곧 비웬에게 가 말했다.

“나는 정말 인내할 만큼 했고, 봐줄 만큼 봐줬어. 근데 진짜 이번이 마지막이야. 내 말 알아들어? 또 한 번 찾아오면, 그땐 당신한테 명령을 내린 그 사람, 나를 직접 보게 될 거라고 전해.”

최강은 걸음을 옮겨 차로 가더니 타고서는 훌쩍 떠나 버렸다. 저만치 숨어있던 나부크는 비웬에게 다가와 초조한 듯이 말했다.

“저, 저렇게 가게 내버려 두실 겁니까?”

비웬은 허탈해했다.

“그럼 어쩌자고. 귀물을 모두 잃었는데. 아무것도 가진 게 없는 우리가 뭘 할 수 있겠어…….”

그는 팀원들 모두를 쭉 둘러보며 한숨을 푹 내쉬었다.

“목숨을 건진 것만도 다행이라고 해야 하나……. 그의 배려에 고마워해야겠군.”

* * *

“휴~! 오늘도 참 신기한 것들 많이 봤네요.”

-하여간 너는 마무리가 너무 어설퍼. 저것들 살려 보내서 무슨 득이 된다고!

“너무 그렇게 살인에 익숙해지지 맙시다. 정말 나쁜 놈이면 나도 별 죄책감 없이 처리하겠는데. 또 그런 것도 아니잖아요.”

-에이! 실없는 놈!

나는 진지하게 말했다.

"저 사람들이 하는 일들을 보면, 세상엔 우리가 모르는 수많은 능력자들이 있다는 건데, 악한 사람에게 그런 능력이 있으면 곤란해지는 건 사실입니다. 저들도 나름 세상에 필요한 존재들이 아닌가 싶었단 거죠."

제라로바가 말해 왔다.

-너의 생각은 어떠냐? 그런 경고와 교훈을 줬다고 해서 저들이 다시 안 찾아올까?

"둘 중 하나라고 봅니다. 더 강한 놈들을 보내 오든가, 그게 아니면 저들의 높은 사람이 찾아오겠죠."

-그렇게 해서도 결론이 안 나면?

"그땐 귀물들을 모조리 빼앗든가, 다 부수든가 해야죠."

이번엔 케라가 말했다.

-그래도 저들이 너의 주변 인물들을 건드리지 않은 건 무척 다행이구나. 행여 사람을 홀리는 귀물이라도 있다면, 너의 주변 인물을 이용해 너를 공격해 올 수도 있었을 텐데.

"제가 저들을 죽이지 않은 이유 중에 하나가 바로 그겁니다. 목표 외에는 누구도 피해를 입지 않게 하려는 행동이 마음에 들어서. 나를 여기까지 데려온 이유도 다 그것 때문 아니겠어요? 각자 지키는 선은 뚜렷하다는 거겠죠."

* * *

제이슨은 비웬으로부터 소식을 전해 들으며 충격에 빠졌다.

"뭐……! 귀물을 모두 잃은 것도 모자라, 파괴당했다고? 아니, 어떻게 그럴 수가 있나? 특히 자네의 검은 불사의 힘을 가진 검이라 알려졌을 텐데……!"

그는 자리에 털썩 주저앉았다.

"그래……. 아무튼 목숨은 구했으니 다행이군. 알았네. 일단 귀환토록 하게."

전화를 끊은 그는 멍하게 있다가 경악하기를 반복했다.

"미밍구스의 검에 이어 하늘의 활까지……. 그 귀한 것들이 이리 사라지다니……."

레드 팀이 가진 귀물들은 등급이 높은 만큼 뛰어난 능력을 지니고 있었다.

한데 그 모든 걸 한 번에 잃었다고 하니 너무도 아까웠다.

"흠, 이 일은 이제 어찌한다? 골드 등급으로 보내야 하나? 하지만 비웬의 말에 의하면 그가 보내오는 족족 모든 귀물을 파괴할 거라고 했다던데……."

골드 등급의 귀물까지 잃는다면 정말 조율자 조직의 근간이 흔들리게 된다. 진정으로 악하고 감당할 수 없는 적이 나타났을 때, 손 쓸 방법이 없게 되는 것이다.

하지만 제이슨도 갈등할 수밖에 없는 것이, 자신들이 지금 상대하고 있는 자가 그리 악한 이가 아니라는 것이다.

번번이 헌터들을 살려 보내 주는 것만 봐도 그의 심성을 알 것 같았다.

"이거 고민이구먼. 악인을 상대하는 것도 아니어서 더 고민이 돼. 더군다나 이미 피해가 너무 크지 않은가……. 후우……."

한참을 고민에 빠져도 해결이 나지 않던 그는 결국 회의를 소집할 수밖에 없었다.

"이건, 나 혼자서 결정할 일이 아니야. 아무래도 장로분들의 고견을 들어 봐야겠어."

3. 감히 누구 사람들을 건드려

빙의로
최강요원

최강은 급히 대전의 병원으로 달려 들어왔다. 그는 응급실을 서성이다가 엄마인 최정순을 발견하며 얼른 다가갔다.

"엄마-!"

최정순이 깜짝 놀라 주변 눈치를 살폈다.

"이렇게 사람들 많은 곳에서 엄마라고 부르면 어떻게 하니?"

"지금 그게 문제에요? 뭐예요, 어떻게 된 거예요?"

"아니, 그냥. 발목 좀 삐고 손목이 조금 골절되었어."

"골절? 그러니까 어쩌다가요?"

"우리 아파트 엘리베이터 공사 중이거든. 그래서 분리수거 쓰레기를 계단으로 들고 내려가다가 넘어졌지 뭐야."

"하아, 조심 좀 하죠. 어디 머리 같은 곳은 괜찮고?"

"근데 넌 여행 간다는 애가 여긴 웬일이야?"

최강은 황당하다는 표정으로 엄마를 쳐다봤다.

"엄마가 다쳤다는데 지금 여행이 중요하겠어요? 정말 말 같은 소리를 해야지 말이야."

"괜히 얘기했나 보다. 우리 아들 즐거운 시간만 방해했네."

"하여간 엄마도 안 변하는 건 있네요. 그 아픈 몸으로도 자식 걱정하는 건 여전해."

"그 성격이 어디 가니. 평생을 그렇게 살아왔는데. 나한테는 네가 전부잖아."

최강은 그런 엄마를 가만히 쳐다봤다.

"아들도 마찬가지라는 것도 좀 알았으면 싶은데. 그건 모르죠? 아무튼 일로 와 봐요."

그는 주문을 외워 엄마에게 치료 마법을 펼쳐 주었고, 말끔해진 최정순은 무척 신기해했다.

"어머 어머, 이것 좀 봐. 나 벌써 다 나은 거야?"

"사람들이 몰라야 하니까, 일단 나가자고요."

그녀는 입구 쪽을 살피는가 싶더니 초조한 얼굴로 말했다.

"아냐, 엄마 혼자서 가도 돼. 너 이러다가 늦겠다. 여자 친구도 기다린다면서? 얼른 가 봐."

"정말 괜찮겠어요? 가면서 집까지 모셔다드리려고 했는데."

"됐다니까. 비행기 시간 놓치겠다. 얼른 가."

시간을 본 최강은 살짝 초조하기는 했는지 고개를 끄덕였다.

“알았어요, 그럼 저 먼저 가요. 집에 가면 전화하고~!”

“응, 가~! 나중에 꼭 여자 친구 소개시켜 주고~!”

최강이 나갔을 때에 맞춰 입구로 키 크고 잘생긴 청년이 하나 들어와 최정순에게로 다가왔다.

“혜나 씨, 일단 수납은 제가 했어요. 어떻게 휠체어라도 가져올까요? 이 다리로는 걷기 힘들 것 같은데.”

“괜찮아요, 정기 씨. 정기 씨가 데려다줘서 그런가 다 나은 것 같아.”

“그래도 너무 무리하면 안 돼요. 여자 친구 걱정하는 남자 친구의 마음도 좀 생각해 달라고요. 갑자기 다쳤다고 해서 내가 얼마나 놀랐다고?”

매너 좋고 사려 깊은 그의 달달한 말에 그녀는 무척 행복해했다.

“호호, 남자 친구가 있다는 게 참 좋기는 하네요.”

“조심히. 조심히 움직여요. 자, 이쪽으로.”

“고마워요, 정기 씨.”

그러면서도 그녀는 한 고비 넘긴 얼굴로 한숨을 푹 내쉬었다.

‘강이 얘는 간 거겠지? 들키는 줄 알고 혼났네.’

* * *

최소현은 시계를 계속 확인하며 발을 동동 굴렀다.

"못 오는 거려나……."

그런 그녀의 뒤로 몇몇 남녀들이 난감한 표정을 머금고 있었다.

"얘, 소현아. 너 남자 친구 오는 거 맞긴 한 거야?"

"어머니가 다쳤다고 해서 금방 다녀오겠다고 했거든. 시간 못 맞추면 그 다음 비행기라도 타고 온다고는 했는데. 아무래도 못 맞춰서 오나 봐."

"아무래도 안 되겠다. 지금 들어가야 해. 이러다가 우리 전부 비행기 놓치겠어."

"어, 그래……. 일단 가자."

함께하는 즐거운 여행을 꿈꿨던 최소현은 아쉬움을 뒤로하고 몸을 돌렸다. 그런데 바로 그때였다.

"소현 씨!"

뒤에서 최강의 목소리가 들려왔다. 기뻐하며 얼른 돌아본 그녀는 최강을 확인하며 얼굴이 환해졌다.

"최강 씨!"

큰 키에 환한 미소를 그리며 다가오는 최강.

그의 모습에 최소현의 동기들은 저마다 눈을 크게 떴다.

"저 사람이야?"

"올~ 잘생겼는데?"

"소현이 쟤 남자라고는 관심도 없더니, 어디서 저런 미남을 찾았대?"

최강이 최소현에게 다가왔다.

"미안해요. 제가 좀 늦었죠. 서두른다고 했는데, 시간이 좀 아슬아슬했네요."

최소현은 모르겠지만, 정말 전쟁을 치르며 달려온 길이다.

오면서 오죽 급했으면 마법까지 펼쳤을까. 차 전체에 몇 번이나 관통 마법을 써 머리가 지끈거릴 지경이었다.

하지만 힘든 내색을 할 순 없어 애써 밝은 표정을 지어 보였다.

"왔으면 됐죠. 여긴 제 동기들하고 그 남자 친구들이에요."

그녀의 동기들이 먼저 인사해 왔다.

"안녕하세요~!"

"반가워요~!"

최강도 마주 인사를 건넸다.

"반갑습니다. 최강이라고 합니다."

"어머, 너무 잘생겼다."

"고맙습니다."

"근데 직업이 뭐예요? 옷 입는 클래스가 남다른 것 같은데."

동기 중 하나가 명품을 알아봤는지 물었다. 최강은 난감해하는 최소현을 한 번 보더니 직업을 물은 동기에게 명함을 건넸다.

"우신경비보안이라고 경비업체 이사로 있습니다."

모두가 깜짝 놀랐다.

"우신경비보안? 요즘 광고 엄청 많이 나오는 거기? 진짜요? 근데 이사라고요?"

"이사면 엄청 높은 거잖아?"

"당연하지. 경영에 참여하는 자리인데. 요즘 누가 지분도 없이 그런 자리에 앉겠니?"

"허업! 그럼 혹시 재벌?"

사회적 등급이 월등히 높은 존재의 등장. 그것도 자신들 동기의 남자 친구! 그동안 톡에다가 자랑질을 할 때는 가만히 있더니, 이러려고 꼭꼭 숨겨 둔 거였나 싶었다. 어디 내놔도 부끄럽지 않은 자신들의 남자 친구였지만, 최소현의 남자는 그야말로 레벨이 달랐다. 그러나 정작 최소현은 이게 무슨 말일까 싶어 눈만 깜빡이고 있었다.

"음?"

그녀가 시선으로 이게 어떻게 된 일이냐고 묻는 듯했지만, 최강은 모르는 척 시계를 보며 모두를 재촉했다.

"늦겠네요. 얼른 탑승하러 가시죠."

"네네! 얼른 가시죠! 이러다가 늦겠다. 모두 출발!"

비행기에 탑승하는데, 친구들을 따라가던 최소현을 최강이 불러 세웠다.

"소현 씨? 우린 거기 아니고, 이쪽으로."

"네? 하지만 표가……."

"제가 소현 씨 것도 몰래 업 시켜 놨는데. 오래 타고 가야 하는데, 소현 씨 불편할까 봐서요."

최소현이 시선을 나누며 갈등할 때, 승무원이 다가왔다.

"손님, 퍼스트시네요. 퍼스트석으로 안내해 드리겠습니다."

"아, 네……. 미안, 얘들아. 내릴 때 보자?"

그녀의 동기들은 좁디좁은 자리로 자리를 잡으며 최소현을 부러워했다.

"부럽다……."

"와, 저 비싼 퍼스트석을? 비즈니스도 아니고?"

"후…… 뭐가 이렇게 가슴이 턱 막힌 것 같냐."

"부러워서 체한 거야, 이년아. 소화제 먹어."

"그렇지? 그래도 저게 난 년이네. 언젠가 얼굴값 하지 싶더니, 결국 제대로 잡았네. 제대로 잡았어."

"쉬잇! 너 남자 친구 듣겠다. 적당히 해."

그녀들의 남자 친구들도 뻘줌하기는 매한가지였다.

회계사에 변호사에 대기업 사원까지. 누구 하나 어디 가서도 꿀릴 게 없는 직업이었다. 그렇지만 상대가 잘나가는 신흥기업의 이사라고 해서야 어디 명함이나 내밀 수 있을까.

거기다가 여자 친구들이 저처럼 부러워하고 있으니 왠지 싸워 보지도 못하고 패배한 것만 같은 굴욕감이 느껴졌다. 이럴 줄 알았으면 무리를 해서라도 비즈니스석이라도 잡을 것을 하고 후회도 막심이었다.

"일행 중에 저렇게 잘나신 분이 올 줄은 몰랐는데."

"그러게요."

"음음, 솔직히 좀 꿀리긴 하네요."

"그래도 즐겁게 놀러 가는 길이니까, 잘 알아 두면 좋겠죠.

우리가 또 언제 저런 인맥 가져 보겠어요?"

"후, 여행 내내 여친의 따가운 시선만 받을 것 같아 불안해서 그럽니다. 알다시피 다들 한 성격들 하니까."

누구인들 그 생각이 없을까.

제발 피곤한 여행만 안 되길 간절히 기도해 본다.

* * *

넓은 좌석. 거기다가 침대처럼 뒤로 누울 수도 있는 편안함에 최소현은 깜짝 놀랐다.

"진짜 이게 다 어떻게 된 거예요?"

"뭐가요?"

"우신? 경비업체 이사라고요?"

"아, 대표가 아니라서 조금 실망했나? 사실 그 대표도 내가 세우긴 한 건데, 내가 전면에 서는 건 늘 부담이라."

"지금 그런 말이 아니잖아요?!"

"훗, 놀랐어요?"

"당연하죠."

"제가 그랬잖아요. 친구들한테 남부럽지 않은 남자 친구로 변신한다고."

최소현이 뒤를 힐끔거리며 속삭였다.

"아니…… 동기들 앞에서 위신이 서니까 좋기는 한데, 그래도 이러다가 위장이 걸리면 어쩌려고요?"

"누가 위장이래?"

나는 핸드폰으로 우신경비보안의 회사로 들어가 임원들 목록을 보여 주었다. 거기에 내 얼굴과 이름까지 있는 걸 보며 그녀는 또 한 번 놀랐다.

"허업……! 진짜?"

"갈 일은 별로 없겠지만, 사무실도 있는걸요. 필요한 건 위장이었는데, 그쪽 대표가 워낙에 완벽한 걸 추구하는지라. 이렇게 되었네요."

"헐……. 그래도 공무원이면 겸직은 안 되는 거잖아요?"

"그쪽에는 당연히 맡은 임무 때문에 위장을 해 둔 거라고 해야죠."

"하여간 능력도 좋아."

"당연하죠. 누구 남자인데."

최소현은 이리 앉고 저리 앉으며 말했다.

"근데 여기 진짜 편하네요. 퍼스트 클래스는 처음 타 봐요. 이런 곳이었구나. 일반석하고는 차원이 다르네."

"그렇게 조용히 말할 필요 없어요. 보다시피 아무도 없으니까."

"그러고 보니까 그러네요? 비싸서 그런가? 왜 아무도 없지?"

"그야 내가 소현 씨하고만 조용히 가고 싶었으니까."

최소현이 눈이 동그래져서는 나를 쳐다봤다.

"허업……! 설마……!"

"아마 그 설마가 맞을 겁니다. 자, 그럼 편안한 여행을 즐겨 볼까요?”

퍼스트 클래스의 풀 구매. 그야말로 진짜 돈 지랄이다. 하지만 꼭 한번 해 보고 싶은 로망이기도 했다. 중간에 최소현이 친구들을 모두 불러 간식 파티를 벌이는 바람에 조용한 여행은 물 건너갔지만, 그 나름대로도 충분히 즐길 수 있어서 무척 좋았다.

* * *

매우 고풍스러운 저택으로 헌터 로드, 제이슨이 도착했다.

그는 긴 탁자가 있는 공간으로 들어가 상석에 앉아 기다렸다.

그리고 시간이 정확히 6시가 되었을 때, 각각의 의자마다 저마다 나이가 지긋한 다른 인종의 노인들이 모습을 나타냈다.

진짜 같은 홀로그램이었다.

“헌터 로드가 장로님들을 뵙습니다.”

가장 가까이 나타난 노인이 말했다.

“로드가 보내 온 안건과 자료에 관해서는 이미 검토해 보았네. 문제가 정말 심각하더군.”

“저 혼자만 결정할 수 없는 문제인지라, 불편하실 것을 알면서도 이렇게 자리를 마련하게 되었습니다.”

곧 네 번째 좌석에 앉은 노인이 말했다.

“우리의 율법은 단 한 번도 변했던 적이 없네. 상대가 강하다면 모든 헌터를 동원해서라도 그가 가진 귀물을 빼앗고, 능력도 없애야 할 것이야.”

“하지만 그는 단 한 번도 저희 헌터들을 죽이지 않았습니다. 저희는 매번 그의 목숨까지도 노렸음에도 불구하고요. 레드 등급 팀장인 비웬의 말에 의하면 그는 자신의 힘을 세상을 위해 쓰고 싶다고 했다 합니다.”

다섯 번째 좌석의 노인이 말했다.

“그래서 로드의 생각은 무엇인가? 이런 자리를 마련한 것을 보면, 뭔가 우리에게 양해를 구하려는 생각으로 보이네만.”

잠시 침묵을 지키던 제이슨이 장로들 모두에게 말했다.

“할 수만 있다면, 그를 우리의 품 안에 두는 게 어떨까 하는 생각을 해 보았습니다.”

장로들 사이에선 말이 많았다.

“그가 그 뜻을 받아들이겠는가?”

“통제가 안 되면 어찌할 텐가?”

“우리 조율자 조직은 개인의 뜻을 위해 능력을 사용하는 걸 금지하고 있네. 그가 세상을 위한다는 그 뜻을 꺾지 않는다면, 결국 우리와는 함께할 수 없음이야. 그 정도는 이미 로드도 알 거라고 보네만?”

수많은 의견을 듣던 제이슨이 짧은 한숨을 내뱉으며 눈을 감고는 다시 떴다.

“그게 안 된다면 협력 관계로 가도 충분할 거로 사료됩니다만.”

“협력 관계?”

"우리가 해결하기 힘든 일의 경우, 그의 힘을 빌리는 그런 관계를 말씀드리는 것입니다."

장로들 대부분이 고개를 저어갔다.

"안 될 말이지."

"그럴 순 없네."

"통제가 되지 않는 자를 그대로 둘 순 없어."

"그건 우리 조율자의 율법에 어긋나는 행위야."

제이슨이 모두에게 말했다.

"그럼 장로님들께선 제가 골드 등급의 헌터를 파견해야 한다고 보시는 것입니까?"

"특별한 경우인 만큼, 그래야 한다고 보네."

제이슨은 걱정을 담아 말했다.

"아시다시피 우린 아직 그의 능력을 전부 알지 못합니다. 그는 신비한 힘을 지님과 동시에 상상도 할 수 없을 만큼의 훈련을 거쳐 인간 이상의 엄청난 괴력도 쓸 수 있는 자입니다. 반면, 우리는 선택받은 자라 할지라도 귀물의 힘을 전부 끌어내지도 못하고 있지요. 심지어 주인이 바뀌는 오랜 세월 동안 귀물은 점점 약해져 왔습니다. 한데 그런 자가 우리에게 마지막 경고를 해 왔습니다. 또 한 번 같은 행위를 할 경우, 저를 직접 만나러 오겠다는군요. 그리고 그때가 되면 모든 귀물을 파괴하겠다고 말했습니다. 약해져 가는 귀물에 그 수까지 줄어든다면, 그땐 저희가 무엇을 할 수 있겠습니까?"

그의 강력함과 불리해지는 자신들의 처지를 호소했건만, 장로들은 냉정했다.

"로드는 골드 등급으로도 그를 어찌할 수 없다고 보는 것인가?"

"그것은 아니지만, 로드라면 만약의 경우도 염두에 둬야 하니까요."

그러자 첫 번째 자리에 앉은 장로가 말했다.

"만약 모든 골드 등급과 레드 등급 전원을 그에게 보낸다면 어떻겠는가? 아무리 그가 대단한 능력을 지니고 있다 해도, 그것까지 그가 물리칠 거라고는 보지 않는데."

"그렇게까지……."

"오로지 율법 하나로 지켜 온 세월과 조직이네. 그렇게 해서라도 우린 우리의 신념을 지켜야만 해."

제이슨이 마지막으로 말했다.

"만약 그래도 우리가 진다면 그땐 어찌하실 겁니까?"

"수많은 신들의 힘을 지닌 우리에게 설마 그런 일이 일어날까. 아무리 세월의 무게 앞에 귀물들이 약해졌다지만, 나는 그럴 일은 없다고 보네."

장로 중 하나가 제안을 했다.

"투표를 해 보지. 다들 자신의 뜻을 말해 보게."

"찬성이네."

"나도 찬성."

"나도 찬성하지."

모두가 만장일치로 모든 힘을 다해 최강을 무너뜨려야 한다는 것에 찬성표를 던졌다.

제이슨은 착잡한 심정으로 억지로 웃음을 머금었다.

"알겠습니다. 장로님들의 뜻이 그러하시다면, 저도 따르겠습니다."

"로드, 자네라면 잘 해결하리라 믿네."

하나둘 홀로그램이 사라지며 모두가 퇴장했다.

제이슨은 한숨을 내쉬며 쓴웃음을 머금었다.

"꽉 막힌 사람들. 암만 내 선택의 짐을 가볍게 하기 위함이었다고는 하지만, 정말 변하지가 않는군."

가만히 눈을 감고 생각에 잠기는 것도 잠시.

그가 눈을 뜨며 전화를 걸었다.

"나일세. 놀라지 말고 듣게나, 레이나. 지금 당장 골드 등급 전원과 레드 등급 전원을 소집해 주게."

'진심이세요?'

"장로님들의 결정이야. 하니, 더 묻지 말고 당장 실행에 옮겨 주게."

* * *

노디라는 이름의 사내가 밤거리를 걸었다.

끼익!

어느 건물의 지하로 들어간 그는 험상궂게 생긴 사내들 몇을 지났고, 곧 익숙한 듯한 방으로 들어가 책상 앞에 앉아 있는 중년인을 만났다.

“바꾼다니, 대체 갑자기 왜요?”

“취향이 바뀌었대.”

“그러니까 어떤 취향? 그분들이야 늘 어린 것들만 찾아 댔지 않습니까?”

“근래 한국 영상들이 세계적으로 유명하잖아. 그래서 이번엔 한국인들로 원하신다나 봐.”

“한국인이요?”

“될 수 있으면 미모도 뛰어났으면 하시고.”

노디는 난감해했다.

“아니, 무슨 근처에 화보라도 찍으러 오는 한국인 모델이라도 납치할까요? 갑자기 한국 여자를 어디서 찾습니까?”

“그건 안 되지. 시끄럽게 만들 일 벌였다간 오히려 윗분들 노하실라.”

“깐깐하기도 하지. 지금까지 가져다 바친 애들이 몇인데. 그 애들은 다 어쩌고 말이야.”

그러자 중년인이 노디를 날카롭게 쏘아봤다.

“그걸 몰라서 그래?”

“아, 알죠. 한 번 거쳐 간 애들은 전부 처분한다는 거.”

“일 잘하는 자네에 대한 칭찬이 많아. 그래서 돈도 많이 챙겨 주는 게 아닌가. 그러니까 이번에도 잘 맞춰 봐."

"후……. 한번 해 보겠습니다."

"날짜를 잘 맞춰야 한다는 거 잊지 말고."

"네."

* * *

뉴델리. 인도의 수도라는 건 굳이 말할 것도 없겠지만, 아무래도 볼거리도 많고 치안도 중심지가 가장 좋다고 해서 여행지로 이곳으로 결정했다. 관광객 대부분은 외지보다는 수도를 찾는다고 하고 말이다.

좋은 호텔, 깨끗한 방과 친절한 서비스까지. 이때까지만 해도 우리 모두는 즐겁기만 할 것 같은 만족스러운 인도 여행을 꿈꿨다.

"이쪽으로 오세요! 거기로 가면 입장료가 비싸요!"

뉴델리 외곽으로 차를 타고 돌던 우리는 관광지로 들어가려다 말고 접근해 오는 사람의 말을 듣고 그를 따라갔다.

"입장권이 얼마죠?"

"200루피입니다. 정말 싸죠?"

인당 3,500원쯤 되는 돈이니 부담될 게 없었다.

하지만 우린 들어가서야 알았다.

"네? 입장권이 원래 없다고요?"

그랬다. 입장권이 없는 관광지에 우리만 사기를 당해 입장권을 내고 들어온 거였다.

황당, 허탈, 어이 상실.

“크게 사기를 당한 것도 아닌데. 그냥 웃고 넘어가자고요.”

그래, 웃어야지. 즐겁자고 온 여행인데.

그런데 조각상을 팔려는 소녀도, 싼값에 지붕 있는 오토바이 근처에 있던 아저씨도, 죄다 우리에게 사기를 못 쳐 안달이 난 사람들인 건 왜지?

“이쪽으로 오세요! 그늘 아래에서 여행지 주변을 전부 둘러볼 수 있습니다! 이걸 타세요!”

저거 정말 편하겠다는 생각으로 돈을 주고 잠시 기다렸다.

그런데 웬걸? 오토바이 주인이 따로 있었다.

“아니, 저희들을 태워 주신다는 거 아니었나요?”

“이건 내 거야. 장 보러 나온 건데 뭔 소리야? 보아하니 당신들 사기를 당했구먼.”

그렇게 이틀 동안 8번의 사기를 당했다. 진짜 이런다고?

“내가 호구가 될 줄은 꿈에도 몰랐네. 이게 말이 된다고요?”

“너무 열 내진 말자고요. 그렇다고 큰돈을 잃은 건 아니잖아요.”

“아니, 내가 지금 돈 잃어서 이래요? 사람 마음이…… 화가 나잖아요. 화가……. 찾아갈 방법이 없는 것도 아닌데, 확 가서 혼을 내 줘? 어우, 짜증나.”

내 손엔 입장권이라고 들려 준 가짜 입장권이 있었다.

이거면 정말 마법으로 못 찾아갈 것도 없었다.

-가자! 가서 이것들의 손모가지를 잘라 버리자!

-아니! 그런 놈들은 확 불태워 버려야 해!

두 분도 전혀 몰랐는지 화가 단단히 났다. 내 감정을 공유하니 아무래도 더한 모양이다. 그런데 갑자기 최소현이 시무룩해졌다.

"정말 즐겁게 놀려고 온 여행이었는데. 최강 씨는 화만 내고 있고. 이게 뭐야."

너무 내 감정에만 치우치다 보니 그녀의 생각을 못 했다.

"아니, 그게 아니라……."

"어쩌겠어요, 처음인데. 누구인들 기분 안 상하겠냐고요."

괜히 내가 오버해서 최소현의 감정까지 상하게 만든 것 같았다.

그래서 난 급하게 제안을 하나 했다.

"이럴 게 아니라, 내일은 각자 움직이자고 합시다."

"각자?"

"커플끼리. 이 근방에 코넛 플레이스라고 있다고 하는데, 우리 내일은 거기로 가요. 어때요? 둘이서도 좀 즐겨 봐야 하잖아요?"

이 여자, 금방 기분이 좋아져서는 활짝 웃는다.

"그래요, 그럼!"

* * *

코넛 플레이스 중심에서 매우 큰 인도 국기가 나풀거렸다.

그 주변으로는 잔디가 심어진 센트럴 공원이 있었는데, 더위를 피해 나온 많은 사람들에게 휴식의 공간으로 활용되고 있었다.

센트럴 공원은 종합운동장보다도 더 넓어 보였고, 공원을 중심으로 영국식 건물들이 원형으로 형성되어 있어 여러 문화가 뒤섞인 신기한 느낌도 들었다.

코넛 플레이스 안에 있는 상점들은 명동과 다르지 않을 만큼 유명 상점들이 즐비했다. 뿐만 아니라 다니는 사람들도 무척이나 세련되어 보였다.

"여긴 정말 좋네요."

"그러게요. 며칠 다녀 본 곳이 인도의 전부는 아니었네요."

그래도 코넛 플레이스가 가장 돌아다닐 만했다.

이곳에는 수많은 해외 브랜드 상점은 물론, 고급 레스토랑, 은행, 여행사 등 상점들도 많았다.

다른 뉴델리 지역과는 다르게 전통 복장보다는 현대식 의상을 입는 사람들도 많이 보였다.

그렇게 나는 최소현과 함께 요 며칠과는 다른 행복한 여행을 즐겼다.

"좀 덥기는 하지만, 그래도 너무 좋다."

"더우면 어디 안으로 들어갈까요?"

"괜찮아요. 여기 그늘만도 충분한걸요."

"그래요, 그럼."

그러던 최소현이 그제야 뭔가 이상하다는 걸 느꼈는지 고개를 갸웃했다.

"그러고 보면 좀 이상해요. 나 은근히 땀이 많은 편이었거든요. 근데 이렇게 더운 나라에 왔는데도 그렇게 덥다는 걸 모르겠어요."

케라가 당연하다는 듯이 말했다.

-카우라가 그 모든 것에 적응토록 해 주기 때문이지.

아, 그런 거였어? 어쩐지 나도 이곳에 온 이후로 땀 한 방울 안 흘린다 했더니.

그러고 보면 웬만큼 움직여서는 땀이 안 나는 것 같기도 하다.

나는 그게 월등한 훈련 덕분인 줄 알았는데, 아무래도 그게 다 카우라 덕분이었나 보다. 아무튼 설명은 해 줘야겠지?

"카우라 때문이에요."

"카우라요?"

"카우라가 신체의 변화에 적응하도록 최적의 상태를 만들어 주거든요."

"와! 정말요?"

"네."

"호호, 이거 배워 두길 잘했네. 왜, 여자들은요. 은근히 땀에 민감하거든요."

그렇다고 듣기는 했지만, 아무튼 만족한다니 다행이다.

그런데 그렇게 한가로운 풍경과 평화로운 사람들의 모습을 지켜볼 때였다.

띠리리리리.

갑자기 최소현의 벨소리가 울렸다.

"음? 김신아네? 저녁은 같이 먹자고 전화했나?"

그녀는 웃으며 전화를 받았다.

그런데 전화 너머에서 다급한 소리가 들려왔다.

[꺄아아아악-! 소현아, 우리 좀 도와줘-!]

[당신들, 뭐야! 왜 이러는 건데! 끄아악-!]

[꺄아아악-! 지만 씨-!]

뚜뚜뚜뚜.

전화는 그걸로 끊어졌다.

최소현이 새하얗게 질려서는 나를 쳐다봤다.

"어떡하죠? 아무래도 동기들한테 무슨 일이 생겼나 봐요!"

워낙 크게 소리가 들려 온 터라 나도 다 들었다.

"핸드폰 얼른 줘 봐요!"

"뭘 하려고요?"

"남자친구가 해커인 거 잊었어요?"

나는 태블릿을 꺼내 얼른 최소현의 핸드폰과 연결했다.

곧바로 위성을 해킹했고, 통화가 연결된 장소의 기지국을 통해 그 위치를 알아냈다.

"찾았어요! 얼른 여기로 가요!"

우린 달리는 오토바이를 막아선 후, 급하게 돈을 지급하고는 그 오토바이를 타고 곧장 목적지를 향해 내달렸다.

부아아아앙-! 부아아아아앙-!

* * *

최소현과 나는 뉴델리 중심가에서 조금 떨어진 곳에서 일행들을 만날 수 있었다. 그곳엔 이미 경찰차는 물론, 구급차까지 와 있었다. 그리고 회계사 오진만이 복부를 칼에 찔려 실려 가는 게 보였다.

"뭡니까! 어떻게 된 거예요?!"

세 남자는 잔뜩 얻어맞은 얼굴로 절망에 빠져 있었다.

"그게 버스를 타고 주변을 둘러보자는 말에 타고 가는데. 웬 사람들이 우르르 타더니 우리를 힐끔거리지 뭡니까. 분위기가 이상해서…… 내리려고 하는데, 그놈들이 다짜고짜 막아서서는 치근덕거리는 겁니다. 그리고는 여자들을 억지로 데려가려고 해서 싸움이 일어났는데……. 진만 씨는 칼에 찔리고 저희는 이렇게……."

최소현이 주변을 둘러보며 물었다.

"그럼 내 동기들은요?"

"그놈들이 데려갔습니다."

그녀는 크게 화를 냈다.

"그럼 지금, 내 동기들이 잡혀가는 걸 지켜만 봤다는 거예요?"

"아닙니다! 저희도 어떻게든 막으려고 싸웠다고요! 그렇지만 진만 씨를 저렇게 칼로 막 찌르는데……! 저희가 뭘 더 할 수 있겠습니까."

"목숨을 걸어서라도 막았어야지! 당신들이 사랑하는 사람이 잡혀가는데-!"

나는 그녀를 진정시켰다.

"소현 씨, 진정해요."

"지금 진정하게 생겼어요? 여기 사람들, 여자들에게만큼은 정말 못 할 짓도 한다고 들었어요. 여자를 무슨 물건 취급하는 사람들이라고요! 그래도 수도는 괜찮다고 해서 온 건데."

발을 동동 굴리던 그녀가 나를 애타게 쳐다봤다.

"최강 씨, 무슨 방법이 없을까요? 최강 씨라면 무슨 방법이라도 있을 거잖아요. 네?"

주변을 둘러봤다. 카메라고 뭐고 아무것도 없었다. 중심지였으면 뭐라도 해 보겠는데, 뭘 어떻게 해야 하나 머리가 복잡했다.

"이러면 방법은 하나밖에 없는데. 그 시각에 여길 비추고 있을 위성이 있을지."

전 세계적으로 그동안 위성들을 참 많이도 쏘아 놨다. 그리고 지구는 자전이라는 걸 한다. 그 덕에 수많은 나라가 위성을 통해 여러 나라의 상황을 들여다볼 수 있었다.

명목상의 다른 이유가 있을지언정, 감시의 목적이 없는 나라는 아마 없을 것이다. 화질은 또 얼마나 좋은지. 우리나라가 쏘아낸 위성도 북한의 자동차 움직임까지 본다지 않는가.

그렇지만, 그러기에 앞서 혹시라도 더 빠르고 좋은 방법이 없을까 싶어 좌절에 빠진 셋에게 물었다.

"혹시 여자친구들 물건들 없어요? 그놈들, 무슨 물건 같은 거

떨어뜨리고 간 건 없습니까? 싸우면서 무슨 단추 하나도 못 떼어 냈어요?"

"워낙 무지막지하게 맞아서. 기억이 잘……."

그러던 중 이정태가 소리쳤다.

"아……! 내가 그놈들 중에 하나가 쓰고 있던 두건을 잡아당겼던 것 같아요! 아마 버스에 떨어뜨려 놨을 텐데."

버스는 막 경찰의 조사를 마치고 떠나려고 했다.

"정지! 정지!"

나는 버스를 멈춰 세우고 버스 안에 두건 같은 게 떨어져 있는지 살폈다. 다행히 내리는 입구에 떨어져 있는 게 보였다.

내가 그걸 가지고 나오자 최소현이 물어왔다.

"그건 왜요?"

"이거면 놈들이 어디에 있는지 찾을 수 있거든요. 문제는 기회가 한 번뿐이라는 거지만."

최소현이 슬그머니 다가와 속삭였다.

"혹시 마법?"

"네. 근데 이놈들이 지금도 계속 이동 중이면 목적지를 알 방법이 없어요. 그래서 이건 최후의 수단으로 놔두고, 일단 위성추적부터 해 볼게요."

"뭐든 좋으니까, 빨리. 우리 애들 안 다치게만 해 줘요. 네?"

그녀의 초조함이 보기에 나는 더욱 서둘렀다.

"일단 호텔로 갑시다!"

내가 택시를 잡자 그녀가 함께 타며 물었다.

“호텔에는 왜요?”

“찾으려는 당사자의 물건이 있으면 마법으로 그 사람의 위치를 알 수 있거든요.”

“아……! 동기들 짐!”

“맞아요. 만일을 위해 찾을 수 있는 모든 방법을 동원하자고요. 그때 가서 다시 호텔로 올 순 없으니까. 나는 가면서 위성으로 추적을 할 수 있는지 살펴볼 테니까, 호텔에 가면 소현 씨가 동기들 짐 좀 가지고 나와 줘요. 이왕이면 여러 명 것으로 골고루.”

“알겠어요.”

나는 손가락을 푼 후에 빠르게 태블릿을 만져 갔다.

“이 미친 것들. 감히 누구 사람들을 건드려. 어디로 갔든 반드시 찾는다.”

* * *

끼리리리리릭!

두 대의 차량이 큰 창고의 양쪽으로 열리는 문을 통해 들어왔다.

차에서 내린 비안은 막 사무실에서 나오고 있는 노디에게 웃으며 다가갔다.

“형님! 찾았습니다!”

“뭐? 그게 정말이야?”

"상품도 죽입니다. 나이도 그렇게 많지 않아요. 어우, 한국인들 예쁜 건 알았지만, 하나같이 미모가 굉장합니다."

"어디 봐."

노디가 차로 가 밧줄에 묶이고 입까지 봉한 여자들을 확인했다. 역시나 그녀들은 최소현의 동기들이었다. 노디는 그녀들을 확인하며 히쭉 웃었다.

"어디서 이런 것들을 구했대. 훌륭한데?"

오늘이 상품의 전달 당일이었다. 정말 이번엔 윗분들이 만족할 만한 상품을 구하지 못할 거란 생각에 불안하던 차였다.

그런데 자신이 봐도 생각 외의 상품들을 구한지라 정말 운이 좋다고 생각했다.

"소식통에 한국인들이 돌아다닌다는 말을 듣고 갔더니, 버스에 올라타지 뭡니까. 그래서 곧장 잡아 왔죠. 근데 딱 하나 걸리는 게 있습니다."

"뭔데?"

"하나같이 성질이 보통이 아니더라고요. 이것들이 뭘 좀 배웠는지 때릴 줄도 알더라고요."

"괜히 윗분들 다치면 곤란하니까, 미리 약 좀 찔러 놔. 그럼 고분고분해질 거야. 분장실로 데려가서 꾸며놓으면 내가 데리러 가도록 하지. 나는 상품 구했으니까, 로부타부터 만나러 갈게."

"네, 형님!"

* * *

최소현이 호텔에서 물건들을 싸 가지고 오는 사이, 나는 사고가 있던 시각, 버스를 찍던 위성을 하나 발견할 수 있었다.

"어떻게 됐어요? 찾았어요?"

"네. 버스 주변에 있던 차가 있었어요. 그리고 그 차들이 멈춘 곳까지 알아낸 것 같습니다."

그렇지만 계속해서 택시를 타고 다닐 순 없었다.

내가 잠시 머뭇거리자 그녀가 왜 그러고 서 있냐는 듯이 물었다.

"그럼 얼른 거기로 가야죠!"

"잠깐만요."

나는 곧 호텔 지배인과 대화를 나누었다. 일행들이 납치되었다는 설명과 함께 혹시 따로 차를 구할 수 있냐고 물었지만, 당장 빌리는 차를 구하기는 어렵다는 말을 전해 들었다.

그래서 물었다.

"혹시 당신 차 있습니까?"

"있기는 합니다만……."

"계좌를 불러 주면 당장 200만 루피를 입금시키겠습니다. 어떻습니까? 그 차를 제게 파세요."

새 차보다도 많은 금액을 제시하자 지배인은 흔쾌히 승낙하고는 얼른 열쇠를 넘겼다.

"열쇠 여기 있습니다. 일행분들을 꼭 찾길 바라겠습니다."

현장에서 호텔 지배인의 차를 사 버린 나는 최소현에게 키를 건넸다.

"태블릿에 있는 지도를 따라서 가면 돼요. 지도에 우리 위치를 삽입해 두었으니까 어렵진 않을 거예요."

"알겠어요."

"위성이 닿는 곳은 거기까지였어요. 마법을 한 번 써 볼 테니까 그동안만 운전 좀 해 줘요."

"운전은 걱정 말고, 어떻게든 찾아만 주세요."

목소리에서 간절한 그녀의 마음이 그대로 전해졌다.

친하게 자주 연락하던 동기들은 아니었지만, 그래도 여행을 같이 올 정도이면 학창 시절엔 꽤나 잘 어울렸던 모양이다.

그래서인지 동기들을 향한 걱정이 무척 큰 듯 느껴졌다.

"할아버지?"

내가 조용히 속삭이자 제라로바가 답해 왔다.

-알았다.

나는 놈들 중 하나의 두건을 남겨 두고, 여자들 중 하나의 물건을 집었다.

머리 집게였는데, 사이로 머리카락도 끼어 있어 잘됐지 싶었다.

"라울라 오로코르, 이크나크스. 라울라 오로코르, 이크나크스……."

몇 번의 반복된 주문이 이어지고 잠시 후, 눈앞의 공간이 빠르게 빨려 들어갔다.

시야의 모습은 우리가 가려는 곳을 보다 빠르게 앞서나갔고, 곧 어느 창고의 차 안에서 몸부림치는 최소현의 동기를 볼 수 있었다. 그와 동시에 하늘 높은 곳에서 그곳을 확인할 수 있었는데, 위성으로 보았던 위치와 같은 위치였다.

"후……!"

고개를 흔들며 정신을 차린 나에게 최소현이 물어 왔다.

"어떻게 됐어요? 찾았어요?"

"네. 우리가 가려는 곳, 아직 거기에 아직 있어요. 차에 있었는데, 전부 묶여 있는 것처럼 보였습니다."

"그럼 됐어요. 무슨 일 생기기 전에 서둘러요."

부아아아아앙-!

최소현은 곧 몸이 쏠릴 만큼 강하게 액셀을 밟으며 앞으로 쏘아져 갔다.

* * *

사무실에서 약을 좀 챙긴 비안은 차에 오르며 동료들이 여자들의 몸을 손대는 걸 보았다.

"야야! 미쳤어?! 윗분들 아시면 어떻게 될지 몰라서 그래?"

"비안, 어차피 닳는 것도 아닌데, 우리가 먼저 좀 건드리면 어떻겠냐? 이것들 너무 예뻐서 정말 이대로는 못 보내겠다."

사내들은 성욕이 충만하여 하나같이 안달이 난 모습이었다.

"그래, 조금만 건드려 보자. 응?"

"이것들도 처녀는 아닐 텐데, 절대로 안 걸린다니까?"

"비안, 너도 이것들 건드려 보고 싶지 않냐?"

비안도 침을 꿀꺽 삼켰다.

한국인과의 경험은 한 번도 없었던지라 혹한 마음도 들었다.

"일단 이것들 너무 거친 것 같으니까, 조용히 시키고 생각하자."

"히힉! 그래!"

최소현의 동기들은 사내들이 주사기를 꺼내자 더욱 저항했지만, 묶인 채로의 저항은 한계가 있었다. 곧 어깨에 주사를 맞은 그녀들은 점차 힘을 빼더니 정신을 놓았다. 이런 일이 한두 번이 아닌 터라 제압을 위해 즉효성 수면제를 주사한 것이었다.

"야, 일단 출발! 분장실로 가자!"

같은 시각. 노디는 연결책인 로부타를 만났다. 로부타는 노디를 보자 눈부터 부라렸다.

"너, 뭐야?! 연락도 안 받더니, 같이 일을 하자는 거야, 뭐야!"

"너무 열 내지 마십시오. 물건 구했으니까."

"정말이야?"

로부타가 노디를 의심스럽게 쳐다보며 되물었다.

"몇이나 되는데? 수는 맞는 거지?"

"네 명. 상품도 확인했는데, 아주 죽입니다. 매끈하게 잘빠지고 얼굴도 예뻐요."

"넷이라고? 흠, 하나 더 있었으면 하시던데."

"하나 더요? 그건 처음 말했던 거하고 말이 다르잖아요!"

"안 되면 어쩔 수 없지만, 그래도 한번 찾아보면 안 될까?"

"후우……. 일단 연락은 해 보겠지만, 너무 기대하진 마십시오. 넷밖에 못 데려갈 수도 있습니다."

"시간은 두 시간 뒤야. 시간 잘 맞춰야 해. 그분들이 또 기다리는 걸 싫어하잖아."

"알겠습니다."

노디가 나가자 로부타는 진땀을 뺐다는 듯이 중얼거렸다.

"휴, 일 틀어지는 줄 알고 심장 졸였네."

* * *

나는 최소현과 함께 창고로 도착했다.

근처에 차를 세운 우리는 조용히 근처로 가 내부를 살폈다.

위이이이이잉-!

안에서는 무언가를 수리하거나 쇠를 자르는지 굉음이 들려오고 있었다.

"소현 씨, 일단 내가 먼저 들어가 볼게요."

"아뇨, 같이 들어가요."

"그렇지만……!"

그녀의 눈빛을 본 순간, 너무 위험하다는 말이 목구멍으로 도로 들어갔다. 그래, 저 성질에 말려도 소용없겠지. 아마 지금도 머리끝까지 오르는 분노를 누르느라 간신히 참고 있는 걸 거다.

"알았습니다. 그렇지만 조심해야 해요. 저놈들 무기를 가지고 있을지도 모르니까."

"알았어요."

그래도 혹시 몰라 나는 늘 가슴에 품고 다니는 칼을 그녀에게 건넸다.

"자, 이거라도 들어요."

"음? 이걸 가지고 왔었어요?"

"늘 품고 다니는 거라. 없으면 허전해서."

"공항 검색은 어떻게 하고?"

"아, 그게. 분신을 검색에 통과시켜 놓고, 본체는 따로 이동한 터라."

"진짜요? 전혀 몰랐는데……."

"간간이 틈이 좀 있었죠. 아무튼 들어가 봅시다."

나는 최소현의 손을 잡고 관통 마법을 펼쳐 안으로 들어갔다.

사람들을 피해 이쪽저쪽을 살피던 우리 둘이었지만, 주변 환경을 보니 뭔가 있을 게 없다는 걸 알 수 있었다.

"뭔가 이상합니다. 차가 여기에 없어요."

"네?"

"검은색 차 두 대였습니다. 저기, 분명 저기에 서 있었다고요."

그런데 바로 그때였다. 자재를 가지고 오던 사내 하나가 우리를 발견하며 크게 소리쳤다.

“거기 너희들 뭐야!”

우리 둘은 몸을 피하려고 했지만 저마다 장비를 내려놓은 이들이 무서운 표정을 머금으며 다가오고 있었다.

순식간에 포위된 상황.

“소현 씨, 그냥 나갈 방법도 있는데. 어떻게 할까요?”

관통 마법을 사용하면 땅으로 푹 꺼져 얼마든지 도망칠 수 있었다. 그러나 최소현은 고개를 저었다.

“아뇨! 어디로 데려갔는지 이것들한테 물어봐야겠어요.”

“동기들 물건으로 다시 추적하면 될 텐데…….”

“이놈들한테도 알려 줘야죠. 감히 누구 사람들을 건드렸는지.”

그래, 뭐. 총 열두 명쯤 되려나? 이 정도 처리하는 데 시간이 오래 걸릴 것도 없다.

“하아, 어쩔 수 없네요. 알겠습니다.”

사내들이 저마다 무기를 들고 있긴 한데, 어째 시선이 죄다 최소현에게로 집중되어 있었다.

뭐냐, 니들? 그 음흉한 표정과 시선은?

그 시선에서 의도를 알아차린 나는 순간 빡 돌았다.

“이 새끼들이. 그 눈빛 안 치워?”

발정 난 개들의 눈빛, 딱 그것이었다. 사내들은 내가 거치적거린다고 생각했는지 곧바로 무기를 들고 달려들었다.

휘익-!

나는 한 번 피한 후에 휘둘러진 지렛대를 빼앗고는 머리를 후려쳤다.

빠억!

한 번, 두 번, 세 번. 덩치 큰 놈이 꽤나 버틴다 싶더니 세 번을 맞고 쓰러졌다. 근데 나도 이렇게 때리면 사람의 머리에서 피 분수가 날 수도 있구나 하는 걸 처음 알았다.

옆에서도 공격했지만, 나는 정말 무슨 종이 칼 휘두르듯이 가볍게 막았다.

이쪽저쪽 막다가 또 빡! 떨어진 쇠 지렛대를 하나 더 주운 나는 양쪽으로 휘두르며 머리만 때려댔다.

그런데 그사이 최소현을 보니 아주 무사가 따로 없다.

스걱! 스걱!

미친 듯이 칼을 휘두르는데, 케라의 단검술인 로브샤를 가르쳐 놔서인가 그걸 응용하며 놀랍도록 잘 싸웠다.

-저 녀석, 가르친 보람이 있구나!

"저는 어째 무서운데요……. 어으, 목을 저렇게 과감하게 베어 버리면……. 음음."

아무튼 거침 없는 칼질에 다섯이 그 자리에서 즉사했다.

쓰러진 사내들이 도망치려고 했지만, 내가 하나하나 잡아다가 구석으로 몰아넣었다.

이 모든 게 고작 몇 분 만에 일어난 일이었다.

"자, 말해. 여기 끌려 왔던 여자들 전부 어디로 갔어?"

겁을 잔뜩 먹은 이들이 서로 말을 못 해 난리가 났다.

"분장실!"

"맞아요! 분장실에 데려갔을 겁니다!"

"저도 그렇게 들었어요!"

분장실이라.

"분장실이 뭐 하는 곳인데?"

"여자들 데려오면 상품 공급하기 전에 화장시키고 꾸미는 곳."

"공급은 또 뭐야?"

"간혹 돈 많은 귀족들이 여자를 원하는데, 그럴 때마다 저희가 공급하고 있습니다."

"근데 그걸 납치를 해서 한다고……. 이 버러지 같은 새끼들……."

최소현이 크게 소리쳤다.

"그래서 분장실이 어디야!"

그녀가 칼을 들이밀며 묻자 모두가 기겁을 했다. 어딘가 지역을 말하는 것 같긴 한데, 현지인도 아니고 어려움이 많았다.

그래서 나는 뉴델리 주변 지도를 보여 주며 물었다.

"자, 찍어. 어디야?"

"여, 여기!"

위치는 알았다. 그렇지만 거짓말이면? 추적 마법을 쓰면 금방 알게 되기야 하겠지만, 그사이 또 이동 중이면?

추적 마법을 쓰게 되면 물건은 소멸한다. 반복된 마법으로 물건들을 다 소비해 버리면 정작 중요할 때 여자들을 찾지 못할 수도 있었다. 해서 난 위치를 찍은 놈의 멱살을 잡아끌었다.

"안 되겠다. 너는 우리랑 같이 가자."

"허억!"

* * *

노디는 이동 중에 전화를 받았다.

"어, 나야."

그는 본거지에서 생긴 일을 듣고 깜짝 놀랐다.

"뭐?! 어떤 놈들인데? 한국인? 여자하고 남자? 그래서 뭐라고 했어? 설마 분장실에 대해 말한 건 아니지! 이런 멍청한 새끼들!"

다행히 분장실로 가고 있는 상황이어서 그리고 오래 걸리진 않는다.

"대체 뭐 하는 놈들이야? 한국인이라고 했으니까, 잡혀간 여자들의 일행인가?"

아무튼 본거지에 있던 열둘이 전부 당했다고 한다. 그것도 겨우 둘한테.

"그 많은 놈들이 겨우 둘한테 깨지다니. 전직 군인이라도 되나? 아무튼 일 틀어지기 전에 서둘러야겠군."

하지만 곧 생각을 달리 먹었다.

"잠깐. 여자가 하나 더 있다고 했는데……."

안 그래도 윗분들이 여자가 하나 더 필요하다고 하지 않았던가.

어쩌면 잘된 일인지도 몰랐다. 로디는 얼른 비안에게 전화를 걸었다.

"어, 난데. 내가 곧 그리로 갈 테니까 여자들 준비시키고, 애들 좀 긁어모아라. 총이 있으면 더 좋고."

* * *

나는 끌고 가는 놈을 통해 놈들의 보스가 로디라는 놈인 걸 알아냈다.

"로디라는 놈이 우두머리다? 그리고 몇 개의 조직이 연결책과 공급책을 맡고 있고, 윗분들이라는 귀족들한테 여자를 가져다바친다는 거잖아."

"네, 맞습니다."

"가져다 바치면? 어떤 일이 벌어지는데?"

사내가 한차례 칼춤을 췄던 최소현의 눈치를 살폈다. 하고자 하는 말이 있어도 그녀가 무서워 입 밖으로 꺼내기가 두려운 모양이다.

최소현은 운전을 하다 말고 그를 강하게 쏘아봤다.

"똑바로 말 안하면 죽는다."

"허억! 강간! 여자들을 성폭행할 겁니다!"

운전대를 잡은 최소현의 손이 부들부들 떨렸다.

"어디 털끝 하나 건드리기만 해 봐. 거기에 있던 놈들이 누구건,

가만 안 둬."

이 여자, 화나니까 진짜 무섭다. 물론, 뭐든 할 수 있는 능력을 부여한 게 나라지만, 솔직히 좀 살 떨린다.

잠깐만. 근데, 뉴델리 내의 조직이 움직이는 거라면 알아볼 방법이 또 있지 않나?

"어쩌면 이걸 중도에 차단시킬 방법이 있을지도 모르겠네요."

"정말요? 뭔데요?"

"발라스. 그 조직을 이용해 봅시다. 여기도 상류층 중에 발라스 조직원들이 많을 테니까."

그제야 그녀도 내가 그 엄청난 조직의 일원인 걸 떠올리며 눈을 크게 떴다.

"그러네……!"

암흑가의 조직들은 서로가 통한다고, 어쩌면 이 방법이 가장 빠른 방법인지도 몰랐다. 그래서 곧장 김종기에게 전화를 걸었다.

"어, 나야."

[네, 어쩐 일이십니까?]

"간단하게 설명할게. 내가 지금 인도에 왔는데, 내가 없는 사이에 함께 온 일행들이 여기 조직원들한테 납치를 당했어."

[네에? 아니, 어떤 미친놈들이 감히……!]

"내 말 잘 들어. 지금 당장 이쪽에 있다는 발라스 회주에게 연락을 넣어서 공조 요청해. 귀족들 중에 여자들 잡아다가 몹쓸 짓을 해 대는 놈들이 있다고 하는데, 당장 알아내서 멈추라고 하고, 모든 발라스 요원들 동원해서 그 여자들 찾으라고 해! 당장!"

[네, 알겠습니다. 바로 하도록 하죠.]

전화를 끊자 최소현이 물어왔다.

"어떻게 한대요?"

"바로 한답니다. 이제 조금만 있으면 이놈들 굳이 우리가 아니더라도 발라스에 의해 모조리 제거될 겁니다."

"후……! 정말 지금은 어떤 나쁜 사람들의 손이라도 빌리고 싶은 심정이네요."

나는 그녀의 손을 잡아 주었다.

"걱정 말아요. 아무 일 없을 겁니다. 조금만 지나면 전부 다 금방 찾을 수 있을 거예요."

* * *

분장실에선 여러 여자들이 화장대에 앉은 최소현의 동기들을 화장시키고 있었다. 예쁜 옷에 화장까지 해 놓자 다들 무척 예쁘긴 했다. 하지만 하나같이 눈에 초점이 없어 꼭 마네킹처럼 보이기도 했다. 곧 그곳으로 로디가 들어섰다.

"어떻게 됐어? 준비는?"

비안이 다가오다가 환하게 웃으며 비켜섰다.

"보다시피 다 준비했습니다. 근데 애들은 조금 있어야 올 것 같은데요."

"그래?"

"근데 창고가 공격당했다는 게 무슨 말입니까?"

"한국인 둘이 이 여자들을 찾고 다니는 모양이야."

"허! 미친 것들이네, 그것들. 여기가 어딘 줄 알고."

"아무튼 그중에 여자도 끼어 있다고 하니까, 잡는 대로 약 먹여서 빌딩으로 데려와. 알았어?"

"남자는 어떻게 하고요?"

"죽여. 놔둬 봐야 골치만 아플 거니까."

"후후, 네. 알겠습니다."

그런데 사내들 중 하나가 히쭉 웃으며 말했다.

"흐흐, 그럼 금방 하나 더 맛볼 수 있는 건가?"

비안이 당혹스러운 눈길로 그를 째려봤다.

사내는 아차 싶어 입을 막았지만, 그 말을 들은 로디는 몽롱한 얼굴의 여자들을 보다가 눈을 부릅떴다.

"설마, 니들……! 상품에 손댄 거야?"

"아니, 그게 형님…… 저 새끼가 하도……!"

타앙-!

"허억!"

로디가 총을 꺼내어 입을 잘못 놀린 사내의 머리를 쏘아 버린 건 정말 순식간에 일어난 일이었다. 모두가 주눅이 들며 그를 두려워했고, 로디는 모두를 죽일 듯이 노려봤다.

"이거 걸리는 날엔 니들이나 나나 다 죽는다는 거 몰라서 그래!"

"죄, 죄송합니다, 형님!"

로디가 이를 꽉 물고 말했다.

"우리 손을 먼저 거쳤다는 걸 윗분들이 아시는 날엔 우린……! 크윽, 전부 죽는다고! 그냥 죽는 것도 아니고 산 채로 짐승의 먹이가 될 거야! 알아!"

"그렇지만 잘 씻겨 두어서……."

"그 입 닫아!"

로디는 여자 둘을 지목했다.

"어이, 너. 그리고 너. 차에 같이 타. 그리고 여자들 문제없게 청소 깨끗하게 해 놔."

로디는 마지막까지 비안을 노려봤다.

"너는 여자들을 찾은 것 때문에 산 줄이나 알아. 일단 다녀와서 보자. 문제없기를 신께 간절히 빌어야 할 거야."

로디가 여자들을 태운 차를 끌고 사라지자 비안이 뒤돌아 동료들을 원망스럽게 쳐다봤다.

"내가 말했지! 걸리면 뒤진다고. 이제 어쩔 거냐고!"

잔뜩 성질을 내던 것도 잠시, 비안은 한쪽에 있는 상자에서 총을 꺼내 들었다.

"어떻게든 사고 친 거라도 만회하려면, 온다는 것들이라도 잘 잡자. 서둘러!"

* * *

끌고 온 놈의 안내를 받고 분장실이란 건물에 도착했다. 근데 동네가 원래 이렇게 한적한 것일까. 주변이 조용했다.

"어째 느낌이 싸한데……."

느낌이 이상했던 나는 데리고 있던 자를 한 대 후려 기절시키고는 곧장 마법을 펼쳤다.

"소현 씨, 잠깐만요."

왼쪽 손목 안쪽에 손을 대자 건물이 투과되어 보이기 시작했다.

정확한 그 모습까진 다 보이지 않았지만, 안에서 총을 든 이들이 움직이고 있는 건 파악할 수 있었다. 여자들이 어디에 있는지도 보았으면 좋겠지만, 각자의 위치만 알 수 있을 뿐, 성별까진 보기 어려워 아쉬움이 컸다.

"아무래도 이놈들, 우리를 기다리고 있는 모양입니다. 안에서 잔뜩 준비하고 있어요."

"상관없어요. 당장 들어가요."

"카우라. 쓰는 방법 충분히 숙지했죠?"

"네."

"양이 얼마 되지 않더라도 아끼지 말고 전부 쓰도록 해요. 위험한 것보단 나으니까."

"그럴게요."

"후, 그럼 들어갑시다. 그래도 이왕이면 좋은 위치에서 시작하는 게 낫겠네요."

나는 관통 마법을 펼쳤고, 우리는 곧 벽으로 다가서며 쭉 위로 올라갔다.

잠시 후. 3층에서 총을 발견한 우리는 서로를 보며 씩 웃었다.

나는 곧장 탄창을 몇 개 챙기며 마법을 펼쳤다.

"아카브로 레이브리아."

그로서 탄창 속에 있는 총알 모두에 문양이 새겨졌다.

한 번 쏘아지면 내가 원하는 방향대로 움직여질 문양이.

제라로바는 이 마법이 마력 상승을 위한 훈련법이라고 하지만, 나는 이런 활용이 더욱 마음에 들었다.

"시작해 볼까요?"

"앞장서면 뒤처리는 제가 할게요."

"훗, 과연 뒤처리할 게 남아있을까?"

"어우, 자신감 쩌는 것 좀 봐. 얼른 안 가면 내가 먼저 가요?"

"갑니다. 가."

타다다다당-!

갑자기 위에서 쏘아지는 총알에 아무것도 모르고 있던 사내들이 짚단처럼 푹푹 쓰러졌다. 소총에서 쏘아지는 서른 발의 총알은 벽으로 박히지 않고 계단과 복도를 마구 휘돌았다. 건물 중심을 휘도는 폭풍 같다고나 할까.

그나마 어깨나 허벅지에 맞은 이들은 최소현이 난간과 난간을 넘나들며 처리해 갔다.

"뭐야!"

"저것들이 어떻게 위로 갔어! 어서 저것들 잡아!"

* * *

단둘이서 펼치는 압도적인 총격전에 사내들은 제대로 된 저항 한 번 못 해 보고 죽어 갔다. 하지만 전부를 무지막지하게 죽인 건 아니었다. 여자들의 위치를 알아야 하기에 몇은 살려 두었다.

그리고 그중에는 정강이에 총을 맞고 쓰러진 비안도 포함되어 있었다.

"크윽!"

최강이 쓰러진 그를 내려다보며 총을 들이댔다.

"말해. 여자들 어디에 있어?"

"뭐야, 니들……. 대체 뭐 하는 것들인데 이런 게 가능해? 사람이 맞긴 한 거야?"

탕-!

"어윽! 끄아아아아윽!"

최강은 왼쪽 무릎을 쏜 후에 다시 물었다.

"말해. 여자들 어디에 있어?"

그러나 비안은 의외로 독한 면이 있었다.

"크그그극! 니들은 이제 죽은 거나 다름없어. 이러고도 살아서 이 나라를 빠져나갈 수 있을 거라고 생각해? 우리 뒤에 누가 있는 줄이나 알아?"

최강은 갑자기 비안의 신발을 벗겼다. 그러면서 말했다.

"내가 누구인 줄 알면 아마 그 소리가 쏙 들어가게 될 텐데. 백 명이든 천 명이든……. 내가 화나면 못 죽일 게 없거든."

"허풍은……!"

최강은 씩 웃더니 네 번을 총을 쐈다.

탕! 탕! 탕! 탕!

비안의 양 손가락, 양 발가락 하나씩이 총알에 의해 뜯겨져 나갔다.

"끄아아아악-!"

고통에 때굴때굴 구르는 그에게 최강이 다시 말했다.

"내가 그 여자들을 못 찾게 되면 나는 너를 가두고 밤새도록 이 짓을 할 거야. 그것도 꽤나 즐기면서."

"이 악마 같은 새끼……!"

"훗, 많은 사람들이 나를 그렇게 알고 있긴 하지."

최강이 다시 한번 손에 총을 겨누자 그가 얼른 손을 거두며 소리쳤다.

"빌딩! 빌딩으로 데려갔어!"

"어디?"

"라반! 라반 빌딩!"

그 말을 듣더니 최강이 걸음을 서둘렀다.

"가죠, 소현 씨."

그런데 당한 게 너무 분했던지 가려던 우리에게 비안이 말했다.

"근데 그 여자들 찾아봐야 아마 제정신들 아닐걸? 큭큭큭……!"

"무슨 소리지?"

"우리가…… 다 한 번씩 했거든. 차 안에서……. 흐히히힉! 한국 여자들, 아주 느낌이 다르더라고! 흐히히히힉!"

탕!

그 순간, 최강은 얼굴에서 두 뼘 거리쯤을 지나 비안의 머리로 박혀 드는 총알을 보았다. 그리고 뒤돌아서 본 그녀의 표정은 강한 슬픔으로 물들어 있었다.

"소현 씨……."

"허흐흐흐흡……!"

"갑시다. 이럴 시간 없어요. 가야 해요……."

"어떻게 하죠? 내 동기들…… 어떻게 해요……."

"그 생각은 나중에. 앞으로 더 끔찍한 일을 당할지도 몰라요. 그러니까 지금은 소현 씨 동기들한테 가야 해요."

노디는 라반 빌딩으로 가 VIP 전용 엘리베이터를 타고 은밀하게 최상층으로 올라갔다. 몇 사람이 먼저 맞이하며 여자들을 부축했고, 그렇게 익숙한 듯 어느 화려한 방으로 들어갔다.

"음?"

그런데 어째서인지 평소와는 분위기가 달랐다.

저마다 가운을 입고 기다리던 이들이 오늘은 웬일인지 말끔한 옷을 입고 있었다. 그리고 그들 중에는 인도 정통복장을 한 못

보던 노인도 한 명 포함되어 있었다.

"물건 가져왔습니다. 만족하시길 바라며, 저는 이만 돌아가 보겠습니다. 좋은 시간 보내시길."

그런데 어쩐지 모두의 표정이 싸늘하다.

곧 중년인 하나가 실망 가득한 얼굴로 말했다.

"그랬으면 싶네만, 이번에는 자네가 실수를 크게 한 것 같아."

"그게 무슨……."

"건드려서는 안 될 사람을 건드렸거든."

"네?"

곧 못 보던 정통의상의 노인이 다가왔다.

"자네, 혹시 내가 누구인 줄 아나?"

"처음 뵈어 잘 모르겠습니다."

"흘흘, 그럴 만도 하겠지. 그럼 내가 내 소개를 해 볼까? 나는 말이야. 지금 자네가 어려워하는 여기 있는 사람들 모두를 말 한마디로도 죽일 수 있는, 그런 사람이야."

노인이 둘러보자 저마다 수긍하듯 고개를 숙였다.

그리고 그 말은 노디에게 매우 큰 충격으로 다가왔다.

'뭐야, 이 노인은? 대체 누구인 거지?'

노인이 말했다.

"나는 이 나라는 물론이고, 중동 국가 전체에 큰 조직을 이끌고 있는 사람이라네. 겉으로는 알려지지 않았지만 자네가 아는 그 어떤 큰 조직도 그 위로는 항상 우리가 존재하지. 무슨 말인지 이해가 되나?"

"끄음……."

"대한민국에도 마찬가지로 주변 국가를 주무르는 우리 조직의 지부가 존재해."

노디가 불안한 눈길로 한국 여자들을 바라보는 가운데, 노인의 입이 열렸다.

"근데 자네가 하필이면 거기 지부의 회주가 잘 아는 사람들을 납치했다지 뭔가."

로디는 당혹스러운 것을 떠나 순간적으로 망했다는 생각부터 떠올랐다.

"그, 그게……."

"이런, 이런……. 우리 쪽에서 일어난 일이어서 우리도 무척 난처한 입장이야."

노인은 여자들을 쭉 둘러보고는 물었다.

"상태를 보아하니 약을 놓은 것 같고, 그 외에는 건드리지 않았어야 할 텐데."

꿀꺽.

노디는 뭔가 일이 단단히 잘못되었다는 걸 깨달았다.

아무리 약에 취해 있다고 하지만, 정신을 차리면 자기 수하들이 무슨 짓을 했는지 전부 기억해 낼 것이다.

어쩌면 지금도 엄청난 조직의 지인들을 건드린 이유로 죽임을 당할지 모르는데, 저 여자들이 발설이라도 하는 날에는 자신은 필히 죽고 만다.

'어쩌지? 어떻게 해야 해……?!'

노디는 긴장감에 숨까지 짧게 쉬어졌다. 정말 뭐가 어디서부터 잘못된 것인지 모르겠지만, 이대로 있다가는 죽는 게 운명이지 싶었다. 하여 그는 얼른 총을 꺼내들어 노인에게 겨누었다.

"전부 움직이지 마! 움직이면 이 노인네 머리통이 날아갈 줄 알아!"

중동 발라스 지부의 회주인 바라라스미는 씨익 웃었다.

"아둔한 녀석 같으니. 혹시 모를 기회마저 기어이 날리는구먼."

"뭐?"

"우리 조직이 그리 허술할 것 같은가? 자네 가슴부터 확인하지 그래."

노디는 자신의 가슴에 붉은 레이저가 십여 개나 찍혀 있는 걸 보며 손을 부들부들 떨었다.

"언제 이런 걸……."

곧 여인 하나가 바라라스미에게 다가와 무언가를 전했다.

바라라스미는 고개를 끄덕이더니 말했다.

"자네를 처단할 사람이 곧 온다고 하니 조금 기다리도록 하지."

그리고 얼마 안 있어 최강과 최소현이 그곳에 당도했다. 바라라스미의 지시 덕분에 방해받지 않고 올라올 수 있었다. 최소현은 소파에 앉아 있는 동기들을 보며 걱정을 담아 다가갔다.

"얘들아……!"

하지만 그녀들은 아무리 흔들어도 정신을 차리지 못했다.

"너희들 왜 그래? 지금 이럴 상황이 아니야. 너희들 괜찮은 거야?"

"소현 씨. 아마 약을 놓았을 겁니다. 그래서 지금은 못 깨어날 거예요."

"최강 씨가 고쳐 주면 되잖아요. 얼른요."

"그렇기는 한데……. 지금 이런 자리에서 하면 충격들이 클 것 같아서……."

절망, 분노, 슬픔, 그 모든 감정이 복합되어 그녀의 얼굴에 떠올랐다. 그리고 그런 최소현의 시선이 분노로 가득해져 노디에게 향했다.

"노디가 당신이야?"

대답을 피하는 그에게 최소현이 번개처럼 날아들었다. 칼을 휘두르며 다가오는 터라 위기감을 느낀 노디는 자신도 모르게 들고 있던 총부터 쏘았다.

타앙-!

그러나 그 총알은 최강이 뻗는 손에 의해 멈추었다.

그리고 최소현이 그 총알을 쳐 냄과 동시에 빛처럼 스쳐 지나가며 그의 목을 베고 말았다.

스걱!

털썩.

너무도 순식간에 일어난 일이었고, 마치 쏘아진 총알을 그녀가 쳐 내고서 목을 벤 것만 같은 광경이 되었다.

그런 걸 보았으니 모두가 놀라는 게 당연했다.

바라라스미는 감탄한 듯 박수를 쳤다.

짝짝짝짝.

"한국 지부에는 놀라운 능력을 지닌 사람이 있군그래. 아주 놀라워."

최강이 잠시 그를 보더니 최소현에게 다가갔다.

"소현 씨, 이제 동기들을 데리고 그만 호텔로 돌아갑시다."

"네……."

최강은 여자들을 데리고 가며 바라라스미를 쳐다봤다.

"당신이 이곳 지부의 회주인가?"

"그렇네만."

"오늘 일은 고맙게 생각하지. 곧 찾아갈 테니까, 또 보도자고."

"그 만남을 기대하도록 하지."

최강이 가고 난 후, 바라라스미는 창가로 가 먼 곳을 내다봤다.

"저쪽 회주가 급하게 연락해서는 그분을 도와야 한다고 했던 것 같은데……. 그게 저 청년을 두고 하는 말은 아니겠지? 허허, 아무래도 재미있는 만남이 되겠구먼."

* * *

동기들이 돌아왔지만 상처뿐인 여행이 되었다.

나는 죄책감도 들었다.

"내가 커플끼리 따로 놀아 보자고만 하지 않았어도……."

나나 최소현, 둘 중에 한 명만 있었어도 결코 일어나지 않을 일이었다. 때문에 그 제안 하나로 이런 일이 생긴 것만 같아 미안함도 컸다. 그 부분에서 원망스럽기도 하련만.

어째서인지 최소현은 내게 원망 섞인 소리 한 번 하지 않았다.

최소현이 방으로 들어오자 나는 다가가 물었다.

"어떻게 됐어요?"

"아직 다들 정신 못 차리고 잠만 자고 있어요."

"네……."

나는 눈치를 보다가 말했다.

"미안합니다, 소현 씨."

"최강 씨가 왜요……. 우리 동기들 찾는다고 그렇게나 애써 줬는데."

"내가 따로 놀자는 말만 하지 않았어도 이런 일은 없지 않았나 싶어서요."

"아무도 몰랐던 일이에요. 물론, 우리가 함께 있었으면 좋았겠지만, 저도, 최강 씨도 이런 일이 있을 거라고는 생각 못 했잖아요. 그러니까 이걸로 우리가 서로를 원망해선 안 된다고 생각해요."

참 현명하고 마음이 깊은 여자다.

욱할 때는 참 무섭다가도 이럴 때 깊은 마음씨를 보면 또 그렇게 사랑스러울 수가 없었다.

너무 예뻐 보이는 마음에 다가가 입이라도 맞추고 품에 안고 싶은 마음이 강했지만, 상황이 상황이니만큼 그건 참기로 했다.

그런데 최소현이 한숨을 푹 내쉬더니 내게 물어왔다.

"근데요, 혹시 기억을 지우거나 하는 마법은 없을까요?"

"음……."

"이미 일어난 일은 어쩔 수 없지만, 그래도 최소한 상처를 안고 살아가진 않았으면 해서……."

"후……. 저도 아직 배워 가는 단계여서. 그렇지만 혹시 그런 게 있나 살펴볼게요."

"가능하면 꼭 좀 부탁해요."

"네……."

나는 방을 나와 야외 의자에 앉으며 제라로바에게 물었다.

"할아버지……."

내가 뭘 물어볼지 이미 아는지 제라로바가 말해 왔다.

-사람의 기억을 건드리는 마법은 굉장히 예민한 것이다. 잘못 건드렸다가는 그 사람이 미쳐버릴 수도 있는 것이야.

"할 수는 있다는 건가요?"

-흠, 너의 마력 조절력으로 가능할지는 장담할 수가 없겠구나. 머릿속의 기억들은 그리 단순한 게 아니거든. 기억이란 것은 떠올리면 생각나는 것처럼, 그 안에서 번개같이 빠른 움직임을 보인단다. 하여 어느 한 부분만 딱 골라서 자르기가 무척 힘들지.

"그래도 가능하다면 해 주세요. 저 사람들의 앞으로의 삶이

걸린 문제입니다. 저는 못해도, 할아버지가 직접 하면 할 수 있을 거잖아요."

-추천하지는 않는다만…… 네가 그리도 원한다면 해 보도록 하자.

"정말요?!"

-어쩌면 지금이 가장 쉬운 순간일지도 모르지. 약에 취했다고는 해도, 그 충격이 계속해서 정신을 괴롭히고 있을 테니까.

그렇게 해서 자리가 마련되었다.

간호를 하던 남자들을 치우고, 최소현이 간절한 마음을 담아 나를 쳐다보고는 마지막으로 방을 나갔다.

"후우……. 잘되어야 할 텐데. 잘 부탁드립니다, 할아버지."

-자신은 없다만, 한번 해 보자꾸나.

나는 온전히 몸을 제라로바에게 맡겼다. 나의 손은 저절로 움직여 김신아 씨의 이마에 닿았고, 곧 입으로 주문이 흘러나왔다.

"마브 소이나 퀠라브라도. 마브 소이나 퀠라브라도."

반복된 주문과 동시에 갑자기 눈앞이 까맣게 보이더니 이상한 공간 속으로 빠져들었다.

빠지지직! 수웅-! 수웅-!

내 몸은 허공 속에 떠 있었다.

눈앞으로 뭔가 번개가 작렬하며 스쳐 지나갔고, 아래로부터도 무언가 하나의 장면이 커다란 스크린처럼 위로 올라가는 것도 보였다.

"이런 게 사람의 기억이라고?"

정말이지 마법에 대한 신비로움을 다시 한번 실감하는 순간이었다.

-여기서 모든 걸 느리게 만들어야만 한다. 흐압!

갑자기 손이 앞으로 뻗어졌다. 그 순간, 아까부터 반복되어 눈앞을 스쳐 지나가는 번개가 일순간 느리게 흘러갔다.

번개처럼 보이던 것들은 번개가 아니었다. 바로 지금 김신아 씨가 반복해서 떠올리고 있는 하나의 기억이었다.

[꺄아아악-! 이거 놔-! 안 돼-!]

약에 취해 있는 상황에서도 그 끔찍한 기억이 저처럼 순간적으로 계속해서 머릿속을 스쳐 지나가고 있었던 것이다.

얼마나 괴로울까. 이대로 놔두면 저 기억은 평생을 저렇게 스쳐 지나가며 이 여자를 괴롭힐 것이다.

매번 문득문득.

그걸 생각하자니 안타까움에 가슴까지 답답해져 왔다.

-지금부터가 중요하다!

나는 다시 온전히 제라로바에게 모든 걸 맡겼다.

제라로바는 기억을 흘려보내고는 기억이 다시 번개처럼 작렬할 때 느리게 만들었다. 그리고 내 손이 칼같이 내리그어졌다.

손이 내리그어질 때마다 기억이 잘려 나왔다.

한 번. 두 번. 여러 개의 기억을 자르자 나머지 기억들은 저절로 스스로 달라붙어 다시 번개가 되어 흘러갔다.

자른 기억을 소멸시키고, 다시 번뜩이는 기억을 잡아 다시 잘라 냈다. 고도의 집중력이 필요한 작업이었고, 그 힘겨운 시간은 한참이나 계속되었다.

* * *

김신아는 아침이 되어 눈을 떴다.

일어나서 기지개를 펴는데 그렇게 편할 수가 없었다. 하지만 뭔가 몸이 개운하기는 한데, 이상한 기분이 들기도 했다.

"뭐지? 내가 어제 술을 많이 마셨나. 왜 이렇게 머리가 텅 빈 기분이지?"

사고가 있기 전날, 술을 마셨던 게 그녀의 마지막 기억이었다.

거기다가 옆에 아무도 없어서 더 이상하단 생각이 들었다.

"근데 진만 씨는 어디 간 거야?"

그러고 있는데, 오진만이 쟁반에 샌드위치와 커피를 들고 방으로 들어왔다.

"깼어요? 아침 챙겨 왔어요."

"어웅~ 진만 씨~ 뭐야~ 너무 로맨틱하잖아."

칼에 찔려 병원으로 실려 갔던 오진만은 멀쩡한 모습이었다.

오진만은 자신을 치료해 주고, 무슨 일이 있었는지 알려 주었던 최강과 최소현의 말을 떠올렸다.

-끔찍한 일이 있었다는 건 이미 짐작할 겁니다. 그렇지만 약을

먹여서 하루 동안의 기억을 모두 지워 버렸어요. 그러니까 오진만 씨도 아무것도 모르는 척 지내야 합니다. 알았죠?

애써 미소를 머금는 오진만. 그래도 그는 다행이라고 생각했다.

온몸을 내던져서라도 구하고 싶었던 그녀가 이렇게 멀쩡하고, 자신도 무사하니까. 자신만 기억에서 지우면 될 일이기에, 지금의 행복한 순간으로 그 모든 걸 덮자고 생각했다.

"사랑합니다, 신아 씨."

"저도요~ 헤헷."

잠시 후, 일행들 모두가 다 모여 점심을 함께했다.

최소현은 아무것도 기억하지 못하고 모두가 웃으며 대화를 나누는 걸 보며 무척 다행이라고 생각했다.

"그때 그랬잖아, 우리!"

"야, 그때 숨어 있을 때 사감이 바로 앞을 지나는데 나는 막 심장이! 사감이 거기서 멈추기라도 했으면 난 아마 쓰러졌을 거야. 너무 무섭더라고!"

"호호호호!"

"그러니까!"

특히 김신아와 오진만은 서로를 바라보는 시선에서 꿀이 떨어졌다.

"이것도 좀 먹어 봐요."

"에이, 애들도 보는데. 부끄럽게."

"너무 안 먹는 거 같아서 걱정돼서 그러죠."

"그래요, 그럼. 아……."

동기들 모두가 소리를 질렀다.

"어우~!"

"누구는 남친 없니? 자기야, 뭐해? 난 안 줄 거야?"

"어? 어, 줘야지. 여기."

서로가 닭살 같은 분위기를 뽐내기에 최소현은 더 할 나위 없이 행복했다.

"고마워요, 최강 씨."

"뭘요……."

"아니요, 정말로……. 최강 씨를 만나서, 정말 얼마나 다행인 줄 몰라요."

최강이 아닌, 다른 사람을 만나 같은 상황에 놓였다면 어떤 일이 벌어졌을까. 정말 상상도 하기 싫을 만큼 끔찍했다.

친구들을 찾아 헤매던 자신도 어쩌면 큰일을 당했을지 모를 일이었다.

"저도 이런 모두의 모습을 보니, 노력한 보람이 있네요. 근데 말입니다. 나 저녁에는 잠깐 시간을 줘야 할 것 같은데."

"왜요?"

"어제 봤던 그 노인. 그를 만나러 가 봐야 할 것 같아서요."

"아……. 그러네요. 알겠어요. 잘 다녀오도록 해요."

* * *

최소현은 코닛 플레이스를 다시 구경 다녔다. 전날의 기억은 없던 거로 해야 해서 한 번 왔던 곳이지만, 모르는 척 동기들과 함께 이곳저곳을 다녀야 했다.

“근데, 최강 씨는 어딜 간 거야?”

“그러게. 아까부터 안 보이네?”

동기들의 물음에 최소현이 웃으며 답했다.

“근처에 아는 사람이 있다나 봐. 그래서 잠깐 만나고 온다고 했어.”

“오~ 이런 곳에도 아는 사람이 있어? 진짜 스케일이 다르네.”

동기들은 그제야 질문을 던져 댔다.

“야, 근데 넌 어쩌다가 저런 남자를 만났어?”

“그러게. 솔직히 우리가 쉽게 만날 수 있는 타입은 아니잖아.”

“빨리 좀 말해 봐~ 우리가 얼마나 궁금했다고.”

최소현은 가볍게 둘러댔다.

“별건 아니고. 그냥 사건 조사차 만났다가……. 용의자인 줄 알고 깊게 파고 있었는데, 알고 보니 다른 사람이 범인이지 뭐야. 그렇게 부딪치다가 알게 됐어.”

모두가 그녀를 부러워했다.

“어우~ 기지배. 운은 또 지지리도 좋아요.”

“부럽다.”

"야, 조용히 해. 남자들 들었다가 기 꺾일라."

"쩝, 그래! 부러운 건 부러운 거고. 현재의 난 내 남친이 가장 멋지고 사랑스러우니까. 그걸로 만족."

"아우, 이년. 태세전환 빠른 것 좀 봐. 이년도 보통 년은 아니야."

"어우, 야! 넌 이년 소리 좀 그만해~!"

"호호호호!"

그런데 그러던 중 김신아가 자꾸만 고개를 갸웃했다.

"야, 근데 말이야. 저 뒤에 있는 사람들. 아까부터 우리 쫓아오는 것 같지 않아?"

아까부터 어두운 복장으로 곳곳에서 따라붙던 사람들이 있었다. 최소현은 최강이 사라지기 전에 했던 말을 떠올렸다.

["발라스를 통해서 경호할 만한 사람들을 몇 붙일 겁니다. 다른 사람은 몰라도 소현 씨는 알아차릴 것 같아서. 그러니까 마찰 없이 경호 잘 받도록 해요."]

똑같은 일이 또 생기면 안 된다면서 해 놓은 조치였다. 근데 그녀도 설마 김신아가 그걸 알아차릴 거라고는 생각도 못 했다.

그래서 살짝 당황했지만, 이미 알아차린 것을 달리 둘러댈 방법이 없었다. 그래서 사실 반, 거짓 반을 섞어 둘러댔다.

"사실은 그게……. 최강 씨가 자기 없이 나를 보내기가 걱정된다고 해서. 따로 경호를 붙여 준다고 했거든."

"허업……! 진짜……?!"

"그럼 저 사람들이 지금 우리를 경호하고 있는 거였어? 대박."

"최강 씨 정말……! 너무 괜찮은데?"

"그러게. 갑자기 완전 안심."

"와, 내가 해외 여행을 경호까지 받으면서 할 줄은 몰랐네. 호호호!"

* * *

해가 기울며 서서히 인도의 낮이 힘을 잃어가고 있었다.

그 시각에 나는 뉴델리 근처에서 가장 높은 빌딩 건물을 올려다보고 있었다.

"어우, 목이야. 높기는 무진장 높네."

-근데 말이다. 이번에도 악마 역할을 하려는 것이냐?

솔직히 그건 나도 고민 중이다. 인도는 국민의 80%가 힌두교를 믿는다고 한다. 그렇다면 이번엔 그 힌두교의 신들 중 하나를 골라 연기를 해 봄이 어떨까?

"훗, 힌두교의 악신 하면 떠오르는 게 하나 있긴 한데. 이번엔 그걸로 가 볼까 합니다. 그 전에 효과 하나만 미리 말씀드리고 싶은데, 가능할까요?"

-말만 해라. 알려 준다면 뭐든 가능하니까.

"그럼 눈 하나만 더 만들죠."

그 누구도 귀신같은 등장에 놀라지 않을 사람은 없다.

하여 나는 아무도 몰래 꼭대기 층으로 올랐고, 몇 층을 넘나들며 넓은 테라스에 누워 져가는 태양을 바라보는 노인을 발견할 수 있었다. 그는 밖에만 시선이 집중되어 있는 것 같았다.

그사이 나는 방 내부를 돌며 여기저기 문양을 새겨갔다. 곧 만나게 될 그와의 특별한 만남을 위해서.

날이 완전히 어두워져서야 노인은 몸을 일으켰고, 안으로 들어오며 소파에 앉은 나를 발견했다. 흠칫 놀라는 그였지만, 곧 나를 알아보고 미소를 머금었다.

"당신이군."

"그래. 나야."

"그 말이…… 상당히 매끄러운 것 같은데. 혹시 이곳에 살았던 적이 있었나?"

"나는 어느 나라의 말도 이렇게 할 수 있지."

당연하다. 그를 만나기 직전에 통역 마법을 펼쳤기에. 내가 한국말로 말해도 그는 매끄러운 인도말로 들릴 것이다.

"신기한 사내이군."

"내가 있는 곳에서는 신기해하기보단, 나를 두려워하지."

"허허허, 굳이 두려워할 만한 상대로는 보이지 않는데."

노인은 나의 앞으로 앉았다.

"이렇게 만났으니, 자네 이름부터 들어 볼까?"

"자기 이름부터 대는 게 순서라고 보는데."

"흠, 예의는 좀 없는 편이군."

"원래 아랫사람이 자기 이름을 대는 게 순서니까."

아랫사람이란 말에 살짝 심기가 뒤틀린 모양이다. 표정에서 불쾌함이 떠올랐다가 사라졌다.

"내가 누구인지 잘 알고 있을 거라 보는데……."

"발라스의 중동지부 회주."

"한데도 나를 아랫사람이라고 하는 겐가? 한국의 회주는 우리를 그리 보는 모양이지?"

"뭐 일단은 그도 내 아랫사람이니까."

잠시 주춤하는 그는 생각이 많은 눈치였다. 그래, 많이 해야겠지. 지금 나의 행동과 말이 전혀 이해가 가지 않을 테니까.

"재미있는 소리를 하는군. 미친 건 아닌 것 같은데."

그는 그러면서 눈앞에 있는 포도주로 손을 가져다 대려 했다.

그러나 내가 살짝 손을 먼저 움직였다. 노인은 포도주 병이 저절로 움직여 잔에 따르는 걸 보며 무척 신기해했다.

"방금 이거, 자네가 한 건가?"

"신이 주는 술이니 영광인 줄 알고 마시라고."

"뭐……?"

바로 그때였다. 나의 이마가 살짝 꿈틀거리며 감고 있는 또 다른 눈이 나타났다. 기이한 분위기와 함께 나의 머리도 조금씩 떠올랐다. 더 보태어 나의 눈빛도 인간의 눈빛이 아닌, 신비로운 붉은 눈빛으로 변해 갔다.

"이게, 무슨……!"

"너는 아직도 내가 인간으로 보이는 것이냐, 인간?"

놀란 그는 소파를 벗어나 물러나다가 벌렁 넘어졌다.

"너는 뭐야……! 대체 뭐냔 말이다!"

"나의 이 감긴 눈을 보고도 그런 소리를 하다니. 실망이군."

뻗는 나의 손길 한 번으로 벽에 붙어있던 그림이 빠르게 떨어져 나와 허공에 멈춰 섰다.

"이렇게 나의 모습을 보고 싶어 그림까지 두고서 말이야……."

액자에는 매우 두려운 모습의 세 개의 눈을 가진 시바신이 그려져 있었다. 노인은 경악하며 손과 입술을 파르르 떨었다.

"이럴 수가…… 시, 시바……!"

"건방지군. 신의 이름을 함부로 부르다니. 나의 이 가운데 눈이 떠지면 어떤 일이 벌어지는지 모르는 것인가?"

"파, 파괴의 눈……!"

"후후, 잘 알고 있군."

갑자기 노인이 무릎을 꿇고 넙죽 엎드렸다.

"요, 용서하십시오, 신이시어……! 이 미천한 자가 신을 못 알아보고 큰 실수를 저질렀나이다! 시바파의 교인, 바라라스미가 신을 경배하나이다!"

시바파? 그게 뭐지?

나는 잠시 후에 바라라스미와 대화를 통해 그걸 알게 되었다.

몰랐는데, 힌두교에도 많은 종파가 존재한단다. 그중에서도 시바파는 특히 시바신을 최고신으로 모신다고 한다.

"그랬나? 인간들의 행위는 내가 아는 바가 없어서."

그것보단 사실은 힌두교에 관한 지식이 부족한 거지만.

아무튼 그런 사소한 건 넘어가도록 하자.

"한데 어찌하여 신께서 그런 모습으로 현신하셨나이까?"

"신의 유희라고 해 두지."

"하지만 저희 종교의 신이시면서 그런 모습은 도대체가……."

나는 살며시 일어나 한쪽 기둥을 지났다.

스륵.

모습 변형 마법을 펼친 나의 모습은 인도의 어느 중년인의 모습으로 변하였고, 바라라스미의 앞에서 다섯 번이나 여자, 노인, 아이로 변했다가 다시 원래대로 돌아왔다.

"신의 모습을 어찌 인간의 눈으로 판단하려 하느냐. 쉽게 현혹되는 그런 하찮은 눈으로."

바라라스미는 그제야 자신의 실수를 깨달았는지 다시 한번 넙죽 엎드렸다.

"그렇지요. 신이신데. 한 가지 모습으로 현신하실 리가 없는 것을……."

"나의 모습은 필요에 따라 변한다. 또한, 세상 각지로 다니며 여러 이름으로 불리고 있지."

너무 오랜 연출은 나에게도 부담이지만, 상대에게도 부담일 거란 생각이 들었다. 하여 나는 여기서 그만하자고 판단했다.

"이제 곧 한국 지부로부터 변화의 메시지가 전달될 것이다. 하니 넌, 나의 뜻에 따라 그들의 변화에 맞춰가야 한다. 내 말을 알아듣겠느냐?"

"어떤 말씀이든, 최선을 다하여 이행하겠나이다."

"좋군. 그럼 기회가 되면 또 보도록 하지."

스하하하하핫-!

* * *

눈앞에서 밝은 빛과 함께 사라진 존재를 보며 바라라스미는 손을 활짝 벌려 그 빛을 온몸으로 받았다. 너무도 영광스럽고 영혼조차 정화되는 느낌이었다. 자신이 신을 만나게 되다니.

"신이시어, 말씀이 전달되는 그날을 고대하여 기다리겠나이다……."

그 신성한 순간이 자신의 믿음 덕분이라고 생각했을까.

그는 눈물까지 흘리며 기뻐했다. 그리고는 바닥에 떨어진 액자를 들어 다시 벽에 걸었다. 그는 그림을 향해 무릎을 꿇고 기도를 올리며 한참을 일어설 줄을 몰랐다.

4. 세상 그 누구도 너를 무시할 수 없도록

빙의로
최강요원

즐거움으로 치장된 곤욕스러운 여행을 다녀오고 얼마 후.

저녁을 먹는데, 최소현이 이런 말을 했다.

"그거 알아요? 제 동기 중에 김신아 있잖아요. 3개월 후에 결혼한다는 거 있죠."

"정말요? 와, 그거 정말 잘됐네요."

그러게. 정말 기쁜 소식이다. 힘겨운 경험을 겪은 이유로 서로에 대한 사랑이 더욱 애틋해졌던 걸까?

아무튼 정말 축하해 주고 싶었다.

"오지만 씨가 정말 신아 아니면 안 되겠다면서 프러포즈를 해 왔대요. 그래서 아주 단톡방에서 혼자만 신이 났어요."

"혼자만?"

"그게…… 다른 동기들은 여행 이후에 다들 헤어졌다고 하더라고요. 남자들 쪽에서 그만 만나자고 했다고……."

"아…… 그건 안 됐네요."

사실 그녀들의 남자친구들은 그녀들이 어떤 일을 당했는지 아무것도 모른다. 우리는 말을 해 주지 않았다. 우리 둘 다 굳이 그런 사실까지 전하고 싶지는 않았다. 그것이 행여 그들 사이를 갈라놓게 될까 그걸 걱정해서였다. 그들은 그저 나의 인맥으로 우리가 현지 경찰과 함께 여자들을 찾은 걸로만 알고 있었다.

하지만 그녀들이 당한 일을 떠나, 그들은 나름의 상실감이 컸던 모양이다. 사랑하는 사람을 지키지 못했다는 스스로에 대한 자책감. 아마도 잊기 어렵지 않았을까? 나라도 꽤나 무거운 짐이 아니었을까 싶다.

유일하게 몸을 던져 칼까지 맞은 오지만은 더욱 사랑을 키웠지만, 그러지 못한 이들은 모두 안타까운 이별을 맞이하고 말았다.

"또 좋은 사람 만날 수 있겠죠."

"그래서 말인데요. 혹시 신혜, 어떻게 봤어요?"

"민신혜 씨?"

"네."

짧은 단발머리가 어울리는 귀엽고 발랄한 여자 같았다. 말도 많고 그만 하면 꽤나 예쁜 축에 속하지 싶다.

"예쁜 분인 것 같았어요. 근데 왜요?"

"그게…… 은근히 최강 씨 주변 사람들로 소개를 받고 싶어 하던 눈치라. 애들이 좀 오해한 부분이 많았고요."

내 주변 사람들로 소개를 시켜 달라고? 내가 약간 재벌 티를 좀 내긴 했는데. 그래서 그런가? 그런 종류의 사람으로 소개시켜 주는 건 좀 곤란한데. 있어야 말이지.

"그게 마땅히 소개시켜 줄 만한 사람이……."

잠깐만. 아니지? 재벌은 아니지만 하나 있긴 하잖아?

나의 절친, 김정원.

"아! 한 명 있기는 하다. 그만하면 잘생겼고, 좋은 회사도 다니고……."

"혹시, 최강 씨의 친구?"

"네. 저한테는 학교 때부터 절친이죠. 우리 사이엔 서로 모르는 것도 없어요. 요즘은 내가 많이 숨기는 편이긴 하지만."

최소현이 갑자기 나를 째려봤다.

"뭐야……. 그런 친구가 있었으면서 여직 소개도 안 시켜 준 거예요?"

"그게, 뭐. 기회를 엿보고 있었죠. 아! 그러고 보니까 나 여친 생겼다는 말에 그 녀석도 소개를 바라는 눈치였는데. 혹시 재벌 같은 걸 원하는 게 아니라면, 만나 볼 생각이 있는지 말해 줄래요? 신혜 씨한테?"

"그래요, 그럼. 아! 그럼 우리…… 커플로 같이 만나는 건 어때요?"

"커플로 같이요?"

"그게 좀 더 자연스럽지 않겠어요?"

* * *

나는 그날 저녁에 가서 우리의 대화 내용을 전했다.

"진짜?! 고맙다, 친구야……!"

이야기를 듣더니 김정원이 신이 나서는 좋다고 미친 듯이 안겨 왔다.

"아우, 징그러운 새끼! 그렇다고 안지는 말고 인마……! 절로 안 떨어져?"

얼른 떨어진 녀석이 금방 눈빛이 초롱초롱해져서는 물어왔다.

"어떤 분인데? 너도 잘 아는 분이셔? 혹시 예쁘냐? 어디 얼굴이라도 좀 볼 수 있을까? 직업은?"

"어디 뭐 이력서라도 가져다줄까? 그 질문에 다 답해야 하냐?"

"야~ 그러지 말고, 얼른~!"

"어어! 오지 마. 또 달라붙으면 확 패 버린다."

"인마, 사내의 가슴에 이렇게 불을 질러 놓고는! 다 너의 책임이지! 빨리 책임을 지든가! 아니면 뭐든 정보 좀 가져와 봐!"

"아휴, 확 없던 일로 할까 보다."

"너 그러기만 해! 확 절교해 버릴 거야!"

"이 새끼가……. 친구 사이에 겨우 그런 걸로? 그래, 해라. 해!"

"아니, 그게 아니고~! 뭘 좀 알려 줘야 할 거 아니냐, 친구야~!

나 궁금해서 미치겠다고~!"

잠깐, 그러고 보니까 여행을 가서 찍은 사진이 있었는데.

"아, 찍었던 사진이 있을 거다. 잠깐만?"

사진을 살펴보다가 민신혜 씨의 사진을 발견한 나는 녀석에게 그녀를 확대시켜 보여 주었다. 그 옆에 전 남자친구도 있었지만, 일부러 확대해서 그녀만 보여 주었다.

"자, 여기. 이 여자분이셔."

"오오오오~~~!"

"예쁘지?"

표정을 보니 아주 마음에 들어서 미치겠나 보다.

"대박! 고맙다, 친구야! 진짜 너밖에 없다, 야!"

"이름은 민신혜, 직업은 경찰이고 강동서 사이버 범죄팀에서 일한다고 들었어."

"오~ 이렇게 예쁜데, 하는 일도 멋짐. 죽이는데?"

"이번 주 주말에 약속 잡을까 하는데. 어때?"

"야, 안 되면 월차라도 낼 거야. 무조건 오케이!"

"알았어. 그럼 소현 씨한테 어떻게 됐나 물어볼게. 아, 두 사람 부담될 것 같아서 소현 씨도 소개시켜 줄 겸 커플로 같이 볼까 하는데. 괜찮지?"

"그런 자연스러운 만남, 무진장 좋아하지."

"자연스러움은 개뿔. 아무튼 얘기 전달했으니까 나는 간다!"

"주말에 보자, 친구야!"

집에 돌아갔을 때가 11시였다. 메시지를 보내 볼까 했지만 방에 불도 꺼져 있고 해서 내일 얘기하고자 했다.

다음 날 아침. 나는 출근을 하고 최소현과 단독훈련을 하며 물었다.

"어제는 어떻게 됐어요?"

"그런 걸 무슨 이런 걸 할 때 묻고 그래요, 정신집중 안 되게. 하압!"

그녀의 손이 뻗어와 나의 목을 휘감아 왔다.

나는 잽싸게 밀어내며 벗어났다.

"집중 안 될 상황에도 할 줄 알아야죠."

우린 서로 엉겨 붙어서 기술겨루기를 하는 중이었다.

"만나 보겠다고 하네요. 최강 씨 말만 믿고 잘생겼다고 해 놨으니까, 그 말엔 책임져야 해요."

"잘됐네요. 그럼 이번 주 주말?"

"네. 저도 그렇게 말해 뒀어요! 엇! 아흑!"

내가 뒤로 감아들며 팔을 꺾고 목을 잡자 그녀가 바닥을 툭툭 쳤다.

"신경을 딴 데 팔면 안 되죠."

"치사해. 자기가 그래놓고. 히잉!"

"하핫!"

오전 훈련을 마치고, 나는 김종기를 만났다.

자주 만나던 한식집으로 왔고, 나는 그를 보며 곧바로 물었다.

"바뀐 방침에 관한 정보는 보내 줬나?"

"네, 보내 주었습니다."

인도 쪽 얘기였다. 발라스의 변화에 대한 목록을 보내 주라고 했는데, 잘 받아들이는지 궁금했다. 전화로 해도 될 이야기였지만, 굳이 한 번씩은 얼굴을 보고 싶다는 말에 이렇게 자리하게 되었다.

누구는 대통령 얼굴 한 번 못 봐서 난리인데.

참 반대가 된 게 아닌 게 싶다.

"그쪽에선 뭐라고 해?"

"허허, 무엇이든 수용한다고 하더군요. 그 변화를 기대한다면서요."

"그렇군. 다행이야."

김종기가 나를 놀랍다는 듯이 쳐다봤다.

"사실 저는 쉽지 않은 일이라고 생각했습니다. 물론, 최강 님의 능력을 알기에 당연히 비슷한 수순을 밟겠지 싶었지만, 솔직히 그렇지 않습니까? 받아들이는 건 누구나 다른 법이니까요."

"알아. 그래서 나도 다른 접근법을 사용한 거야."

"다른 접근법이라 하심은, 어떤……."

이 인간, 근래에 좀 친해졌다고 아주 이것저것 많이도 물어 댄다. 그래도 뭐 인도에선 도움이 되었던 게 사실이니까, 넘어가도록 하자.

"어흠! 영업 비밀을 너무 깊이 알려고 하진 말지. 근데 유럽

쪽 지부는 미국이라고 했던가?"

"각각 원로위원들이 영국, 독일, 프랑스 등 각 나라에 퍼져 있어 소통은 물론이고, 통합시키기가 가장 어려운 곳입니다. 물론, 회주는 미국에 있지만요."

"후, 조만간 유럽 전체를 여행하게 생겼군. 아무튼 정리되는 대로 연락 줄 테니까, 이번에 했던 것처럼. 알았지?"

"네, 언제든 말씀만 하십시오. 저희 발라스가 통합이 되는 그날까지 이 한 몸 바쳐 최선을 다하겠습니다."

"범죄 없고, 전쟁 없는 세상. 어디 한번 같이 만들어 가 보자고."

나는 그와 헤어지고 나오면서 생각했다. 생각해 보면 그도 좀 황당하고 웃기지 않을까 싶다. 악마인데, 악마가 좋은 세상을 만들겠단다. 충분히 의구심을 가질 만하거늘, 너무 겁을 줘 놔서인가 별말을 하지 않는다.

아무튼 말 잘 듣는 개 한 마리가, 거기다가 권력까지 갖춰놔서 참 잘 써먹는다 싶었다. 김종기에게 전화 한 통이면 해결되지 않는 일이 없으니까.

"해외 여행은 언제가 좋을까요?"

-지난번 너를 공격해 온 그 마법도구 무리들 말이다. 그놈들이 언제 기습을 해 올지 모르는데, 그 일부터 정리되고 된 후여야 하지 않을까?

서두르고 싶은데.

그래야 마음 놓고 뭐든 뒤에서 관전할 수 있을 것 같은데.

나도 최소현과 함께 희희낙락한 삶을 보내고 싶다고, 얼른!

"하아, 이걸 기다려야 해, 아니면 쫓아가야 해? 너무 안심만 할 수도 없고, 은근히 부담되네."

* * *

일주일이란 시간은 빠르게 훌쩍 지나갔다.

오전 일찍부터 만나자고 하는데, 좀 이상한 기분이 들었다.

소개팅을 한다는데 무슨 아는 정보가 하나도 없어서다.

"근데, 진짜 이상해서 그러는데, 보통은 점심때 만나지 않나요? 아니면 저녁에 술을 곁들이던가."

"호호, 그게 다 이유가 있답니다."

"아니…… 어디서 뭘 하겠다는 말도 없고, 장소도 안 가르쳐 주고 말이야."

"정원 씨한테는 내가 따로 주소 보내 놨으니까. 아무 소리 하지 말고 따라 나오세요?"

"대체 어딜 가려고 이래……."

"어우~ 무슨 남자가 이렇게 말도 많은지. 얼른 안 타요?"

"탑니다, 타. 어디 얼마나 좋은 곳에 가나 봅시다."

나는 가면서도 투덜거렸다.

"내가 진짜, 알아낼 방법이 있지만 꾹 참고 가는 겁니다."

"네~ 네~ 알겠습니다."

"알죠? 나 마법사인 거. 아니, 그게 아니더라도 전화만 해킹을 해도……!"

최소현이 확 째려봄에 따라 나는 입을 닫았다.

"조용히 가려고 했어요. 조용히."

그러면서도 중얼거렸다.

"그래도 내가 이렇게 궁금한 걸 참는 사람이 아닌데……. 후우……."

"보람되고 좋은 일 하러 가는 거예요. 그러니까 그만 구시렁대요. 알았어요?"

좋은 일? 뭔가 싶어서 가 보니 어느 수녀원으로 가고 있었다.

그곳에는 이미 민신혜 씨가 나와서 우리를 기다리고 있었다.

"또 보네요. 반가워요, 최강 씨?"

"네, 또 보니 좋네요. 근데 여긴 왜……."

"호호, 그러고 있지들 말고 원장수녀님께 인사부터 드리러 가요."

알고 봤더니 소개팅 장소가 바로 여기란다.

평소 민신혜 씨가 자주 후원하고 봉사활동을 하러 오는 곳이라고 하는데, 재벌이 아닐 거라면 얼마나 똑 부러지게 일을 잘하고 심성이 좋은가를 보고 싶다고 한다.

근데 그건 너무 여자 입장에서 하는 소리 아니야? 남자 입장에선 성격에 따라 싫어할 수도 있는 건데.

아무튼 원장수녀님과 간단히 인사를 나눈 후에 우린 일을 하기 위해 밖으로 나왔다.

근데 때마침 차가 들어오더니 김정원이 내렸다.

"흐흐, 이 노동 지옥에 온 걸 환영한다, 친구야."

최소현이 옆에서 툭 쳤지만, 진짜 그런 기분이 드는 걸 날더러 어쩌라고. 상황 설명을 했더니 녀석도 살짝 당황하는 눈치였다.

"아…… 여기서 첫만남을 한다고요. 이렇게."

민신혜가 밝게 웃으며 인사를 건넸다.

"반가워요, 정원 씨. 민신혜라고 해요."

"아, 네. 김정원입니다."

"말씀 많이 들었고요, 근데 저희가 해야 할 일이 워낙 많아서. 일단 일부터 할까요?"

복장을 갈아입은 김정원이 나에게 다가와 물었다.

"이게 뭐냐 친구야. 혹시 소개팅이 아니라, 일손이 필요했던 거 아니냐?"

"너는 위치라도 알고 왔지. 난 목적지도 모르고 끌려 왔어."

"전혀 몰랐다고?"

"흠, 좀 특이하긴 하지만, 아무튼 잘해 봐라."

"후, 그래. 좋은 일 하는 거니까 일단 하자. 안 해 본 일도 아니고."

두 팔을 걷어붙인 녀석을 나는 쓴웃음으로 쳐다봤다.

녀석은 집안 형편이 안 좋았다. 두 부모가 교통사고로 돌아가시고, 초등학교부터 할머니의 손에 자랐다. 중학교 때 처음 만났는데, 점심을 유난히 많이 먹는 걸 보고 나는 물었었다.

"야, 너는 점심을 왜 그렇게 많이 먹어? 그러다가 탈 나겠어."

"하하, 나는 집에 가도 저녁을 잘 못 먹거든."

워낙 성격이 좋은 녀석이라 자기 사정을 감추거나 하는 법이 없었다. 아마 그때부터였던 것 같다. 늘 학교가 끝나면 공부를 같이 하자는 말로 꼬드겨 데려와 밥을 먹였던 것이.

하지만 고등학교에 들어와서는 정원이의 사정은 더욱 최악으로 변해 버렸다. 그토록 기대던 할머니가 돌아가시고 만 것이다.

친척 하나 없이 혼자가 되어 버린 녀석. 정원이는 가고 싶지 않아 했지만, 결국 미성년자이기에 보육원에 들어가게 되었다.

그래서 저런 말을 하는 거다. 보육원 시절, 유독 많은 나이로 들어와 일손을 도맡아 해야 했던 때가 있어서.

사실 정원이에게 이런 일이란, 힘든 일이기보다는 추억이 깃든 익숙한 일인 것이다. 잠시 상념에 젖어 있는데 최소현이 소리쳐 부른다.

"뭐 해요, 빨리 안 오고! 빨래고 화장실 청소고 해야 할 일이 많단 말이에요."

"그래요, 합시다! 내가 오늘, 진정한 에너자이저가 뭔지 보여 줄 테니까."

-끙, 이러려고 키운 능력이 아닐 것을.

"좋은 일 하는 거니까, 불만은 나중에 합시다!"

* * *

김정원은 야외 화장실 청소를 정말 열심히 했다.

민신혜는 만족스럽게 지켜보다가 최소현이 오자 말했다.

"오~ 일 좀 하시는데?"

"그러게. 잘하네. 일 좀 해 본 사람처럼."

"게다가 저 팔뚝, 마음에 들어."

"어우~ 넌 그거 보려고 저 사람 데려왔니?"

"뭐, 이왕이면 좋은 게 좋은 거 아니겠어?"

"호호호! 하여간, 너도."

"그럼 어디 최강 씨는 어쩌고 있나 볼까?"

수녀원 뒤편에도 야외 화장실이 있었다. 화장실 중에서는 가장 더러운 곳으로, 최근까지 안 쓰던 곳을 다시 써야 해서 청소가 필요한 곳이었다. 묵은 때까지 닦아 내려면 고생 좀 해야 하는 가장 고난이도의 장소였다.

그런데…….

가 보니 아무도 없었다.

"뭐야, 설마 어디서 개으름 피우는 거? 최강 씨, 그렇게 안 봤는데."

"이상하다…… 최강 씨가 그럴 리가 없는데……."

그런데 곧 수녀원을 돌아 커다란 차가 들어오고 있었다. 차는 안까지 들어와 이미 다 만들어진 목조 화장실을 내려놓았다.

"이게 다 뭐에요?"

"주문받고 왔는데요."

"주문요?"

때마침 그때, 최강이 나타났다. 최소현은 얼른 물었다.

"최강 씨, 이게 어떻게 된 거예요?"

"아~ 이 화장실 변기나 세면대 상태를 먼저 봤는데, 워낙 노후화되고 수압도 약해서 자주 막힐 것 같더라고요. 그래서 수도관도 싹 교체하고, 정화조도 오늘 하루면 매립 가능하다고 하니까. 새로 전부 교체하는 게 낫지 싶어서요. 물론, 이건 모두 제 사비로 하는 거고요."

최소현은 어색한 표정을 머금었고, 민신혜는 혀를 내둘렀다.

"헐……. 스케일이 다르면 이렇게 생각도 다를 수가 있는 거구나. 청소를 하라고 했더니, 화장실을 새로 사 온다고?"

"미안하다, 친구야……. 원래 저런 사람은 아니었는데. 요즘은 좀 자주 그러네."

최소현의 말에 민신혜는 고개를 저었다.

"아니야~ 아무리 청소해도 깨끗해지지 않는 오래된 화장실보다야, 이렇게 새것 같은 화장실이 훨씬 좋은 걸. 애들도 이걸 더 좋아할 거야."

최강이 또 거기에 맞장구를 쳤다.

"그럼요. 이렇게 깨끗한데 누가 싫어하겠어요. 기존에 있던 건 사람 불렀으니까 곧 해체될 겁니다. 그리고 그 자리엔 놀이터를 만들었으면 하는데. 괜찮을까요?"

민신혜가 기뻐하며 최강의 팔짱을 꼈다.

"당연히 괜찮죠~! 역시 돈 많은 사람을 지인으로 두니까 이런 게 좋네~!"

"하핫! 좋은 일 하는 건데, 아끼면 안 되죠."

수녀원에서도 처분하는 게 낫다고 여겨 왔는지 최강에게 고맙다는 인사를 전해 왔다.

아무튼 네 사람은 빨래와 청소까지 깨끗이 끝내고는 아이들과 공놀이를 해 주었고, 저마다 땀에 젖은 몸으로 수녀원을 떠나갔다.

* * *

고깃집. 옷을 미리 챙겨 온 것도 아니어서 땀에 젖은 몸으로 오기에는 안성맞춤이었다.

"오늘 많이 힘드셨죠?"

"재밌던 걸요. 간만에 옛날로 돌아간 것 같아서 좋았습니다."

"옛날?"

김정원의 남 신경 안 쓰는 성격이 그대로 나왔다.

"사실 저도 한 몇 년은 그런 곳에서 살았거든요. 그래서 뭐, 익숙했죠. 한동안은 늘 해 왔던 생활이었고."

"아……."

"그랬구나……. 몰랐네요."

모두가 어색함을 내가 날려 주었다.

"그렇게 티 내서 어색해하면 얘가 더 민망해지는 거 몰라요? 원래 정원이 성격이 이래요. 자기 힘들었던 것도 굳이 감출 필요가 있나 하면서 말하는 거. 그게 장점이죠."

"언제는 단점이라며?"

어쭈, 막 쿡쿡 찌르지? 나도 할 말은 많거든?

"야, 솔직히 어렵게 살아온 걸 굳이 말할 필요는 없는 거거든. 근데 아주 광고를 하고 다녀요. 그래도 그렇게 공부해서 대기업도 다니고, 사는 것도 넉넉해졌는데. 좀 잊고 살면 안 되냐?"

"잊기는 왜 잊어, 그랬던 내가 있어서 지금의 나도 있는 건데."

민신혜가 가만히 생각하더니 활짝 웃었다.

"어디서 들어본 것 같은 말이지만, 그 말 참 좋다. 그랬던 내가 있어서, 지금의 내가 있다. 솔직히 맞는 말이잖아요. 지금까지 살아온 기억과 경험 덕분에 우리 모두가 지금의 이런 자리에 있을 수 있는 거니까."

그 말에 모두는 공감하는지 저마다의 생각에 잠겼다.

무슨 생각을 하는지 모르지만 모두가 동시에 피식 웃어 보였다.

"내가 명언이나 들으려고 이 자리에 온 건 아닌데."

민신혜가 술병을 번쩍 들어 올렸다.

"자! 오늘은 고맙다는 인사를 대신해서, 제가 한 잔씩 따르겠습니다!"

술을 따라 주던 민신혜와 김정원 간의 묘한 눈빛이 오갔다.

보아하니 서로가 서로를 마음에 들어 하는 눈치다.

"짠?"

"아, 네."

나와 최소현은 서먹서먹하면서도 은근히 적극적인 민신혜의 모습을 보며 환하게 웃었다.

"잘 어울리네요."

"그러게요. 잘됐으면 좋겠다."

음주를 통해 서로를 알아가는 하룻저녁. 운치 있고, 사람 냄새가 났다. 나는 김정원이 재벌이 아니어서 민신혜가 싫어할 거라고 여겼지만, 그건 내 착각이었나 보다.

물론, 저울질이 없을 수야 없겠지. 그렇지만 결국 돈보단 사람을 택한 것 같은 그녀였다.

* * *

다음 날, 김정원에게서 톡이 왔다.

[우리 사귀기로 했다.]

[벌써 들었다, 인마.]

[고맙다, 친구야. 내가 진짜 술 한 번 제대로 살게.]

[돈 생각하지 말고, 마음껏 만나. 내가 통장으로 지원금 쏘마.]

[미친놈. 고작 몇십만 원 보낼 거면 관둬라. 그 돈은 나도 있다.]

"이게 은근히 나를 무시하네. 너 내가 돈이 얼마나 많은지 모르지?

좋아, 알았어."

-친구 좋다는 게 뭐냐! 이럴 때 놀랄 만큼 퍼부어 주어라!

"그러게요. 아주 뒤로 자빠지게 만들어 버려야겠네요."

나에겐 차명 계좌에 조 단위의 활동지원금이 존재했다.

친구한테 얼마쯤 쏘는 거? 그게 무슨 대수인가?

거기다가 세상에 단 하나뿐인 진정한 친구 아닌가.

내가 누명을 쓰고 쫓겨 다닐 때, 대출까지 해서라도 돈을 빌려줬던 친구다. 아마 세상에 그런 친구는 없을 거다.

그런 친구한테 아낀다면 나는 그냥 쓰레기인 거다.

그래서 나도 세상에 없는 그런 친구가 되어보자 싶었다.

"후후후, 너 이 새끼. 아주 뒤졌어. 돈에 확 깔려 죽어 봐라."

* * *

김정원은 부장에게 불려가 한 소리 듣고 있었다.

"이봐, 김 대리. 이거 시장조사 제대로 한 거 맞아? 단가가 너무 높잖아! 단가가! 내가 전무님한테 가서 귀싸대기 맞는 거 보고 싶어서 이래! 당장 다시 해 와! 당장!"

"아, 네. 죄송합니다."

물가가 오른 걸 어쩌라고. 김정원은 무조건 단가만 낮추라는 부장이 참 세상 돌아가는 걸 모른다고 생각했다. 물가에 대한 표도 있었을 텐데, 그건 전혀 보지도 않은 것 같다.

그런데 돌아서는데 갑자기 문자가 울렸다.

우웅.

뭔가 싶어 확인하던 그는 헛바람을 집어삼켰다.

"허억! 이런 미친 새끼……!"

부장이 뒤에서 버럭 화를 냈다.

"뭐……? 이게 지금 어디다 대고……! 야, 너 지금 나한테 욕한 거 맞지? 이게 돌았나……!"

김정원이 당황해서는 핸드폰을 들어 보였다.

"아뇨! 여기 핸드폰에……. 저기 제가 지금 확인할 게 있어서요. 죄송합니다!"

급하게 뛰어가는 김정원에게 부장이 뒷목을 잡더니 소리를 질렀다.

"저, 저런……! 야! 너, 이리 안 와! 야이, 미친놈아!"

옥상으로 올라온 김정원은 최강에게 전화를 걸었다. 하지만 받지 않았다. 최강도 그에게서 전화가 오는 걸 알지만 웃으며 일부러 안 받는 거였다.

"와…… 이 미친 새끼……. 지금 장난하는 거지? 이게 말이 돼? 아니, 어떻게 50억을 쏴? 아니, 이 새끼는 또 이 돈을 어디서 났고?"

아무리 생각해도 이해가 되지 않았다.

"이 새끼, 뭔가 실수한 거야. 그래, 미치지 않고서야 이 큰돈을 ……. 아~ 이 돌아이 새끼 진짜."

* * *

최소현과 함께 퇴근하는데, 김정원이 집 앞에서 기다리고 있었다.

"어? 니가 왜 여기에 있어? 나 기다렸냐? 전화를 하지~?"

"전화를……! 왜 안 받냐, 친구야."

녀석이 성질을 내려다 말고 꾹 삼키더니 옆에 있던 최소현에게 인사했다.

"소현 씨, 안녕하세요. 제가 이 미친……! 아니, 친구를……. 좀 데려가야 할 것 같은데요. 괜찮을까요?"

"네? 네. 괜찮아요. 근데 무슨 일로……."

"진지하게 우정의 대화가 필요한 시점이라."

나는 뭐 때문인지 짐작이 갔다. 그래서 웃으며 말했다.

"야, 혹시 데이트 지원금 때문에 그래? 그건 내가……!"

"됐으니까. 너 좀 따라와."

멱살까지 잡으며 끌고 가는 통에 나는 녀석이 가는 대로 따라갈 수밖에 없었다.

"야, 이건 좀 놓고 가자!"

"따라와!"

우리는 근처 놀이터에서 대화를 나누었다.

김정원은 무척 황당해하다가 내게 물어왔다.

"너, 그 돈 뭐야. 잘못 보낸 거지? 그지? 아~ 이 새끼. 나 살짝 설레었다. 그 돈이 내 통장에 있는데 아주 별생각이 다 들더라. 내가 정말 돈에는 욕심 같은 거 안 가져 봤는데. 그 돈 보니까 살짝 욕심은 들더라."

"욕심 가져도 돼. 이젠 네 것이니까."

"너 나한테 얼마 보냈는지는 제대로 알고 하는 말이야? 50만 원이 아니라, 공을 몇 개나……!"

"알아, 50억."

"뭐? 알아? 너 제정신이냐?"

나는 찬찬히 생각을 하며 말했다.

"음…… 원래의 우리였다면 참 많은 돈이긴 하지. 나도 누명 써 가며 그 큰일을 겪고서 통장에 30억이 꽂히는데 정말, 눈이 돌아가더라. 그래서 네 마음 나도 이해는 가."

"너, 이 돈은 어디서 났어?"

"나 말이야. 사실은 너로서는 상상도 못 할 조직의 꼭대기에 있거든. 뭐, 이전까지는 세상에서 돈을 벌 수 있는 나쁜 짓이란 나쁜 짓은 전부 하는 조직이었지만, 지금은 조금 달라지기도 했고."

"뭐……?"

나는 그네에 앉고는 하늘을 보며 말했다.

"너나 나나 어려서 그렇게 형편이 좋지는 못했잖아. 그나마 나은 나도 엄마가 열심히 고생해 준 덕에 밥이나 잘 먹고 다녔지, 아빠가 없는 가정에서 어떻게 살림이 넉넉할 수가 있었겠냐?"

옛 추억을 떠올리자 절로 미소가 흘러나왔다.

그리고 난 그 미소로 친구를 보았다.

“사실 나는 스무 살이 조금 넘어서까지 이런 생각도 했었다? 아니, 왜 내가 사귄 친구들 중엔 재벌이 없지? 그런 재벌 친구 하나쯤 있으면…… 돈 문제 생겼을 때 그 친구가 시원시원하게 도와도 주고 그럴 수 있을 텐데, 하고. 근데 없더라. 너무 철없는 생각이었을까? 그런 건 있어도 어려운 일이지만, 내가 사는 세상에서는 생길 수 없는 판타지더라고.”

김정원은 듣고는 있지만 내가 하는 말을 이해하기 어려운 눈치였다. 갑자기 무슨 조직의 우두머리라니, 재벌 얘기나 꺼내고 있으니 황당하기도 할 것이다.

아무튼 난 나의 이야기를 마치고자 마지막 얘기를 꺼냈다.

“근데 말이야. 어느 순간에 보니까 내가 그렇게 되어 있더라. 재벌도 부럽지 않은 아주 놀라운 위치에 와 있더라고. 그래서 생각했지. 내가 철없이 꿈꿔 오던 그 판타지, 내가 좀 해 보자. 내 가장 친한 친구 하나쯤 도와주는 건 괜찮지 않나 하는.”

“…….”

“너의 통장에 입금된 금액은 그런 내 마음의 결과인 거야. 그러니까 너무 어려워하지만 말고, 친한 친구 하나 잘 둔 덕을 봤다. 그렇게 생각해 주면 안 될까?”

김정원이 곧장 물어왔다.

“그러니까, 네가 무슨 엄청난 조직의 일원이다?”

“다 내 밑이라니까.”

"그럼 증명해 봐."

"뭐?"

"그래, 돈은 네가 엄청 많다는 거 알겠어. 근데, 네가 정말로 그런 조직에 속해 있다는 건 못 믿겠어."

"야, 그건……!"

"그러니까 증명해. 그럼 믿어줄게. 증명하면 이 큰돈……! 부담 없이 받아 줄게."

이 황당한 새끼. 아니, 무슨! 받는 놈이 주는 사람의 입장을 증명하래?

* * *

다음 날 출근을 하자마자 최소현이 물어 왔다.

"어제 괜찮았어요? 정원 씨 뭔가 화가 단단히 난 것 같던데. 막 멱살도 잡고."

"그렇다고 친구 사이에 주먹다짐이야 했겠습니까? 아무리 내가 사기를 쳤어도, 그럴 녀석은 아니죠."

"그럼 대체 무슨 일이었던 거예요?"

사정을 설명해 줬더니 최소현이 혀를 내둘렀다.

"헐! 황당할 만도 했겠네. 친구가 실수로 잘못 보낸 게 아닌가 생각할 만도 했을 것 같고. 상황 설명 없이 그렇게 큰돈을 보내면 당연히 놀라죠."

“아니, 연애 사업의 지원금 좀 보태겠다고 하니까 그 녀석이 뭐라는 줄 알아요? 몇십만 정도 보낼 거면, 자기도 있으니까 관두라고 그러는 거예요.”

“그래서 없을 그 큰돈을 보낸 거예요?”

“뭐 살짝 욱한 것도 있고, 나름 뿌듯하고 싶기도 했고.”

“어우~ 어른스럽다가도 이럴 때 보면 완전 애라니까.”

“흣, 원래 남자는 말입니다. 친구 앞에서는 옛날의 어릴 적으로 돌아가는 법이거든요.”

“그래서 증명은 어떻게 하려고요?”

“정 못 믿겠다면, 믿게 해 줘야죠.”

* * *

김정원은 아침부터 황당한 일을 겪었다. 갑자기 사장님의 호출을 받게 된 것이다. 출퇴근할 때나 한 번씩 봤지, 간부 이외에는 얼굴조차 볼 수 없는 분이다. 그런 분이 자신을 불렀다.

그래서 왜 불렀을까 싶은 긴장 어린 마음으로 찾아가 뵙게 되었다. 근데 하시는 말씀이 이것이다.

“내 회사의 사원 중에 이렇게 인맥이 좋은 분이 있을 줄은 몰랐네요.”

“네?”

“김정원 대리?”

"네, 사장님."

"오늘 하루 김정원 대리에게 중요한 일이 있을 거라는 말을 들었어요. 나도 무슨 일인지는 잘 모르지만, 아주 높은 분들의 만찬에 함께한다고 하던데. 잘 다녀오도록 해요."

"네?"

평소 갈구던 부장도 한소리를 했다.

"뭐야, 김 대리? 뭔데 사장님께서 김 대리를 직접 불러?"

"그게…… 오늘은 쉬라고 하시는데요?"

"뭐?"

황당해하던 부장에게 내선전화가 걸려왔다.

"아, 네, 사장님. 네. 네. 알겠습니다. 그렇게 하겠습니다."

다른 직원들이 시선을 집중하자 부장이 멍하니 김정원을 쳐다봤다.

"가 봐. 사장님이 진짜 그러라고 하시네."

"네……."

"허 참. 이게 다 무슨 일이야, 진짜."

가방을 챙겨서 회사를 나가던 그도 정말 이게 다 무슨 일일까 싶었다. 그런데 그러던 중, 전날 최강이 했던 말을 떠올렸다.

["좋아! 알았어, 그럼. 내가 당장 내일이라도 증명해 보일 테니까. 각오 단단히 해."]

그는 회사 1층으로 내려오면서도 황당해했다.

"에이, 설마. 이게 다 그 녀석이 말한 것 때문이라고?"

그렇지만 그에게 생기는 놀라운 일은 거기서 끝이 아니었다.

회사 앞으로 고급스러운 차량이 서 있더니, 거기서 건장한 사내가 내리며 문을 열어 주는 거였다.

"모셔오라는 지시를 받았습니다. 타시죠."

"네? 저요?"

"김정원 씨 맞으시죠?"

"네, 맞는데요."

"그럼 초대 손님이 맞으십니다. 타시죠."

"초대 손님?"

모든 직원들이 오가는 회사 앞에서, 이런 차가 대기를 하고 있다니. 그것도 자신을 초대 손님이라면서 태우고 가겠다니.

부담 백배. 뭔가 대놓고 납치를 당하는 느낌도 들어서 다시 한번 확인을 하게 되었다.

"정말로 저인 게 맞나요?"

"네, 맞습니다."

엉겁결에 차에 타긴 했다. 하지만 그런 와중에도 불안한 마음을 지울 수가 없었다. 그래서 김정원은 운전기사에게 물었다.

"저기요, 진짜 궁금해서 그러는데요. 혹시 최강이라고 아세요?"

"네."

"어떻게 아는 사이세요?"

"저에겐 매우 높은 분이십니다. 외부인에게 내부 사정을 말씀드릴 수 없는 점, 양해 부탁드립니다."

"아…… 네……."

그는 여전히 혼란의 소용돌이 속이다.

"뭐야, 그럼……. 어제 그놈이 말한 게 다 진짜라는 거야?"

어느 지하주차장으로 와서 전용 엘리베이터를 타고 최상층 회의실로 오르기까지. 그제야 거기서 반가운 얼굴을 볼 수 있었다.

"아, 왔어?"

"야, 최강……!"

"쉬잇. 조용히 해. 여기 그렇게 큰 소리 내는 곳 아니야."

"야, 이거 어떻게 된 거야?"

"내가 그랬잖아. 증명해 보이겠다고. 자, 따라와."

아무도 없는 넓은 회의실에서 두 사람은 맨 바깥쪽 위에 자리했다. 얼마 안 있어 몇몇 사람들이 하나둘 입장하기 시작했다.

대체로 중년에서 나이가 많은 사람들이 대부분이었는데, 한 가지 황당한 건 그들 모두가 최강을 보며 깊이 허리를 숙여 인사를 한다는 거였다.

거기에 대고 최강은 가만히 고개만 끄덕일 뿐이었다.

"허……. 이게 다 뭐야……."

그런데 곧 김정원도 아는 사람이 등장했다.

"엇! 야, 저 사람은 설마……! 공인모 회장?"

"맞아. 재계 1순위. 대한민국 최고의 기업 회장."

"허……."

하지만 김종기가 들어왔을 때, 김정원은 목이 빠져라 고개를 내밀었다.

"헉! 야……! 저, 저 사람은……!"

"대통령."

"그러니까……."

김정원에게는 정말 눈이 뒤집어질 일이었다.

대한민국 권력의 정점에 있는 존재. 대통령. 근데 황당하게도 그 역시도 마찬가지로 최강에게 인사를 하는 거였다.

"미쳤다…… 어떻게 대통령을 여기서 봐?"

"조직의 총 회의니까."

"조직?"

회의의 내용은 더욱 황당했다.

"맥시코에서 수천억에 달하는 마약을 동남아로 운송하였으며, 저희 조직이 각각의 현장을 덮쳐 거래대금과 마약을 모두 회수하였습니다. 마약은 그 자리에서 모두 소각시켰으며, 범죄의 거래대금은 모두 저희 조직에 흡수되었음을 알려드립니다."

"김도춘이 내세운 가상화폐 다단계로 엄청난 피해자들이 속출했지만, 저희 조직이 나서서 그의 목적을 실토하게 하고, 그 내용을 피해자들 모두에게 전송 또는 들려줌으로써 모든 피해를 막을 수 있었습니다. 피해 금액은 전부 피해자들이 입금했던 계좌로 돌려주는 것으로 상황을 마무리하였음을 알려드립니다."

국내에서 벌어지는 범죄는 물론이고, 세계 각국에서 일어나는 범죄에 대한 얘기가 수시로 오갔다.

"이번 중동 국가들의 발라스 지부에서도 앞으로 우리의 원칙에 따라 움직이기로 합의를 보았습니다. 이 모든 일을 해결하신 최강 원로위원님께 박수 부탁드립니다."

짝짝짝짝짝짝짝……!

우신경비보안의 본사에 와 있는 김정원은 아직도 그 박수 소리가 귀에서 울리는 것 같았다.

김정원은 그곳 책상에 있는 직함을 보며 또 한 번 놀랐다.

"허……. 이사……? 대체 직함이 몇 개인 거야……."

"자, 진정 좀 하고. 차 좀 들어."

"야, 최강. 나 오늘 꿈꾼 거 아니냐?"

"그거 보여 주느라 일정에도 없는 설명회까지 열었는데. 그걸 꿈꿨다고 얘기하면 곤란하지 않겠냐?"

"아니, 어떻게 대기업 총수에……! 대통령까지……! 네가 정말로 그 모든 사람을 불러 모을 능력이 있다고? 날 더러 그걸 믿으라고?"

"그 사람들이 나한테 인사하는 거 못 봤어?"

"봤어……."

"근데도 못 믿어? 그럼 대면이라도 시켜 줄까? 그럼 믿을래?"

김정원이 손사래를 쳤다.

"아, 아냐! 그렇게까진 됐어."

"이만큼 했으면 좀 믿어라."

"아니, 난……. 봤으니까 믿겠는데, 도저히 믿기지가 않아서."

"이해는 가. 직접 두 눈으로 봤어도 못 믿을 만큼 충격이 크긴 했겠지."

"대체 어쩌다가 이렇게 된 거야?"

"야, 누가 들으면 망한 이유를 묻는 줄 알겠다."

"각 분야에서 최고인 사람들이 그렇게 모여서 조직을 운영하고, 수많은 범죄를 막아 가고 있다고. 근데 거기의 수장이 너고? 회주인 대통령까지도 너한테 고개를 숙인다고? 와, 미치겠네."

"대단하지?"

"야, 이건 대단한 수준이 아니라……! 말이 안 되는 거잖아?!"

최강은 솔직하게 말했다.

"처음엔 이 엄청난 조직에게 계속 감시당하고 쫓겨 다닐 게 짜증 나서 확 먹어 버리자 하는 심정으로 들어왔는데, 하다 보니까 생각도 바뀌고, 이런저런 행동들을 해 오다가 보니까 여기까지 왔지 뭐야. 아무튼! 이 큰 조직의 운영비를 제외하고도 내가 가진 자금이 어마어마해. 난 그 자금에서 표시도 안 날 만큼의 액수를 너에게 주었을 뿐이고. 그러니까 이제 더는 의문 가지지 말고, 가져. 알았냐?"

"그래……. 어……."

"그럼 이제 부담은 없는 거지?"

"부담?"

김정원이 최강을 멍하니 쳐다봤다.

"부담은 이제 너다, 인마. 넌 네가 왜 이렇게 부담스럽냐."

"아유, 새끼……. 증명하라고 해서 기껏 해 놨더니, 이게 친구 가슴에 표정 하나 없이 상처를 주네. 친구한테 부담스럽다는 말을 하고 싶냐?"

"후훗."

"하하하!"

황당함 때문인지, 아니면 이 와중에도 친구의 자연스러운 대화 때문인지 둘은 웃기 시작했다. 그 웃음은 서로에게 전염되듯 더욱 커지고 길게 이어져 갔다.

* * *

민신혜는 고급스러운 레스토랑에 오며 의외라는 표정을 머금었다. 그녀는 기다리고 있던 김정원을 만났고, 그가 빼 주는 의자에 앉고는 맞은편에 앉는 그에게 물었다.

"여기 좀 비쌀 텐데. 괜찮겠어요? 여긴 더치페이하는 것도 부담될 것 같은데."

"데이트 비용은 다 제가 낼 거고요, 신혜 씨한테 부담 주는 일은 없을 테니까 걱정 마세요."

민신혜가 김정원을 웃으며 쳐다봤다.

"우리 정원 씨, 나를 많이 좋아하나?"

"왜요?"

"원래 남자들은 좋아하는 마음이 커지면 무리라는 걸 하게 된다잖아요. 지금 이 현장이 그 결과인 것 같아서요."

"우리 처음 소개받고 이제 두 번째 만나는 거 아닌가요?"

"그렇죠."

"음, 이런 말 하면 어떻게 들릴지 모르겠는데요. 솔직히 말하면 사람의 감정도 생명체처럼 소중히 키워 나가야 한다고 생각해요. 지금 신혜 씨를 보는 저의 마음은 강한 호감, 거기에 보고 있으면 행복해지는 느낌, 그리고 때때로의 설렘. 아, 그러면서도 올라오는 묘한 긴장감도 있다고 해야겠네요. 설렘 말고도 오는 그런 느낌이 있거든요."

"호감은 강한데, 아직 확 좋아하고 그런 건 아니다?"

"서운했을까요?"

"음……. 아뇨. 뭔가 오래 사귀었던 사람한테서 들으면 기분 나쁘거나 서운했을 것 같긴 한데, 데이트가 이제 두 번째니까. 어쩌면 정원 씨가 하는 그 말이 가장 합리적이고 솔직한 게 아닌가 싶어요. 솔직히 몇 번 안 만났는데 막 좋아한다, 사랑한다. 그럼 이상하잖아요? 무슨 집착 있는 사람 같기도 하고."

"아무튼 신혜 씨가 생각하는 그런 이유에서 잡은 자리는 아니라는 겁니다."

민신혜가 의문을 나타냈다.

"그러니까. 근데도 이런 곳에 오는 건, 정원 씨의 입장에서나, 저의 입장에서나 좀 부담스러운 게 사실이란 거죠."

김정원은 그에 대한 답을 해 주었다.

"좋은 친구를 두었더니, 이런 부담도 다 여유가 될 수가 있네요."

"좋은 친구? 혹시 최강 씨?"

* * *

최소현과 나는 옥상에 올라 함께 맥주를 마셨다.

"그래서 정원 씨한테는 잘 증명했어요?"

"이해하는 데 시간이 걸리겠지만, 그렇다고 봐야죠."

"많이 놀랐겠다."

"충격이 심한 것 같더라고요."

그러던 중 최소현이 의문을 나타냈다.

"근데요. 친구한테는 그렇게 수십억씩 주면서, 왜 최강 씨는 아직도 이런 곳에 살아요? 좀 더 넓고, 좋은 집에서 살고 싶지 않아요?"

나는 그녀를 보았다.

"그걸 몰라서 물어요?"

"네."

"다 최소현 씨 때문이잖아요."

"저요? 제가 뭘 어쨌다고요?"

나는 그녀에게 다가가 손을 잡았다.

"사는 곳이 가까워서 이렇게 몇 걸음만 다가가도 만날 수 있고, 이렇게 일을 끝내고 난 후에는 같이 맥주도 마실 수 있고. 이런 게 너무 좋아서요."

"호호, 뭐야~ 그 말 들으니까 되게 달달하긴 하다."

"물론, 내가 좋은 집으로 가서 소현 씨를 그 옆집에 둘 수도 있겠죠. 하지만 집이 넓어지면 그만큼 거리는 멀어지는 거니까. 그리고 여기서 마시는 맥주가 가장 맛있으니까. 그래서 어디도 못 가겠더라고요."

"많이 생각은 해 봤지만, 결론은 그거다?"

"뭐, 그렇죠."

갑자기 그녀가 돌발적인 말을 뱉어냈다.

"그럼 우리…… 큰 집 사서 확 동거해 버려도 되잖아요."

"응? 네? 동거?"

"네, 동거요. 그럼 늘 같이 있을 수 있을 텐데."

동거 소리를 들으니까 갑자기 심장이 두근거렸다.

그녀와의 야릇한 러브 판타지가 그려진 거였다.

"끄음, 그럼 제가 남자로서의 이성을 온전히 유지하기 힘들지 않을까요?"

"그게 문제라면…… 좀 뒤에 우리 집으로 올래요? 나 먼저 씻고 기다릴게. 우리 이제 그럴 때도 되지 않았나?"

"쿨럭!"

나는 살짝 물러났다.

"자, 잠깐만요. 갑작스러운 이런 급진전이 좀 당혹스럽기는 하네요."

"호홋, 장난이에요! 호호홋! 남자들이 이런 거 좋아한다고 해서 한 번 해 본 건데. 최강 씨한테도 통하긴 하는구나."

"네?"

장난? 이 여자가 지금 사내의 가슴에 불을 질러놓고 장난 소리가 나와?

그렇다고 또 실망한 가슴을 드러내 보일 수는 없고…….

"장난……. 아휴, 난 또 뭐라고. 저도 뭐, 그럴 거라고 생각은 했어요."

그렇게 서로 웃기는 했지만, 나는 숨을 깊게 내쉬며 속에 있는 열기를 식혀야 했다.

"아무래도 오늘, 잠자긴 틀린 것 같네……."

"네?"

"아무것도 아니에요. 맥주가 시원해서 좋다고요. 음음."

* * *

최소현은 최강과 헤어지고 집으로 들어가며 피식 웃었다.

"어우, 귀여워. 그 말에 저렇게 당황할 건 또 뭐야. 아무렴 내가 그렇게 다짜고짜 들이댈까."

하지만 또 못 그럴 건 뭐 있겠냐 싶었다.

"아니지. 솔직히 이 정도 만났으면 못 그럴 건 또 뭐야. 호홋, 그럼 어디 한동안 장난 좀 쳐 볼까?"

* * *

돈은 죽을 때까지 써도 다 쓰지 못할 만큼 많아졌다.

권력 있는 자들도 악마라고 속여 휘하에 두었다.

그렇게 계획대로 바쁘게 움직여 온 덕분에 보통 사람은 상상도 없을 만큼 많은 걸 얻게 되었다.

"정말 딱 여기서 멈추고 연애만 하고 살았으면 싶다……."

의자를 뒤로 눕듯이 제쳐 두고. 다리를 책상 위로 올려 천장을 바라보는 한가로운 자세. 그 어떤 직장에서 이런 걸 할 수 있겠어.

이러다가 시간이 흐르면 최소현과의 미소 가득한 데이트가 기다리겠지. 이 얼마나 행복한 삶이야.

-최강아, 내 말 못 들은 척하지 마라!

그런데.

몸은 평화로운 데 반해, 이 머릿속은 제라로바의 재촉으로 무척 소란스러웠다.

-계속 이런 식으로 비협조적으로 나왔다간! 나도 내 마음대로 하는 수가 있어!

-나중에 후회하지 마라! 네가 나를 무시한 결과일 테니!

안 들리는 척 눈을 감고 있지만, 그것도 이젠 한계였다.

나는 곧 몸을 벌떡 일으켰다.

"그래요, 좋아요! 한번 해 본다고 칩시다! 근데 말입니다. 지팡이는 아무리 생각해도 저한테 진짜 아니라니까요. 마력을 증폭시키고, 보다 효과적인 공격을 할 수 있다는 거? 그래요, 좋아요. 아니, 저도 당연히 환영하죠. 근데, 지팡이는 진짜 아닙니다. 나 진짜 쪽팔려서……! 그건 아니잖아요."

우린 지금 머릿속에서 크나큰 다툼 중이었다. 2단계의 한계를 뛰어넘기 위해 마법을 증폭시킬 도구를 만들자는 말에는 동의하는 바이다. 근데 제라로바는 마법사로서의 자존심이라며, 꼭 지팡이를 들어야 한다고 한다.

-아무거나 매개체면 될 것을, 왜 그리 지팡이를 고집하느냐!

당연히 케라도 나의 편이다. 해서 우리는 둘이 합심하여 제라로바의 고집을 꺾고 있는 중이었다.

-너희들은 할 거 다 하면서, 왜 내가 원하는 그거 하나는 안 되는데! 이 비겁한 것들아!

케라는 케라가 원하던 칼을 얻었다. 나도 나름대로 총을 무기로 삼고 있다. 근데 왜 자기는 아무것도 안 쓰게 해 주냐는 게 제라로바의 주장이었다.

"제 취향도 고려는 해 줘야죠, 할아버지. 케라 형님이 원했던 칼? 그건 저도 멋지다고 생각하거든요. 그래서 괜찮다고 생각했어요. 그렇지만 지팡이는 진짜 아닙니다. 매개체는 꼭 지팡이가 아니라도 된다면서요. 팔찌나 목걸이, 심지어 장갑도 낀다면서요. 근데 왜 하필 지팡이냐고요, 가지고 다니기도 번거롭게."

거절했더니 며칠을 머릿속에서 달달 볶고 아주 난리도 아니다. 자신의 요구가 받아들여지지 않는 한, 멈추지 않을 것 같았다.

심지어 잘 때도 꿈에서 나와 따지고 드니 아주 환장해 버릴 노릇이었다.

"와, 진짜 돌아버리겠네. 정말 이러실 거예요?"

-지팡이라고 해서 꼭 가지고 다닐 필요는 없다! 평소엔 손목에 그림처럼 두르고 다니다가, 필요할 때만 꺼내 써도 돼! 근데 뭐가 문제라는 것이냐!

결국 참다못한 나는 저녁에 컴퓨터 앞에 앉아 검색을 해 보았다. 그냥 지팡이라고 치면 이상한 게 나오며 제라로바가 고집을 부릴 것 같아서 이왕이면 멋진 지팡이라고 쳐 보았다.

"음?"

그런데, 이게 웬걸? 각종 문양의 지팡이들이 수없이 많이 나왔다. 심지어 은빛의 스테인리스 말머리 문양의 접이식 지팡이도 있었다.

"오~ 이건 어디 귀족들이 쓰는 고급진 맛이 있네. 요즘 시대에 이런 지팡이도 있긴 하구나."

제라로바가 용의 얼굴을 한 지팡이를 보더니 금방 끼어들었다.

-이거 괜찮구나! 저 용의 두 눈에 마력을 담은 보석을 박아 넣으면 매우 멋지겠다!

"진짜 저거면 되겠어요?"

-그래! 나도 이 정도에서 타협이란 걸 해 주마.

내가 한 발 물러선다는 생각은 안 하나? 진짜 내가 괴로워서 넘어간다.

"그래요. 그럼 이걸로 주문합니다. 여기서 더 고집부리기

없기에요.”

-그래!

클릭으로 주문 끝.

“그래서요. 원하시는 걸 만들려면 마력이 있는 보석이 필요하다면서요. 그런 건 이 세상에서 어떻게 구하시게요?”

-그때 그 비웬이라고 했던 놈. 그놈의 말을 떠올려보았다. 아무래도 놈들은 그러한 신비한 마법 무구들을 많이 가지고 있는 것 같던데. 그놈들에게서 얻을 수 있지 않을까?

결국 빼앗자는 말이다. 마법이 없는 세상인 줄 알다가 그렇지 않다는 걸 알았으니 호기심이 솟구친다는 건 이해하겠다.

마법에 광적으로 매달렸던 사람이라고 하니, 마법사로서의 탐구심에 견딜 수가 없겠지.

근데, 이런 사람이 과연 지팡이로 끝낼까?

아니. 난 절대로 그렇게 생각하지 않는다. 이곳 세상에도 마법이 존재한다는 걸 알았으니, 앞으로 더한 요구를 해 올 게 뻔했다.

“오랜 세월 그런 것들을 다뤄 온 조직이라고 했습니다. 그들도 마법으로 침투해 오는 무언가에 대비 정도는 해 뒀을 거라고요. 마법이든, 과학으로든.”

-그만한 조직이면 당연히 해 두었겠지.

“걸리면 그냥은 안 끝난다는 건 아시지 않나요?”

-어차피 그놈들은 너를 적으로 대하며 죽이려 들지 않느냐? 이번엔 이쪽에서 먼저 치는 거라고 생각하면 돼.

나는 너무 황당하고 어이없는 소리를 들은 것 같아 따지려고 했다.

"그게 지금……!"

그렇지만 케라가 먼저 역정을 내며 소리쳤다.

-듣지 마라, 최강아! 이 노인네는 지금 자기 욕구를 풀고자 너를 위험으로 내몰려는 것이다! 네가 위험을 자초해 가면서까지 당장에 가져야 할 힘이 아님에도 불구하고!

-아무것도 모르면서 끼어들지 마라, 케라! 마력은 위와 같은 것이어서, 먹으면 먹을수록 그 크기가 커지듯이, 마력도 큰 마력을 쓰고 나면 그만큼 늘어나는 범위가 있다. 그때 그 범위를 고정시키면 단숨에 3단계를 넘어 4단계까지도 넘볼 수 있단 말이다! 그럼 최강은 오래지 않아 나의 경지까지 넘볼 수 있어!

-그래서 당장 필요치도 않은 힘을 위해 목숨을 걸라고?! 그러다가 최강이 놈들에게 잡히거나 죽게 되기라도 하면! 그땐 어떻게 책임질 건데?!

그래, 케라의 말이 맞다. 잡히면 모든 게 끝이다.

비웬이 그랬다. 자신들에겐 빙의된 영혼을 분리시키는 방법이 있다고. 내가 알고 있는 지식도 지울 수 있다고 했다.

신체적인 것은 단련이 된 것이니 빼앗아갈 수 없는 능력이라지만, 두 사람이 나에게 떨어져 나가고, 마법적 지식까지 잃으면 정말 곤란해진다. 만약 발라스에서 내가 능력을 잃은 걸 아는 날에는 그날로 나는 죽은 목숨인 거다.

이대로 시간이 지나면 유럽 쪽의 발라스 지부와의 전쟁은 당연한 수순일 테고, 해결을 바라며 압박하는 원로위원들도 얼마 지나지 않아 내가 아무것도 할 수 없다는 걸 알아차릴 게 될 것이다. 그때에 가선 자신들이 속았다는 것도 알아차리겠지.

정말 엉망진창에 내 주변 사람들까지도 위험에 빠지는 최악의 결과를 초래할지도 몰랐다. 그런 와중에 나의 시선이 얼마 전 습격해 왔던 자의 화살로 향했다. 나는 얼른 그 시선을 거두며 말했다.

"케라 형님의 말씀대로입니다. 무리하게 힘을 얻기 위해 목숨을 거는 건 무모해요. 혹시 지팡이를 고집했던 이유가 저로 하여금 저들의 창고로 숨어들게 하려던 의도였던 게 아니라면, 할아버지께서도 더는 고집하지 않으셨으면 합니다. 저는 제 목숨을 소중히 하는 것이 1순위니까요."

혹시나 싶어 말한 건데 답이 없다.

제대로 핵심을 찔렀나? 아니면, 내가 너무 단호해서 포기했을까? 그러고 보면 그동안 망각해 온 게 하나 있긴 하다. 처음 소통을 시작했을 때 케라는 여러 번 경고를 했었다. 제라로바를 경계하라고.

기회가 된다면 언제든 나의 몸을 빼앗거나 그와 비슷한 마법을 쓸 거라고 했었다. 물론 지금까지는 매우 협조적이고, 좋은 스승이 되어 주긴 했다. 근데 만약 그 모든 게 그가 나의 몸을 빼앗기 위한 하나의 과정이었다면?

지금도 급작스럽게 힘을 키우겠다는 이유가 그 때문이라면?

그래, 안다. 너무 과한 의심일 수 있다. 그동안의 도움과 은혜를 생각하면 이런 의심은 솔직히 미안한 게 사실이다.

하지만 나는 제라로바가 어떤 삶을 살아왔는지 모른다. 그가 어떤 사람인지도 전혀 모른다. 어쩌면 정말 단순하게 다른 세상의 마법에 흥미가 생겨 이러는 건지도 모르지만, 의심을 놓아서도 안 된다는 게 내 생각이다.

그래서 나도 중심을 잡을 필요가 있었다. 이 몸의 주인은 나이고, 결코 휘둘리지 않겠다는 의지를 보여야 하는 것이다.

설사 목숨을 걸 순간이 오더라도 그건 내 선택이다. 남의 감언이설에 홀려 목숨을 걸 수는 없는 것이다.

* * *

어느 날 차를 타고 가는데, 최소현이 나를 보더니 물었다.

"요즘 말 수가 부쩍 줄은 거 알아요?"

"내가요?"

"혹시 내가 무슨 잘못한 거 있어요?"

"그럴 리가요. 소현 씨야 늘 예쁘기만 한데."

"근데 왜 난 최강 씨가 근래 들어 무관심하게 느껴지지?"

"미안해요. 걱정되는 부분을 지울 수가 없어서. 그러다 보니까 저도 모르게 생각에 잠기느라 소현 씨가 그렇게 느끼게 만들었나 봐요. 주의할게요."

"무슨 걱정이 그렇게 있는데 그래요? 혹시 발라스에 문제라도 있나?"

"그건 아니고…… 이걸 어떻게 말해야 하나. 예를 들면, 내 몸의 마법적인 문제인 건데요. 느리게 어려운 길을 갈 것이냐, 아니면 목숨을 걸어 보더라도 빠르게 힘을 얻느냐. 그런 고민에 휩싸여 있거든요. 그러니까 내면의 싸움이라고 해야겠네요."

최소현이 걱정스러운 시선으로 나를 쳐다봤다.

"저는 위험한 건 안 했으면 해요. 그러다가 최강 씨가 잘못되기라도 하면 나는 어쩌라고……."

"안심해요. 저도 안전이 가장 중요하다고 생각하는 사람이니까. 절대로 제 주변 사람들 슬퍼하게는 안 만듭니다."

"그럼 다행이고요."

둘러 말하는 거지만, 정말 최선을 다해서 솔직하게 말한 거다.

그리고 그 내면의 제라로바는 지금 며칠째 답이 없다. 뭔가 단단히 마음이 상했는지는 몰라도 불러도 대답을 안 한다. 마치 완전히 사라져 버리기라도 한 것처럼.

케라는 그의 존재를 느낀다고 하니, 사라진 건 아닐 것이다. 그렇지만 그가 대답할 생각이 없다면, 하게 만들 방법도 없었다.

그렇다고 무작정 사과하고 뭐가 문제냐고 묻기는 싫다. 그런 식으로 요구를 들어주다 보면, 결국 그가 뜻하는 대로 움직여야 할 것이기에. 어떻게 먹는 거로라도 풀어야 하나?

그렇게 잠시 좌회전 깜빡이를 놓고, 제라로바의 얼어붙은 마음을 무엇으로 풀어야 하나 고민할 때였다.

저만치 창문을 보는데 한 여자아이가 울고 있는 게 보였다.

왜 울지? 나이는 중2? 중3쯤 되려나?

근데 그 여자아이가 커다란 트럭이 오는 걸 알면서도 한 걸음 내디디고 있었다.

빠아아아앙-!

횡단보도 뒤쪽에 서 있던 중년인이 손을 뻗어 보지만 가방에 스치며 잡아 주질 못했다.

"어엇!"

"꺄아아아악-!"

곧 일어날 상황이 눈에 선하기에 주변에 있던 모두가 비명을 내질렀다. 나는 그 찰나의 순간, 기어를 파킹으로 놓은 후 최소현에게 소리쳤다.

"소현 씨, 차 좀 부탁할게요!"

"네? 아니, 무슨……!"

* * *

끼기기기기긱……!

최소현은 최강이 사라지기 무섭게 저만치 앞에서 트럭이 급하게 멈춰서는 게 보였다. 트럭은 힘껏 브레이크를 밟는 듯했지만,

달리던 속도가 있어 횡단보도를 지나는 걸 멈추지 못하는 것 같았다.

"허업!"

그러나 그 앞에 있던 소녀가 순식간에 땅으로 꺼지는 걸 보고 나서야 그녀는 겨우 멈춘 숨을 내쉴 수 있었다.

"휴우, 살린 건가? 괜찮은 거겠지, 둘 다?"

그제야 그녀는 최강이 왜 그렇게 급작스럽게 사라질 수밖에 없었는지 이해하는 얼굴이었다.

한편, 트럭 운전사는 급하게 내려 안절부절못했다.

"아우, 씨. 이러면 안 되는데……."

그는 팔을 부들부들 떨며 차 밑을 확인하는 것 같았다.

하지만 아무도 없었다. 너무 늦어 밑에 깔린 게 아닌가 싶었지만, 여자아이는 어디에도 보이지 않았다.

"뭐야? 어디 갔어?"

주변에 있던 사람들도 놀라기는 마찬가지다.

"방금 치인 거 아니었어?"

"그러게. 바닥으로 쓰러지는 것 같았는데."

바닥으로 쓰러지는 것으로 착각했을 수도 있다. 진실은 바닥으로 꺼지듯 사라진 거지만. 최소현은 얼른 운전석으로 옮겨 타고는 바뀐 신호를 따라 운전을 하며 중얼거렸다.

"이거 또 뉴스에 나오고 그러는 거 아닌가 모르겠네. 일이 커지면 곤란할 텐데."

* * *

여자아이는 가까운 건물의 옥상으로 털썩 엎어지며 멍한 표정을 머금고 있었다.

"내가 왜 이런 곳에……."

"미쳤어? 거기가 어디라고 뛰어들어. 새파랗게 어린 게 목숨 귀한 줄도 모르고 말이야! 제정신이냐고!"

"아저씨, 누구세요?"

"니 목숨 구한 사람."

"왜요?"

"뭐?"

"왜 구했냐고요. 아저씨가 뭔데……! 아저씨가 무슨 상관인데……!"

짝!

나도 모르게 손이 나갔다. 처음 본 아이의 뺨을 때린 건 너무 과했나 싶어 살짝 실수를 느꼈다.

그렇지만 곧 잘했다고 스스로에게 각인시켰다.

"나라고 이런 말을 할 자격이 있는 건 아닌데, 최소한 한 사람의 어른으로서, 너 같은 어린애가 그렇게 목숨을 끊는 건 보고 싶지가 않아서 그랬다. 왜?"

"아저씨가 뭔데……."

"그럼 넌 뭐라도 되는 줄 알아?"

"뭐요?"

"네가 뭔데 지나가던 나한테 그런 흉측한 장면을 보게 만드려는 건데? 사람 죽은 거 보고 나면, 그날 하루가 얼마나 끔찍한 줄 알아? 그거 자체가 민폐 아니냐고! 운전사는 또 무슨 죄고?!"

"허……."

"사망사고 내면 아무리 네가 먼저 뛰어든 거라고 해도 그 사람한테도 과실이 생겨! 그 과실 하나로 그 운전사는 가정이 파탄 날 수도 있고, 자식이 굶는 지경에 이를 수도 있다고! 너의 그 생각 없는 자살로, 얼마나 많은 피해자가 생기는 줄 알아?!"

"그러니까 나는…… 죽는 것도 민폐라는 거야?"

나는 여자아이의 명찰을 보았다.

"김선애. 세상에 그 어떤 이유 중에도, 사람이 목숨을 끊을 이유는 없어. 그건 너 스스로가 나약하다고 증명하는 것밖에 되지 않는 거야. 알아?!"

"꼴에 어른이라고. 꼰대 같은 소리 하시네."

"이게, 잇……!"

김선애는 옥상 끝으로 걸었다.

"차에 치이는 게 다른 사람한테 피해를 주는 거면, 이건 괜찮죠? 그래, 여기서 그냥 뛰어내리면 되겠네."

"아니. 그것도 기껏 아침에 예쁘게 차려입고 출근하는 사람한테는 민폐지. 네가 거기서 뛰어내리면 피가 튈 거니까. 그리고 그걸 보고 어떤 사람이 그날 밤에 제대로 잠을 자겠냐?"

"그럼 날 더러 어쩌라는 건데……. 내가 안 죽으면 다른 사람을 죽일지도 모르는데, 날 더러 어쩌라는 거냐고-! 당신이 내 인생 책임질 것도 아니면서-! 허흐흐흑!"

고함을 지르던 김선애는 주저앉아 울기 시작했다.

나는 아이가 잠시 진정될 때까지 옆에 앉아서 기다려주었다.

한참을 울던 김선애는 나를 힐끔 쳐다보더니 물었다.

"뭐해요?"

"기다리잖아."

"뭘요?"

"어떻게, 소리 좀 지르고 울고 나니까 조금 후련해지냐?"

"웃겨……."

"웃기면 좋고."

김선애가 나를 기가 찬다는 듯이 째려봤다.

"허, 그걸 지금 말이라고……. 아, 나 웬 이상한 아저씨를 다 보네."

"후훗, 그럼 이제 그 이상한 아저씨하고 얘기 좀 해 볼까?"

우리는 자리를 옮겨 햄버거 가게에 왔다.

"쿨럭! 쿨럭!"

"천천히 좀 먹어라. 누가 안 빼앗아 먹는다."

한소리 한 나는 최소현과 전화로 말했다.

"미안해요. 많이 놀랐죠?"

'그 아이, 잘 구했어요?'

"네. 앞에 있어요."

'휴, 다행이다. 대체 왜 그런 거래요?'

"아직……."

'무슨 사정인지는 모르지만, 잘 달래 줘요. 그만한 나이의 아이가 그런 짓을 할 정도면, 정말 힘들었을 거니까.'

"네. 이따가 연락할게요."

'사무실엔 일 있어서 늦게 온다고 말해 둘게요.'

"네, 부탁할게요."

전화를 끊자 김선애가 물어왔다.

"누구? 여자 친구?"

"어."

"있구나…… 여자 친구……."

"그럼 없을 줄 알았냐, 이 얼굴에?"

"치. 별로 안 잘생겼거든요?"

나는 가만히 김선애를 보다가 물었다.

"후, 저기 있잖아. 내가 그렇게 누구 말을 잘 들어 주고 하는 편이 아니어서. 그래서 너의 마음이나 상처 같은 거 고려해 가면서 말을 못 해. 그래서 그냥 단도직입적으로 물을게. 문제가 뭐야?"

김선애의 표정이 슬픔에 젖어 들었다.

그리고 약간 울먹이면서 말했다.

"문제? 엄마 아빠가 할머니한테 우리를 버리고 떠난 거? 그리고 가난한 거……? 아니다. 정말 문제는 가난한 거네……. 없이 사니까 다들 거지 취급만 하거든. 내 동생은 뺑소니를 당해서 병원에서 마음의 준비를 하라고 하는데, 차 훔쳐서 운전했던 애들한테 따지러 갔던 할머니는 충격에 쓰러져서 돌아가시고……. 진짜 모든 게 엉망이야. 훌쩍. 너무 억울해서 경찰서에도 찾아갔는데, 아무것도 할 수 있는 게 없더라고. 그러니 내 이 마음이 얼마나 지옥이겠어. 이런 상황에…… 내가 살 희망이 있을 거라고 생각해요?"

그러면서 옷 단추를 풀더니 속살을 보여 주었다.

"야, 너 무슨……!"

처음엔 깜짝 놀랐지만, 그 안쪽 살을 보니 전부 새파랗게 멍이 들어 있었다.

"이거 보여요? 내 동생 차로 친 애들이 우리 학교 애들이거든요. 그것도 남의 차 훔쳐서……. 그래서 따지러 갔더니 거지 같은 게 동생 팔아서 돈 벌려고 그런다고 오히려 막 때리는 거 있죠. 학교에도 그렇게 소문났어요. 평소에는 챙기지도 않던 동생, 그 동생 팔아서 팔자 피려고 한다고. 돈에 아주 환장했다면서요. 세상이 그렇더라고요. 있는 애들의 말 몇 마디 하면 모두가 들어 주는데, 가난한 제가 말하면, 거지 같은 소리, 헛소리가 되더라고요. 아무도 내 얘긴 안 들어 주더라고요……."

듣고 보니 억울하고 분할 것도 같다.

동생의 죽음을 앞둔 상황에 할머니의 장례까지 치러야 하는 마음이 얼마나 아팠을까.

거기에 진실이 아닌 소문에 마음에 상처를 입기까지.

있는 애들을 상대로 따지러 갔던 걸 보면 용기가 없는 아이는 아닐 텐데, 그 마음이 이토록 무너져 죽음을 택한 걸 보면 말하지 않은 아픔이 더 있을 것이다.

"김선애."

"왜요, 또 꼰대 같은 소리 하려고요?"

"아니. 너 내 소원 하나 들어줘야겠다."

"네? 허, 참. 지금 나 가지고 장난해요? 제가 무슨 누구 소원 들어주고 그럴 입장으로 보이세요? 그게 아니면 뭐, 내가 자살 시도했다고 해서 이상한 거라도 요구하려고?"

"이게 사람을 어떻게 보고……!"

정말 말 한마디 한마디마다 욱하게 만드는 구석이 있다. 나를 어린애나 건드리는 변태로 봤다는 것에 더욱 짜증이 치밀었다.

나는 부글부글 끓는 속을 겨우 진정시켰다.

"그런 이상한 생각들 하기 전에, 최소한 내가 뭘 부탁하는지 정도는 들어 봐야 하는 거 아니냐?"

"뭔데요…… 소원이?"

"훗, 키다리 아저씨."

"네?"

나는 선언했다.

"오늘부터 내가 너의 키다리 아저씨가 되어 줄게. 세상 그 누구도 너를 무시할 수 없도록."

나는 한 부모 가정에서 어렵게 커온 아이였다. 그래서 늘 엄마가 존경스러웠다. 그런 나를 부족함 없이 클 수 있게 해 준 사람이 바로 엄마였으니까.

친구 김정원을 도왔듯, 나는 어려서 이런 생각을 품어 본 적이 있었다. 나중에 커서 부자가 되면, 어려운 아이들을 후원하며 도와줘 보는 건 어떨까 하고.

아니, 어쩌면 누구나 한 번쯤 품어 본 생각이 아닐까.

"뭘 그렇게 봐요? 아저씨 진짜 이상한 아저씨는 아니죠?"

그런데 오늘, 그런 마음을 새삼 다시 떠올리게 하는 아이를 만났다. 여러 후원사가 있다지만, 그런 식으로 돕는 것은 영 찝찝하고 별로 보람도 없을 것 같았다.

이왕 도울 거면 밀착해서 직접 돕는 게 더 뿌듯하지 않을까.

그래서 결정했다. 눈앞에 있는 이 김선애라는 아이를 돕자고.

"일어나."

"왜요?"

근데 이 불안한 듯 나를 쳐다보는 시선이 자꾸만 거슬린다.

아직도 내가 자신에게 이상한 짓을 할지도 모른다는 의심을 풀지 않은 것 같았다.

"동생이 병원에 있다면서?"

"그런데요?"

"안내해."

"거긴 왜요?"

"동생 고쳐 주고 싶지 않아?"

"아저씨 혹시 의사세요? 그리고 내 동생, 아무도 못 고친다고 했는데. 아무리 돈이 많아도 손댈 수 없는 상태라고 했는데……."

"의사는 아니고, 마법사."

"네? 뭐요?"

이 미친놈을 보듯 하는 시선. 그래, 예상했으니까 넘어가자.

"넌 아직도 이상하다는 생각이 안 드니? 네가 차에 치일 뻔한 그 횡단보도 위에서 우리가 어떻게 옥상에서 나타났는지?"

"그러고 보니……."

"그러니까 안내해. 이 아저씨가…… 아니, 이 오빠가 어떤 사람인지 보여 줄 테니까."

* * *

병원에 온 김선애는 병원 입구에서도, 엘리베이터에 타서도 뒤에서 실실 웃고 있는 최강을 계속 힐끔거렸다.

'정말 내 동생을 고칠 수 있기는 한 거야? 혹시 지금 나한테 사기 치는 거 아냐?'

그렇지만 아까 사고가 나기 직전에 일어난 일은 정말 마법 같은 일이었다.

'그렇지만 아까 갑자기 눈을 감았다가 떴을 때 옥상이었던 건 진짜 신기했어. 정신을 잃었다가 깨어난 건 아닌 것 같았는데.'

김선애는 다시 최강을 보았다.

'진짜 마법사라고?'

그렇지만 다시 생각해보니 참 황당하고 어이가 없다.

'에이, 이 세상에 마법사가 어디에 있어. 미쳤나 봐 진짜.'

그렇지만 자신은 또 그걸 믿고서 최강을 이곳까지 데려왔다.

자기 삶에 이 한 번이라도 판타지 같은 일이 생겼으면 하는 바람으로.

동생만이라도 살아 준다면 어떠한 시련이 닥쳐도 최선을 다해 살아 보겠다는 생각을 해 보면서. 자기 눈에만 보이는 허상일지라도 그 동아줄이라도 잡고 싶은 심정인 것이다.

"여기예요."

"저 아이구나. 몇 살이지?"

"이제 열세 살이요."

"한창 뛰어놀 나이네."

김선애는 최강이 병실로 들어가서 동생 김진우의 몸에 손을 대었다가 나오는 걸 보며 의아해했다.

"뭘 한 거예요, 지금? 내 동생 살려 준다면서요. 근데 왜 아무것도 안 하고 그냥 나와요?"

"했잖아, 지금."

"네?"

최강이 진한 미소를 머금었다.

"아직도 나를 이렇게 못 믿어서야. 그럼 이렇게 해 줘야 믿을래?"

최강은 다시 들어가더니 김진우의 산소 호흡기를 떼고서는 비상

벨을 누르고 밖으로 나왔다.

"무슨 짓이에요, 지금!"

"나를 믿고, 조금만 있어 봐. 그럼 곧 알게 될 테니까."

의사들과 간호사들이 다급하게 뛰어오고, 동생을 살피는 걸 지켜보았다. 김선애는 동생이 죽는 건 아닌가 가슴이 두근거리고 걱정이 돼 정신이 하나도 없었다.

그런데 잠시 후, 동생을 데려가 이런저런 검사를 했던 의사가 황당한 소리를 해 왔다.

"이거, 참. 뭐라고 말을 해야 할지. 선애라고 했나?"

"네, 선생님."

"사실은 말이야. 내가 살면서 이런 경우를 딱 두 번을 보거든."

"네에?"

"분명 뺑소니였잖아. 들어올 때도 분명 ICH에 기흉에 대동맥 박리도 있었는데. 내가 직접 수술해서 잘 알거든. 그래서 이게 차트가 바뀐다거나 착오 같은 게 있을 수가 없어요."

"그런……데요?"

"근데 황당하게도, 전부 나았어."

김선애는 기뻐서 눈이 커졌다.

"네? 그게 정말이에요, 선생님? 그럼 내 동생, 살 수 있는 거예요?"

"그렇지. 수술 자국 하나 없이 완전히 다 나아 버렸으니까. 이런 일이 작년에도 한 번 있었는데, 우리 병원에서 또 일어나다니. 이게 무슨 귀신의 장난인가 싶단 말이지. 아니지, 사람 살린 거면 그래도 신이라고 해야 하나?"

"고맙습니다! 정말 고맙습니다, 선생님!"

"고맙기는 무슨. 내가 뭐 한 게 있다고. 아무튼 다행스러운 일이야. 무슨 축복인지 다 신의 뜻이 있는 거겠지. 그럼 난 이만 가 볼게, 학생."

김선애는 병실에 있는 동생을 보며 눈물을 글썽였다.

"진우야…… 흐흐흑! 진우야……! 허흐흐흑……."

정말 꿈만 같았다. 더 이상 손댈 게 없다던 동생이 살았다는 게. 억만금을 줘도 못 살린다는 동생이 살아나다니.

정말로 마법 같은 일이 벌어지고 말았다. 그런데 방금 전까지만 해도 어디에서도 안 보이던 최강이 바로 옆으로 나타나며 말했다.

"어때, 이제 내 말을 믿을 수 있겠어?"

김선애가 화들짝 놀라다가 눈물을 닦고서 물었다.

"아저씨 정말 뭐 하는 사람이세요?"

"훗, 뭐 하는 사람일까?"

"정말 마법사세요? 혹시 신 아니세요? 그렇잖아요. 아니, 어떻게 다 죽어 가는 사람을 저렇게 멀쩡하게 살려요. 신이 아니고서."

"네가 어떻게 생각하든 다 좋은데, 지금은 그냥 너의 키다리 오빠로 하자."

"치. 키다리 오빠가 어디 있어, 키다리 아저씨면 몰라도."

"이왕이면 듣는 사람 기분 좋게 불러 주는 게 좋지 않을까?"

"뭐 좋아요. 내 동생도 살려 준 분인데. 아니, 제 목숨도 살려 주셨는데. 그렇게 불러는 드릴게요."

최강이 그런 김선애의 머리를 쓰다듬었다.

"이제부터는 웃기만 하자. 앞으로 내가 그런 일만 일어나게 해 줄게."

이미 눈앞에서 결코 일어날 수 없는 기적을 보았다. 그것도 두 번이나. 그래서인지 최강을 바라보는 김선애의 눈빛엔 강한 믿음이 서려 있었다.

'정말 말도 안 되지만, 꿈이라면 절대 깨지 말자. 절대로…….'

* * *

병원비를 결제하고 병원을 나온 나는 뿌듯한 마음이 들었다.

"후~! 한 건 해결한 기분이네요."

-아까는 마법을 잘도 쓰더구나.

"간단한 마법은 이제 저도 충분히 쓸 줄 아니까요."

-칭찬할 만도 할 텐데, 이 노인네는 아직도 저렇게 꿍해서야.

"뭔가 저한테 서운한 게 있다고 생각합니다. 제 스스로가 제 목숨을 아끼는 부분은 이해를 바라고 싶은데……. 그 부분에서 이해가 안 맞는 게 아쉽네요."

-그렇다고 노인네 달래주겠다며 선뜻 거길 쳐들어가서는 안 된다. 아직 너는 부족한 게 많다는 걸 잊지 말아야 해.

그렇겠지. 아직 이분들 눈에 차려면 멀었을 테니까.

“네, 아직 자만할 단계는 아니라고 생각합니다.”

케라는 정말 진심으로 나를 걱정하고 아끼는 게 마음 깊이 전해진다. 가르침을 주는 것 또한 정말 제자를 가르치듯 하며, 내 몸을 지배했을 때도 자기 몸처럼 아끼고 최선을 다해 수련해 주고 있었다.

뭔가 다른 몸을 통해 다시금 최고의 경지로 수련하는 것에 대한 만족감도 느끼는 것 같았다.

반면, 제라로바는? 솔직히 그 속을 모르겠다.

늘 대화를 할 때면, 뒤로 따로 해 둔 생각이 있다는 느낌을 지울 수가 없다. 그동안 받아 온 도움과 고마움이 있어 그러지 않으려고 하지만, 솔직히 뒤통수를 맞을까 봐 무섭고 두렵다.

마법이 얼마나 신비롭고 무서운 능력인지 잘 알기에 더욱 그럴 수밖에 없었다. 뒤통수를 맞는 순간, 내 삶은 끝일 테니까.

솔직히 제라로바도 나의 이런 경계심을 알 거라고 본다.

순간순간의 기분이나 느낌은 그도 공유하고 있을 테니까.

“할아버지. 할아버지도 뭔가 기분이 풀리셨을 때, 뭐 때문에 이러시는지 말씀을 해 주셨으면 합니다. 저희가 언제까지 이렇게 서먹서먹한 관계로 지낼 수는 없는 거잖아요.”

여전히 말이 없다. 고집이 강한 건 이미 아는 바이니 너무 조급해 하지는 말자. 차차 누그러지겠지.

* * *

다음 날 아침. 병실에서 김진우의 슬픈 울음소리가 쩌렁쩌렁하게 울렸다.

“으아아앙-! 할머니-! 할머니 보고 싶어!”

정신을 잃었다가 깨어났더니, 그사이에 할머니가 돌아가셨다.

그 사실을 안 진우도 슬펐지만, 전하는 선애의 마음도 찢어지긴 마찬가지였다.

“울지 마, 진우야. 응? 울지 마.”

“누나~! 흐아아앙!”

김선애는 그런 동생을 잘 달래어 퇴원을 하려는데, 한 가지 걸리는 게 있었다.

“저기, 병원비는 어떻게…….”

“웬 남자분이 다 내주고 가셨어. 그러니까 걱정 말고 그냥 퇴원해도 돼.”

그 사람이다. 자신에게 키다리 오빠가 되어 주겠다던.

병원비가 얼마인지는 몰라도 분명 자신들로서는 감당할 수 없을 만큼 큰 금액이었을 것이다. 김선애는 일생에 한 번 찾아오는 행운이 어쩌면 그 사람이 아닐까 생각했다. 어쩌면 자신을 가여워한 신이 다른 모습으로 나타난 건 아닐까 하는 이상한 생각도 해 본다.

“가자, 진우야. 집으로…….”

"응, 누나."

버스를 타고 동생을 데리고 집으로 향하는 길. 언덕을 오르는데 동생이 초등학교 앞에서 멈춰 섰다. 분식을 파는 노점을 보는 거였다.

"진우야, 배고파?"

"응."

주머니를 뒤져보지만, 고작 몇천 원이 전부다.

이걸로 앞으로의 끼니는 어떻게 해야 하나, 할머니가 모아 두신 돈이 좀 있기는 할까, 걱정이 태산이다.

"저기, 진우야……. 누나가……."

나중에 사 주겠다는 말이 차마 입 밖으로 나오지 않았다. 근데 대뜸 뒤에서 누군가가 자신들을 떠밀었다.

"어릴 때는 원래! 가리지 않고 뭐든 많이 먹어야 쑥쑥 크는 거야. 자, 가서 먹자!"

"엇! 아저씨?"

"쓰읍! 오빠라니까."

언제 온 건지 최강이 다가와서는 자신들을 노점으로 떠밀고 있었다.

"누구세요?"

김진우의 물음에 최강이 답했다.

"나? 누나하고 잘 아는 사람."

셋은 떡볶이와 오뎅, 순대를 함께 먹으며 이런저런 대화를 나누었다.

“그러니까 아저씨가…….”

“형이라고 부르라고 했다. 안 그러면 여기 먹은 거 돈 안 내주고 그냥 가 버릴 거야.”

“아, 네. 형……. 그럼 형이 오늘부터 우리 후원자라는 거예요?”

“그런 셈이지.”

“누나, 그럼 우리 이제 돈 걱정, 밥 걱정 안 해도 되는 거야?”

김선애는 동생의 말에 깜짝 놀랐다. 어려서 전혀 그런 생각 같은 건 없을 줄 알았다. 근데 자신의 생각이 틀렸다. 이제 보살펴 줄 할머니가 없다는 것과 먹는 것을 누가 챙겨 주나 하는 걱정은 진우도 하고 있던 모양이었다.

김선애는 이미 그런 걸 알아 버린 진우의 모습에 마음이 서글퍼졌지만, 이내 환하게 웃었다.

“응, 이 아저씨가 다 챙겨 줄 거야. 앞으로……. 그죠?”

최강은 그 둘을 안타깝게 바라보던 표정을 지우고, 갑자기 한숨을 푹 내쉬었다.

“또 아저씨래…….”

그는 정말 이해가 안 간다는 듯이 말했다.

“진짜 이해가 안 가네. 연예인들 보면 나이 서른을 넘겨도 오빠라고 죽자고 소리치면서, 왜 나보고는 자꾸 아저씨래?”

김선애가 고개를 저었다.

“그거랑 같아요? 원래 좋아하는 사람은 다 오빠인 거라고요.”

"선애 넌 연예인들 중에 덕질하는 사람 있어?"

"당연히 BTS죠."

"오~ 아미였어?"

"축에도 못 끼지만. 마음속으로는 뭐."

그렇게 셋은 그들만의 배부른 식사를 마친 후, 함께 집으로 향했다. 허름한 담을 가진 집이 저만치 앞에 보였다. 그런데 그 앞을 서성이는 여자가 하나 보였다. 최강은 수상하게 쳐다봤지만, 김선애가 금방 그녀를 알아봤다.

"어! 선생님?"

"어머! 선애야!"

알고 보니 김선애의 담임선생님이셨다.

"선생님이 여긴 어떻게……."

"어제 너 결석한 것도 걱정이 되고, 여러 가지 전할 말도 있고 해서……. 혹시 병원에 있나 해서 알아보려고 전화했는데, 퇴원을 했다지 뭐야. 그래서 여길 한 번 와 봤지."

"아, 네……."

"근데 여긴 누구……."

김선애가 나와 그녀를 보며 서로를 소개했다.

"여기는 최강 오빠라고 해요. 저의 힘든 일을 많이 도와주시고 계세요."

"아……. 그래."

"여기는 안오연 선생님이세요. 제 담임선생님이시고요."

최강은 그녀의 방문이 어떤 이유인지 짐작이 갔다.

"수업도 있으실 텐데, 바쁠 시간임에도 오신 건 아무래도 학교로 들어간 진정 때문인 모양이네요. 사실관계를 확인하러 오셨을 테고요."

"그걸 어떻게……."

"그야 진정을 낸 게 저니까요."

김선애가 깜짝 놀랐다.

"오빠가요? 아니, 왜요?"

"너 학교 폭력 당했잖아. 가해자가 처벌받아야 하는 건 당연한 거 아닌가?"

안오연이 물어왔다.

"정말이니? 얼굴은 괜찮아 보이는데. 혹시 다친 부분 있으면 선생님이 좀 봐도 될까?"

그녀는 김선애가 쇄골 밑으로 새파랗게 멍이 든 부분을 보여 주자 화들짝 놀랐다.

"허업……!"

"일부러 얼굴은 안 때리더라고요. 표시 난다면서."

최강이 보기에 그녀는 김선애를 걱정하는 것 같지가 않았다. 그랬으면 저런 난처한 표정보다는 걱정을 해야 옳다.

그녀의 의도가 선애를 위한 것이 아님을 알아차린 최강은 차갑게 말했다.

"병원에 가서 제대로 검사받을 거고, 진단서도 뗄 생각입니다."

"지, 진단서요?"

"학폭위에서 제대로 징계를 내리지 않는다면, 언론 보도는 물론, 저희 쪽에서 대대적으로 움직여 일을 키울 생각입니다. 가해자들이 제대로 된 처벌을 받을 때까지요. 그러니까 가서 단단히 일러 두세요. 이쪽에서는 절대 가볍게 넘어갈 생각이 없다고요."

그녀는 곤란한 듯 말해 왔다.

"저기…… 가족도 아니신 것 같은데요. 너무 일을 난처하게 만드시는 게 아니신지……."

그 말에 최강은 속에서 울화가 치밀었다.

"지금 일 커지는 게 걱정입니까! 아이의 몸과 마음이 이렇게나 다쳤는데! 그게 담임선생님께서 하실 말씀이냐고요!"

"아니, 그게 저는……."

"보아하니 아무래도 선애가 다친 것보다는 어떻게 대응을 하려는 건지 그걸 살펴보려고 오신 모양인데, 그런 거라면 당장 돌아가세요!"

안오연을 쫓아내다시피 보내 버린 최강. 김진우가 그런 최강에게 엄지손가락을 들어 올려 보였다.

"올~ 형, 좀 멋진 듯."

"그랬어? 킥킥."

그러나 집으로 들어온 김선애의 얼굴에는 여전히 그늘만 가득했다.

"왜 그랬어요, 괜히 일만 커지게."

"뭐?"

"그래 봤자 게네들, 처벌도 안 받고 풀려날 거예요. 걔들 부모님들 말 한마디면, 제 일 같은 거…… 다 묻힐 거라고요."

최강이 그런 김선애를 보며 자신 있게 말했다.

"정말 그렇게 생각해?"

"당연히……."

"아니, 그 사람들이 어떤 권력을 가졌건, 난 반드시 처벌받게 만들 거야. 그러니까 두고 봐. 내가 이 일을 어떻게 처리하는지."

빙의로
최강요원

5. 그 대가를 지금부터 치러야 할 거야

빙의로 최강요원

그날 나는 우신경비보안을 찾아갔다.

"세련 중학교에 관해서 좀 알아봐 주세요."

"세련 중학교?"

"얼마 전, 뉴스에 나왔을 겁니다. 중2 학생 네 명이 차량을 훔쳐 타고 뺑소니로 도망치다가 잡힌 사건요."

신정환도 익히 아는지 눈을 크게 떴다.

"아……! 나 그 뉴스 봤어. 세상이 진짜 어떻게 돌아가려고 저러나 정말 황당했는데. 애새끼들이 말이야. 겁대가리도 없이. 근데 그게 왜?"

"어쩌다 보니까 그 피해자 아이와 알게 되어서요. 그러니까 그

학교가 어떻게 굴러가고 있는지, 가해자 부모들과는 어떤 관계로 얽혀있는지 전부 알아봐 주세요."

그는 고개를 끄덕였다.

"아는 사람이 그런 일을 당했으면 진짜 참기 힘들지. 알았어, 알아봐 줄게."

"아, 그리고. 부탁 하나 더 할게요."

* * *

김선애는 갑자기 찾아온 사람들로 인해 무척 당혹스러웠다.

"누구세요?"

정장을 입은 여자 몇과 남자 몇이었는데, 갑자기 다가와서는 이런 말을 했다.

"최강이란 분이 보내서 왔어. 네가 선애 맞지?"

"네."

"다쳤다고 들었는데. 이 언니하고 병원에 가서 상태가 어떤지 검사 한 번 받아 보자."

"지금요? 하지만 그럼 집에 동생이 혼자 있어야 해서……."

"그건 걱정 마. 우리가 다 알아서 해 줄 테니까."

김선애는 확인하듯 다시 물었다.

"정말로…… 최강 오빠가 보낸 분들 맞나요?"

그녀는 최강이 해 준 얘기를 어색해하며 그대로 전했다.

"아저씨라고 하면 혼내주라고 하시던데……. 그리고 이런 말을 하면 아마 선애 네가 알 거라고……."

"풉! 하여간 그 오빠, 은근히 그런 거에 예민하네. 오빠가 보내신 분들 맞네요. 믿을게요."

그날 김선애에게는 많은 일이 일어났다. 병원에서 이런저런 검사를 받고서 이동한 곳은 자신의 집이 아니었다.

정말 고급스러운 아파트단지의 한 집이었다.

"여긴, 왜……."

그런데 들어가 보니 김진우가 달려와 안겨들고 있었다.

"누나……!"

"진우야? 네가 여긴 어떻게 와 있어?"

"우리 이제 여기서 살 거래!"

"어? 그게 무슨 말이야?"

"최강 형이 앞으로 우리 여기서 살게 해 줬대! 그래서 이제 앞으로 여기가 우리 집이래!"

김선애는 확인하듯 자신을 병원에 데려다줬던 여자를 쳐다봤고, 그녀는 환하게 웃으며 고개를 끄덕여 보였다.

"들어가 봐. 앞으로 너희가 살게 될 집이야."

"아무리 그래도……."

정말로 이런 걸 받아도 되는 걸까. 아무리 후원자가 되어 주겠다고 했지만, 대체 어떤 사람이면 이런 게 가능한 것일까.

아무리 중학교 2학년의 어린 나이라고 하지만, 어렵게 살아온 탓에 돈의 가치에 대해선 누구보다 예민하고 잘 알고 있었다.

선애가 아는 한, 보통의 사람은 이렇게 사람을 부릴 수도, 이렇게 좋은 아파트를 하루아침에 줄 수도 없는 거였다.

"누나, 안은 훨씬 더 넓어. 얼른 와 봐!"

"앗! 진우야, 누나가 갈게. 너무 당기지 마."

집은 정말로 넓었다.

텔레비전에 냉장고에 간단한 생활 가구까지 전부 있었다.

"언제 이런 걸 다……."

그런 선애에게 이곳으로 데려다준 여자가 설명해 주었다.

"평일에는 아침과 저녁, 그리고 주말에는 세 끼의 식사가 매일 아침 6시에 문 앞으로 배달이 올 거야. 3일에 한 번, 아주머니가 오셔서 청소와 빨래를 해 주실 거니까 식사와 청소에 관해선 걱정할 필요 없어. 둘이 살기엔 너무 넓겠지만, 이것도 익숙해지라는 게 너희들의 후원자 말씀이셔. 알았지?"

"네……."

"원래 있던 집의 물건들은 대부분 옮겨 놨을 거야. 그렇지만 버릴 건 버려야 한다는 거, 잊지 말았으면 해. 그리고 이건 후원자께서 주시는 카드. 한도는 없다고 하시니까, 필요한 학용품과 교재는 물론, 필요한 옷 같은 생활에 필요한 것들을 사도록 해. 알았지?"

"이런 것까지 그냥 막 주신다고요? 그러다가 제가 엉뚱한 곳에 쓰기라도 하면 어쩌시려고……."

"후원자님께선 그동안 어렵게 살아온 탓에 돈의 소중함이 어떤 것인지는 네가 더 잘 알 거라고 하셨어. 너를 믿는다고도 하셨고."

"훗, 그렇구나……."

"그럼 또 보자? 이 언니는 오늘 할 일을 마쳤으니까 이만 가볼게."

김선애가 그녀를 급히 불렀다.

"아! 잠깐만요! 그럼 오빠는 언제 또 보게 되는데요?"

"내일 학폭위 때문에 학교로 가신다고 하셨으니까 아마 내일 학교에서 보게 되지 않을까?"

"아, 네……."

"그럼 난 갈게?"

"네. 안녕히 가세요."

"응."

단둘만 있게 된 김선애는 동생에게 끌려다니며 방들을 구경했다. 둘은 신이 나서 여기저기 뛰어다녔고, 자기 방도 꾸며져 있는 걸 보며 침대에 뛰어들기도 했다.

털썩.

"이게 정말 내 방이라고? 호훗!"

정말 꿈만 같았다. 이불에서 나는 냄새도 너무 좋았고, 책상하며 벽지까지 너무 마음에 들었다.

둘은 한참을 여기저기 뛰어다녔지만, 좋은 집의 단점도 한 가지는 있었다.

띠리리리릿.

"아, 네. 죄송합니다. 조심하겠습니다……."

밑층의 항의로 경비실로부터 인터폰이 온 것이었다.

"진우야? 우리 뛰는 건 조심해야겠다. 뛸 공간이 생겨도 뛸 수가 없다는 게 문제가 될 줄은 몰랐네……."

* * *

저녁에 최소현과 옥상에서 맥주를 마시며 대화를 나누었다.

"그래서 선애라는 애는 진정이 잘됐어요?"

"그런 것 같아요."

"다행이다."

나는 이런저런 생각을 하다가 말했다.

"저는 사실 그동안은 자살에 관해서 안 좋은 인식이 많았습니다. 세상 사람들 말하는 것처럼, 의지가 약한 사람이구나. 죽을 용기가 있으면 그 용기로 살 방법은 왜 찾지 못하는 걸까, 그런 생각들이 많았죠."

"모든 사람이 같을 수는 없는 거니까요."

"그러니까요. 후…… 같을 수도 없고, 같은 상황일 수도 없는 건데. 그리고 거기에 사람의 우울감이 겹치면 이 마음은 끝도 없이 추락할 수도 있는 건데. 느껴보지 못한 탓에 이해라는 걸 해 보려는 시도조차 안 했던 것 같아요."

최소현이 고개를 끄덕이다가 말했다.

“정말 그 어린 나이에 안 좋은 일이 그렇게까지 겹치면 무너질 수밖에 없다고 봐요. 처지도 너무 최악인데, 온갖 멸시와 무시는 또 어떻게 견뎠을지……. 와, 거기다가 그 불쌍한 애를, 가해자들이 때리기까지 했다고요? 진짜 나쁜 놈들이다. 아무리 어린아이들이라고 하지만, 어떻게 그런 나쁜 심성을 가지고 있을 수 있는지 이해가 안 가요.”

“철이 없어서든, 무지에서든, 아이의 얼굴을 한 악마인 거죠.”

“그러게요……. 나 때는 안 그랬던 것 같은데. 갈수록 아이들이 살아가는 세상은 더욱 지옥이 되어 가네요.”

“자식 교육은 부모도 어쩔 수 없다고들 하잖아요. 그렇지만 대부분의 아이들은 부모를 보고 배웁니다. 그 말투, 성질내는 방법, 세상에 대한 냉정한 인식까지. 없는 집 아이들이야 늘 돈벌이에 바쁜 부모 때문에 관심을 못 받아 그렇다고 하지만, 있는 집 아이들은 그렇지가 않죠. 그런 집의 아이들일수록 부모의 영향이 가장 큰 법입니다.”

“내일이 학폭위라면서요? 어떻게 할 거예요?”

“일단 가서 그 가해자들 부모부터 봐야겠죠.”

“과연 사과를 할까요?”

“해야 할 겁니다. 그렇지 않으면 진짜 억울하고 분한 게 뭔지 뼈저리게 알게 될 테니까.”

최소현이 어색하게 웃었다.

“어으~ 그 사람들 정말 큰일 났다. 우리 최강 씨 화나면 정말 무서운데.”

"그렇다고 그걸 참을 수는 없잖아요?"

"맞아요! 그런 건 절대로 참아선 안 되죠. 사과도 안 하고 잘못했다는 인식도 없으면……! 그냥 확 박살을 내어 버리세요."

"역시 화끈해. 이래서 내가 소현 씨를 좋아한다니까. 하핫!"

"이런 부분에선 우리가 잘 통하긴 하죠. 호홋!"

* * *

해야 할 일이 많다는 건 나도 인식하고 있었다. 유럽 쪽 발라스 지부의 장악도 미룰 수 없는 일이었다. 거기에 조율자라는 자들의 다음 대응도 신경이 쓰이는 게 사실이다. 그렇지만 내 성격상, 눈앞에 어려운 일에 처한 아이를 그냥 지나칠 수는 없다.

그래, 어렵고 사정 안 좋은 아이들이야 찾아보면 지천에 널렸겠지. 하지만 안 보고 있을 때와 이미 봐 버린 것은 차이가 컸다.

나는 이미 선애라는 아이를 보았고, 도와주고 싶은 마음이 들었으며, 그 아이의 처지에 분노가 일었다. 거기에 후원까지 하기로 결심한 이상, 어떻게든 행복하게 해 주고 싶다는 의지가 강하게 올라왔다.

"또다시 자살 같은 걸 생각하게 할 순 없어. 절대로."

그런데 내가 학교로 가 가장 먼저 목격한 건, 교장이란 사람과 가해자 부모들이 서로 웃으며 악수를 하는 모습이었다.

그 모습을 빤히 보는데, 속이 마구 뒤틀렸다. 뭔가 모를 답답함과 짜증이 확 솟구쳤다. 나는 절로 팔짱이 껴져서는 잠시 가시 눈빛으로 그들을 쏘아봤다.

"이미 재판이 열리기도 전에 결과를 낸 모습들이네."

추잡하고 비리 가득한 사회의 축소판이 저 모습이지 않을까.

그래, 어디 한 번 해보자. 정의도 힘이 있어야 실현할 수 있다고 했던가? 힘이 없는 정의는 망상이라고?

근데 이걸 어쩌나. 난 그 힘을 가지고 있는데. 정의가 힘을 만나면 어떤 일이 벌어지는지 오늘 제대로 깨닫게 해 줄 생각이다.

"크음."

교실로 들어가자 몇몇 선생님들과 교장과 교감, 그리고 가해자들의 부모로 보이는 사람들이 모여 앉았다.

"그럼 지금부터 학교폭력위원회를 시작하겠습니다."

마치 기다렸다는 듯이 중년인 하나가 자리에서 일어났다.

"교장 선생님. 그 전에, 저 후원자라는 사람의 신분부터 제대로 확인해야 하는 게 아닙니까? 어디서 뭐 하던 사람인지도 모르고, 아이한테 무슨 목적으로 접근한 건지도 모르는 사람한테 후원자라고 해서 참석 권한을 주는 건 아니라고 봅니다만."

시의원 김한규. 거기다가 국민 평화당 소속이던데.

초장부터 논점을 흐리는 걸 보니 정치인은 정치인이지 싶었다.

그러나 신정환으로부터 받은 정보로 이미 파악은 끝낸 상태. 대응도 어려울 건 없었다. 나는 자리에서 일어나 나의 소개를 하였다.

"아무래도 후원자라는 것밖에 알리지 않은 저에 관해 궁금하신 모양이신데, 그럼 알려드리죠. 저는 우신경비보안의 이사직을 맡고 있는 최강이라고 합니다. 경영에 참여하는 이사라고는 하지만, 실질적으로는 우신경비보안의 최대주주죠."

요즘은 우신경비보안 하면 모르는 사람이 없었다. 몇 달 사이 저렴한 가격은 물론, 우수한 보안율과 범인 검거로 많은 지역을 장악해 왔기 때문이다.

"우신이면 꽤나 큰 회사이지 않습니까?"

"맞아요. 저희 남편 가게도 그 회사를 경비업체로 계약을 바꿨거든요."

웅성거리는 소리에 웃음을 지은 나는 말을 이었다.

"그리고 후원자에 관한 사항은 이미 변호사를 통해 법적인 절차도 마무리된 사항입니다. 법적인 보호자로 지정된 상태이니, 이만하면 참석자로서 자격에 문제는 없겠지요?"

"어흠, 그렇군요."

"그럼 계속하시죠, 교장 선생님."

아무래도 주고받았던 이야기가 있던 모양인지, 교장의 표정이 곤란함으로 물들었다. 그로 보아 정체도 알 수 없는 후원자의 자격부터 헐뜯어 학폭위 자체를 불가능하게 만들 작정이었던 모양이다.

"그럼 다시 학교폭력위원회를 재개하며 안건에 대해 말하겠습니다."

가해자 학생들에 관해선 이미 조사를 끝냈는지 조서에 대한 황당한 소리만 계속 흘러나왔다.

"단순히 살짝 밀쳤는데, 김선애가 넘어졌다."

"제대로 먹고 다니지도 못하는지, 혼자서 다리가 풀려서는 자주 넘어지더라."

"우린 살짝 밀친 것밖에는 때린 적이 없다."

"어디서 계단에서 굴러 놓고 자신들에게 덮어씌우는 것 같다."

그러면서 하는 말이 더 가관이었다.

"가해자들의 얘기를 들어 보면, 단순한 교내 다툼으로 다뤄질 이야기인 듯한데 말입니다."

정말 화가 나서 안 나설 수가 없었다. 나는 가지고 온 커다란 사진을 꺼내 보였다.

"단순한 교내 다툼이요? 그럼 이걸 확인하시고 다시 말씀해 보시죠."

모두가 사진을 보더니 깜짝 놀랐다. 전신에 시퍼런 멍은 물론, 막대로 맞은 자국과 심지어 신발 자국 형태의 멍까지도 있었다.

"누가 봐도 걸레 자루로 맞은 자국과 이건 굳이 말할 것도 없이 발로 밟힌 멍 자국입니다. 이런데도 단순히 밀었다는 가해자 아이들의 말만 믿으실 겁니까!"

가해자 엄마가 나서며 소리쳤다.

"다른 애들한테서 맞고서는 우리 애들한테 뒤집어씌우는 걸 수도 있잖아요!"

"맞아요! 듣자 하니 그 선애라는 애, 소문도 별로 안 좋다고 하던데! 지 동생 그렇게 만든 것에 더 가중처벌 받게 하려고 쇼를 하는 걸 수도 있다고요! 영악한 년 같으니……."

화가 머리끝까지 솟다 못해 이런 생각이 떠올랐다.

와, 다 죽여 버릴까? 후원자에 보호자라는 말을 내 입에 몇 번 담다 보니 선애가 정말로 자식같이 느껴졌다.

그리고 내 자식이 이런 꼴을 당한다는 생각과 함께 분노가 치밀어 올랐다.

"가해자 아이들이 씌운 거짓 프레임을 진짜인 양 말씀하지 마세요! 최소한 어른이라면 그런 것 정도는 분별력 있게 판단해야 하지 않습니까!"

"애초에 우리 애들이 때렸다는 증거가 없지 않습니까, 성애 걔의 말 외에는……!"

저 주둥이를 확 위아래로 찢고 싶다. 정말 강한 의지로.

하지만 대비해둔 게 있으니까 한 번만 떠 삼키자.

나는 교장을 보았다.

"교장 선생님?"

"네, 선애 학생 후원자분."

"그럼 만약 이 전치 4주의 상처들이, 지금 가해자로 지목되고 있는 학생들의 짓이라고 명확하게 판명되었을 경우, 가해 학생들에겐 어떤 처벌이 내려지겠습니까?"

"만약 선애 학생 말대로…… 피해자 가족에 대한 2차 가해로서 그런 집단 폭행을 당했다면, 앞선 사고와 맞물려서 퇴학까지도 고려해 볼 수 있겠죠."

앞선 사고란, 차량 절도로 뺑소니를 일으킨 것을 말한다.

형사 처벌이 불가능한 연령으로서 조사는 이미 마쳤지만, 학교의 징계는 아직 내려지지 않은 거로 알고 있었다.

근데 피해자 가족에 대한 2차 가해까지 일어난 거라면 그 처벌 수위는 최고 징계까지 가는 게 당연했다.

"그렇다면 이게 명확한 증거가 되겠군요."

나는 가지고 온 메모리카드를 교실 내에 있는 컴퓨터에 연결, 곧 그것을 모니터에 재생해 보였다. 그것은 가해 학생들이 학교 건물 뒤로 김선애를 끌고 오더니 다짜고짜 몽둥이로 때리고 발로 밟아 대는 광경이었다.

"아니……!"

"저게 어떻게……! 분명 제대로 지웠는데……!"

내가 쏘아보자 교장이 얼른 입을 틀어막는다.

그래, 나도 니들이 그랬을 거라고 생각했다. 확인해 보니 건물 뒤로 카메라는 있는데, 그날 정비작업으로 녹화는 안 되었다고 했다지? 근데 니들한테는 불행하게도 내가 유능한 해커라는 거. 그걸 복원했을 줄은 몰랐을 거다.

나를 제외한 그곳에 있는 모두가 당황하여 어쩔 줄을 몰라 했다. 가해자 부모들도 하나같이 낯빛이 어두워져서는 난감해했다. 교장과도 이게 어떻게 된 일이냐며 따지듯 급하게 눈길을 주고받는 모습이었다. 나는 밖에서 누군가가 영상을 찍고 있는 걸 손가락으로 가리켜 보이며 모두에게 말했다.

"오늘 학폭위에 관한 건 교육청에 참고자료로 제출하기 위해 방금 전 저렇게 모두 녹화가 되었음을 알려드립니다. 그럼 전 교장 선생님께서 방금 전에 말씀하신 대로 그 처벌을 확정한다는 걸로 알고 이만 돌아가겠습니다. 더 할 말들 없으신 거, 맞죠?"

내가 나가자 부모들 사이에서 언성이 높아졌다.

"어떻게 해 보세요, 영지 아버지! 그래도 시의원이시잖아요!"

"저렇게 영상까지 찍어 가는데 난들 어떻게 합니까? 그리고 저렇게 증거 자료까지 있어서는……! 하유……!"

"그럼 우리 애들 어떻게 해요! 정말 이대로 퇴학시키자고요?"

나는 나가면서 끓은 속을 식혔다. 있는 집 애들한테는 이런 일 같은 거, 큰일도 아닐 것이다. 홈스쿨링을 통해 검정고시를 보게 하거나, 유학을 보내면 그만이니까.

하지만 그 부모가 망하면 과연 어떤 일이 벌어질까?

"여기서 끝이라고 생각하면 곤란하지. 이제부터가 시작인데."

나는 곧장 전화를 걸었다.

"네, 접니다. 시작하세요. 니들 다 뒤졌어…….

* * *

학교폭력위원회. 그 결과는 학생들 사이에서도 큰 관심사였다.

"야, 영지 패거리들 전부 퇴학당하는 거 아냐?"

"말이 되는 소리를 해라, 등신아. 걔네 아빠가 시의원인데 누가 건드리냐?"

"진아 아빠는 식품업체 사장에 우솔이 엄마는 유명한 패션 디자이너잖아. 집안 좀 된다 하는 애들만 뭉쳐 다니는데, 걔들 부모가 가만히 있겠냐고."

"게네는 아마 사람을 죽여도 퇴학은 안 당할걸?"

아이들은 한쪽 구석에서 책만 보고 있는 김선애를 보며 수군거렸다.

"근데 선애 쟤, 보호자로 후원인이 온다며?"

"그런다고는 하는데, 뭐 별수 있겠어?"

"근데 할머니 돌아가신 지도 얼마 안 됐는데, 어떻게 후원인이 나타났대?"

"혹시 몸이라도 판 거 아냐?"

"어우~ 야~! 그건 너무했다."

"아니라는 법이 없잖아? 누가 알아?"

"큭큭큭, 졸업하고도 평생 식모로 살아야 하는 거 아냐?"

"저런 거지새끼는 아마 밥만 축낼걸?"

"아~ 그렇겠네! 호호호호!"

김선애는 말 한마디로 사람을 저렇게 갈기갈기 찢는 아이들이 무척 미웠다. 그렇지만 예전과는 달리 곧바로 마음에 상처로 와닿지는 않았다.

자신에겐 최강 오빠가 있었다. 정말로 마법사인지, 아니면 신인지 모르겠지만 아무튼 엄청 대단한 사람인 건 분명했다.

그 사람에 대한 의지가 든든한 방패막이 되어 아이들의 독설도 견디게 해 주었다.

"니들은 몰라. 오빠가 어떤 사람인지. 오빠라면 분명……! 그 애들 전부 처벌받게 해 줄 거야. 그렇게 약속 했으니까."

때마침 그때, 누군가가 크게 외쳤다.

"나온다, 나온다!"

"야, 가 보자!"

"결과야 뻔한데 뭐 하러~!"

"그래도 혹시 모르잖아!"

"거지 년 후원인도 왔다는데, 얼굴이라도 좀 보자."

"그건 좀 궁금하네. 그럼 그럴까?"

수업하는 동안에 왔다는 후원인.

아이들은 수업시간이 끝날 때에 종료된 학교폭력위원회에 우르르 나와 구경했다. 그런데 가장 먼저 나오는 사람이 최강이다.

학생들은 최강의 잘생긴 얼굴과 멋진 수트 빨을 보며 눈에서 하트가 뿅뿅 터졌다.

"저, 저 오빠가 김선애 후원인?"

"리얼? 너무 잘생겼는데?"

"연예인 아냐?"

"멋짐 쩐다~!"

"오오오오오오~!"

그가 걷는 길마다 아이들이 양쪽으로 물러났다.

최강은 2학년 4반 앞에 와서 김선애를 보았다.

김선애도 놀라 살짝 일어났지만, 최강이 고개를 저었다.

“이따가 학교 끝나면 밥이나 같이 먹자.”

“네에……. 오빠.”

학생들은 목소리도 좋다느니, 걷는 것도 모델이라는 말도 참 많았다. 그러나 최강이 퇴장한 후, 아이들은 게시판을 보고 더욱 큰 충격을 받았다.

“허업……! 정말? 걔들 전원 퇴학이라고?”

“미쳤다……. 어떻게 이런 결과가 나오지?”

“교장이든 교감이든 걔들 부모한테 살살 기지 않았냐? 근데 이런 결과가 나온다고?”

“아까 그 오빠 대체 뭐야? 뭔데 이런 말도 안 되는 결과를 만들지?”

학생들 사이로 큰 소리가 흘러나왔다.

“비켜. 안 비켜? 버러지 같은 것들이.”

다름 아닌, 김선애의 동생을 뺑소니로 치고, 김선애를 폭행하기까지 한 영지 패거리였다.

“영지야, 우리 진짜 퇴학이래? 이게 말이 돼?”

“진짜 퇴학이라고? 와……. 어이가 없네.”

“야, 우리가 저런 거지 같은 것 때문에 이런 꼴을 당해야 하냐?”

“가서 확 죽일까?”

화를 못 참고 김선애에게 달려가려는 진아를 우솔이가 말렸다.

“야, 미쳤어? 우리 방금 징계 먹었어. 또 건드렸다간 난리 난다고.”

“어차피 퇴학인데 뭘 더 참아! 내가 오늘 저거 죽이고! 이 학교 뜬다. 말리지 마!”

김영지가 매서운 눈길로 김선애를 쳐다보더니 차가운 목소리로 말했다.

“죽여도 지금은 아니야. 내가 저거…… 꼭 찢어 죽인다. 두고 봐, 하나 못 하나…….”

그렇게 학교를 나간 네 명의 아이들은 잔뜩 멋을 부리며 교문을 나갔다. 마치 쫓겨나는 게 아니라, 자신들이 학교를 버린다는 것처럼. 그에 몇몇 학생들은 김선애에게 경고를 하기도 했다.

“어쩌냐? 앞으로 불안해서. 어쩌면 그래도 학교가 나았을지도 몰라. 쟤들이 앞으로 무슨 짓을 해 올지 누가 알겠냐?”

“그러게. 난 조만간 너 학교에 못 나오리라고 본다. 어딘가에 묻혀서.”

이젠 다시는 보지 않을 저들이어서, 이제 겨우 지옥에서 벗어나나 했는데. 다른 애들의 말을 듣고 보니 그것도 걱정이 되기는 하는 김선애였다.

* * *

영지 패거리 중 하나인 다은이는 어깨를 축 늘어뜨렸다.

“아휴, 집에는 또 어떻게 들어가냐. 들어가면 난 엄마랑 아빠한테 죽었다.”

진아가 말했다.

"그냥 확 오늘 들어가지 말아 버릴까?"

"뭐? 진짜?"

"그렇잖아. 당장은 화가 나셨어도, 며칠 안 들어갔다가 들어가면 화보단 걱정을 더 하실 거 아니냐? 그럼 조금은 덜 혼나지 않을까?"

아이다운 철없는 발상. 그렇지만 모두가 동조했다.

"그러네~!"

"그래! 오늘은 들어가지 말자."

"그럼 잠은 어디서 자고?"

"오빠들한테 무인텔 잡아달라고 하면 되지~!"

"아! 진한이 오빠한테 전화하면 되겠네~!"

영지는 우뚝 멈춰 서서는 모두를 쏘아봤다.

"야, 니들은 분하지도 않아? 우리가 그 거지 같은 년한테 한 방 맞았는데? 웃음이 나오냐고?"

"그거야 그렇지만……."

"당장 뭐 어떻게 할 수도 없고……."

"또 때렸다가 뉴스에라도 나가면 진짜 엄마 아빠가 가만히 안 둘 거란 말이야."

김영지는 무서운 표정을 머금었다.

"뭘 하고 놀든 학교 끝날 시간에는 교문 앞에 모여. 그 잡년 잡아다가 족칠 테니까."

"괜찮을까?"

유진아의 물음에 영지가 씨익 웃었다.

"학교라는 고삐를 풀어 줬는데, 더 날뛰어 줘야 하는 게 당연한 거 아냐? 이제 우리가 무서워할 게 뭐가 있는데? 안 그래? 그년 반 죽여 놔도, 우리 처벌 못 한다고. 다들 알잖아? 우리 촉법소년인 거. 호호호호!"

이다은이 팔을 문질렀다.

"어우, 난 친구인데도 저년이 왜 이렇게 무섭냐."

"그러게……."

그런데 그녀들이 서 있는 전자상가에서 텔레비전을 통해 뉴스의 보도내용이 나오고 있었다.

[시의원 김한규 의원이 뇌물을 받는 장면이 포착돼, 큰 논란이 되고 있습니다.]

"야! 야! 이거 무슨 소리야? 김한규 의원이면 너네 아빠잖아, 영지야!"

"야, 나와 봐."

[공익제보를 통해 저희에게 직접 전달된 동영상에 의하면, 김한규 의원이 차를 통해 뇌물을 받는 장면이 포착되었는데요. 영상의 화질이 매우 좋아 김한규 의원이 확실하다 판단이 되었습니다.]

"야, 영지야. 너네 아빠 이제 어떻게 해?!"

하지만 보도는 그걸로 끝이 아니었다.

[D식품업체 사장 U씨가 수억 원의 회사자금을 횡령한 것으로 드러났습니다.]

"어헙! 야, 진아야. 저거 너희 아빠 회사 아니야?"

"어! 맞는데……!"

[패션 디자이너 강지애 씨가 그동안 제자들의 디자인을 훔쳐왔다는 사실이 드러나 큰 파장을 일으키고 있습니다.]

"뭐야, 우리 엄마가 왜 저기서 나와? 저게 진짜라고?"

[상우그룹 게시판에 성폭행 장면이 올라와 큰 충격을 주고 있습니다. 가해자는 상우그룹 마케팅 부서의 과장 A씨로 알려졌는데요, 게시판에 올라온 동영상은 신입사원을 거칠게 성폭행하는 장면이며, 현재 피해 여성은 경찰에서 고소 절차를 밟고 있다고 전해졌습니다.]

"마케팅 부서 과장이면 우리 아빠인데……!"

네 아이의 부모들이 거의 동시에 뉴스에 나오며 네 아이들은 큰 충격과 혼란에 빠졌다.

"말도 안 돼……. 어떻게 우리 부모님들만 저렇게 다……! 이게 말이 돼?"

* * *

차를 타고 가는데 신정환에게 전화가 걸려왔다.

"네, 말씀하세요."

[네가 말한 대로 터트렸으니까, 한 번 확인해 봐.]

"수고하셨습니다."

[어차피 우리가 해야 할 일이었는데, 뭘. 죄를 지은 놈은 벌을 받아야지.]

"네. 계속 그렇게 하시면 됩니다. 또 연락드리죠."

핸드폰을 열어 뉴스를 보았다.

"얘기했던 그대로 동시에 터트려 주었군. 이제 자식 걱정보다 자기 앞날부터 걱정해야 하게 생겼는데. 어떻게 될까?"

나는 다음으로 강마석 회장에게 전화를 걸었다.

"네, 회장님. 제가 부탁드렸던 거, 그대로 진행하시면 됩니다."

[네, 알겠습니다.]

"결과 나오면 알려 주십시오."

[네.]

그들은 말 몇 마디로 김선애를 오물보다도 못한 존재로 취급했다. 모든 건 김선애가 나쁜 거다, 자기 자식들은 죄가 없다고 하면서. 거기에 교장과도 결탁하여 영상을 지우기까지 했다.

결국 그들은 모든 진실을 알고 있었음에도, 진실을 가리고 한 아이에게 그만한 상처를 주면서까지 자기 자식만 보호하려고 했던 거다. 사과를 했어야 했다. 훈육을 약속하며. 그 대답 여하에 따라 이걸 터트릴지, 봐줄지 간을 보고 있었는데.

근데 반대로 정말 짓밟고 싶은 충동을 느끼게 만들었다.

그래서 혹시 이런 기분을 느끼게 될까 싶어 강마석 회장에게도 지시를 내려 두었다. 지금쯤이면 허둥지둥하고 있는 그들에게 전화가 갈 것이다. 그들의 죄를 무마시킬 방법을 가진 이들이.

물론, 그들은 전부 사기를 치기 위한 보이스 피싱 조직이다.

[여기 검찰입니다.]

[횡령에 대한 건, 일부 금액만 변제를 하셔도……]

[디자인 저작권 문제로 그동안 관계되었던 모든 분들이 고소를 해 오셨는데요. 피해 보상 차원의 금액을 먼저…….]

조급할수록, 더 쉽게 당하는 거다. 그들 조직은 그나마 가진 재산으로 떵떵거리고 살 그들에게서 모든 걸 빼앗아올 것이다.

그럼 선애를 괴롭힌 아이들은?

"그 죄가 죽을 때까지 너희를 쫓아다닐 거다. 집안이 망하면 이젠 그 누구도 너희를 보호해 주지 않을 테니까."

너무 잔인한 거 아니냐고? 선애는 출구 없는 지옥 속에서 죽음을 택했다. 근데 그 가해자들의 부모가 어찌 했나.

목숨이 위태로운 선애의 동생에 대한 사과조차 언급하지 않은 건 물론, 선애가 억울하게 당한 것을 알면서도 독설을 퍼부었다.

선애가 죽음을 택할 정도의 고통을 느꼈던 것만큼, 그들도 역시 똑같이 느껴 봐야 이쪽의 복수가 성립되는 게 아닐까.

나는 그렇게 생각했다.

* * *

학교에서도 학생들이 뉴스로 올라오는 소식을 접하며 놀라고 있었다.

“야, 이거 영지 아빠 아냐?”

“어! 맞아!”

“허업! 뇌물로 조사받게 생겼대?!”

“뭐야, 그럼 시의원은 이제 잘리는 거 아냐?”

“잘리다 뿐이냐? 상자로 돈을 받았다고 하는데, 교도소에 가겠지.”

곳곳에선 영지 패거리에 대한 얘기뿐이었다.

“야야, 그거 봤어? 우솔이 엄마 패션 디자이너잖아. 근데 그동안 패션쇼 한 게 다 제자들 디자인 훔쳐서 한 거였대. 그걸로 패션계에서 퇴출이다 뭐다 말이 많던데?”

“야, 이다은 아빠 회사에 올라온 영상 봤어? 지금은 지워졌는데, 내가 그 전에 저장해 뒀잖아. 볼래?”

“어, 보자.”

영상을 본 학생들은 저마다 경악했다.

“허업……!”

“허……! 완전 개 쓰레기인데?”

“미쳤다. 이런 새끼가 부모면 나 같으면 죽고 싶겠다.”

“그렇게들 잘난 척들 하더니, 겨우 범죄자 자식들 주제에. 어우~ 눈꼴 시렸는데 쌤통이다.”

“그러게. 엄청 나대기는 했어, 그것들.”

다른 친구들의 반응에 김선애의 표정이 살며시 굳어졌다.

“저런 게 하루아침에 동시에 저렇게 알려진다고? 설마…… 오빠가……?”

김선애 입장에선 최강은 신비한 능력을 지닌 마법사였고, 엄청난 인력과 재력을 겸비한 사람이었다. 그래서 그라면 이런 것도 가능하지 않을까 생각을 해 보았다.

한편, 영지는 패거리와 함께 분노에 가득 차서는 하교 시간에 맞춰 학교 앞으로 갔다.

"이게 다 그 거지 년 때문이야. 그년만 아니었으면……! 우리 아빠가 그렇게 주목받지도 않았을 거라고!"

부모가 그러면 자식도 똑같은 사고방식을 가지게 되는 것일까.

영지는 아빠가 부패를 저지른 게 문제가 아니라, 김선애 때문에 주목을 받아 들켰다고 생각했다.

이미 모든 책임이 김선애에게 있다고 생각한 영지와 그녀의 패거리들은 오늘 결단코 김선애를 가만히 두지 않겠노라 다짐하고 있었다.

"야, 저기 나온다."

"잡아 와. 이 개 같은 년, 넌 오늘 죽었어."

김선애도 영지 패거리를 봤는지 흠칫 몸을 떨었다.

자신은 겁을 먹고 뒷걸음질을 치는 데 반해 그들은 괴수들처럼 무서운 표정으로 빠르게 달려들고 있었다.

이제 어쩌나 잡히면 쟤들이 나를 가만히 두지 않을 텐데.

뒷걸음질 치던 선애는 결국 자기 다리에 걸려 넘어지려 했다.

"앗!"

그런데 때마침 그때, 누군가가 다가와 등을 받쳐 주었다.

"조심해야지."

"엇! 언니?"

병원에 데려다주고, 새집으로도 데려다주었던 언니가 든든하게 자리해서는 웃고 있는 거였다. 영지 패거리들이 굳어진 얼굴로 멈춰 서는 가운데, 경호원이 그들에게 물었다.

"왜 그러니? 우리 선애한테 무슨 용건이라도 있니?"

"누, 누구세요?"

"보면 몰라? 경호원이잖아. 앞으로 선애가 어딜 가든, 편의점이나 학원을 가도 내내 따라다닐 사람."

"아니, 선애한테 왜요?"

"그야 선애의 후원인께서 그렇게 부탁하셨으니까."

"네에?"

"그럼 갈까 우린?"

뒤에 있는 차로 네 명이나 되는 남자 경호원이 더 붙는 건 물론, 김선애는 고급스러운 차를 타고 그녀들의 눈앞에서 사라지고 있었다. 달려들었던 아이들은 아무것도 해 보지도 못하고 뜬 눈으로 보내줄 수밖에 없었다.

"헐, 경호원까지 붙인다고?"

"대체 김선애 후원인은 뭐 하는 사람이야? 혹시 엄청난 재력가라도 돼?"

"그나저나…… 이렇게 되면 우리, 선애한테는 손끝도 못 대는 거잖아. 이제 어떻게 하지?"

화는 나는데 분풀이할 곳도 사라졌다.

"아우, 분해. 이게 뭐야, 진짜……!"

그런 가운데, 영지의 뒤로 누군가가 다가섰다. 그리고 말했다.

"그러게…… 잘못을 뉘우치고 사과를 했어야지. 이렇게 나쁜 짓만 골라서 할 게 아니라."

홱 뒤돈 영지가 놀란 눈으로 그를 쳐다봤다.

"아저씨는……! 김선애 후원인?"

역시나 그는 최강이었다. 그는 거기서 끝내지 않고 경고를 던졌다.

"촉법소년이 아니게 되면 그 어떤 잘못이든 저지르지 않는 게 좋을 거야. 아주 무서운 조직이 너희들의 일거수일투족을 감시하면서 어떤 잘못을 하나 주시할 거거든. 그럼 너희에겐 범죄 전과가 차곡차곡 쌓이게 될 테고, 그런 삶을 살다가 결국 일생을 끝내게 되겠지. 훗."

"허……."

최강은 옆으로 다가와 멈춰선 차에 오르며 말했다.

"너희 부모들이 그렇게 된 것도 전부 내가 한 일이란 걸 잊지 마. 그리고 내가 언제든 지켜본다는 것도."

그것은 세상 그 어떤 곳보다도 높은 곳에서 하는 경고였다. 그의 손짓 하나로 그토록 듬직했던 그늘이, 가정이 모두 와르르 무너졌다. 영지는 떠나는 차를 보며 뒷걸음질 치다가 결국 주저앉고 말았다. 최강이 하고 간 협박과 경고가 너무도 몸 떨리게 가슴 깊이 스며든

탓이었다.

* * *

김선애는 살짝 어색한 얼굴로 주변을 둘러봤다. 고깃집엔 사람이 무척 많았다. 옆에는 동생 진우도 있었다. 그렇지만 맞은편에 최강이 앉아 있다는 게 그녀에겐 무척 어색하게 느껴졌다.

"이런 곳도 다니세요?"

"양념갈비를 좋아한다고 해서 와 본 건데. 왜, 싫어?"

"아뇨. 그냥 오빠도 이런 곳에 오는 게 신기해서."

"얘 좀 봐라. 그럼 나는 무슨 금가루만 먹고 살 줄 알았어?"

"네."

"헐."

최강은 살짝 어이가 없었지만, 김선애가 그리 생각할 만도 하다고 느꼈다.

"그래, 내가 요 며칠 네 앞에서 돈질을 좀 하긴 했지. 근데 나도 알고 보면 의외로 평범한 사람이라서."

"사람이 맞긴 해요?"

"어어? 분명히 말하는데, 나 사람 맞다."

"거짓말."

"얘가 사람 말을 못 믿네. 이 얼굴이 어딜 봐서 거짓말이나 할 사람으로 보여?"

"그럼 걔들 부모들도 오빠가 한 건가요?"

"어?"

갑자기 왜 얘기가 거기로 삐져나와?

돌발적인 질문에 최강은 살짝 말문이 막혔다.

"아, 그거……."

하지만 그는 이내 피식 웃었다. 질문을 해 온다는 건, 이미 짐작하는 바가 있다는 뜻이다. 거기다가 질문은 또 왜 이리 예리한지, 도저히 피해 갈 방법도 없었다.

결국 최강은 순순히 인정했다.

"그래, 맞아. 내가 그랬어."

"그랬군요. 그럴 거라고 생각은 했어요."

"이유는 안 물어봐?"

"벌을 받을 만한 행동을 했고, 모두가 그에 따른 처벌을 받았다고 생각해요. 그 애들이나, 그 부모들이나. 아닌가요?"

"그래, 맞아. 모든 게 자업자득이야. 그게 순리인 거고."

김선애는 깊게 숨을 들이쉬더니 강하게 내뱉었다.

"흐읍! 후우우……."

그걸 보며 최강이 웃으며 물었다.

"왜, 이제야 좀 후련해? 가슴이 좀 트여?"

"아뇨? 이 고기 냄새가 너무 좋아서 그런 건데."

"으잉? 뭐라고? 하하하!"

웃는 그에게 김선애가 과거를 회상하며 말했다.

"학교 끝나고 집으로 갈 때면, 이런 돼지갈비집을 지나가거든요. 근데 그 냄새가 얼마나 좋은지, 매번 발이 좀처럼 안 떨어지더라고요. 안에 있는 사람들은 또 얼마나 부러운지. 우리 사정에 고기를 먹는 건, 생일 때나 명절에도 어려운 일이었거든요."

고작 만 몇천 원. 보통 사람들에겐 별거 아닌 돈일지라도, 이 아이들에겐 내일을 걱정해야 할 돈이었던 것이다.

요즘 중학생들은 자기들 용돈만으로도 친구들과 이런 고깃집으로 점심을 먹으러 다닌다던데. 선애에게는 그 평범한 일조차 꿈같은 일이었으며, 그저 부럽기만 했던 일이었던 것이다.

그러던 선애가 우울한 과거를 집어던지고 환해진 얼굴로 밝게 말했다.

"그래서 나 오늘 진짜 많이 먹을 생각인데. 괜찮겠어요? 돈 엄청 많이 나올 건데."

"응, 마음껏 먹어. 아, 내가 준 카드는 잘 가지고 있지? 먹고 싶을 땐 언제든지 그걸 써도 돼. 허락 같은 거, 굳이 받을 생각 말고."

"저, 진우랑 옷도 좀 사고 싶은데."

"사. 마음껏."

"네, 고맙습니다."

둘은 서로를 바라보며 스스럼없이 웃었다. 서로가 이제야 좀 편해진 얼굴이었다. 그런데 곧 최강이 살며시 표정을 굳혔다.

"아, 잠깐만. 근데 너 옷 사러 어디로 갈 생각이야?"

"음…… 명동 의류센터라고 할머니랑 종종 가던 곳이 있어요."

최강이 한숨을 푹 내쉬었다.

"하아, 그럼 그렇지……."

"네?"

그동안의 생활습관이 몸에 배어 있으니 좋은 옷을 사러 갈 생각은 못 할 것이다. 이왕이면 다른 애들처럼 좋은 옷을 입었으면 싶건만, 선애에게 맡겨서는 될 일이 아니지 싶었다.

"안 되겠다. 내일 토요일이니까 학교 안 가지?"

"네."

"그럼 내일은 나하고 같이 쇼핑 좀 다니자. 괜찮지? 진우도 함께 데리고 나오고."

"내일요?"

* * *

"안녕~ 네가 선애구나?"

최소현은 나름 밝게 인사했지만, 김선애는 어딘지 모르게 표정이 좋지 않아 보였다.

"혹시 최강 오빠 여친?"

"헤헷, 응. 맞아."

"예쁘시네요."

"허업! 정말? 어머, 얘~ 너 보는 눈이 있다."

"근데 오늘은 저희들 옷 사기로 했는데, 아줌마가 웬일이세요?"

"아, 아줌마?"

나는 절로 웃음이 터져 나왔다.

"풉!"

"왜 웃어요?"

이유는 몰라도 김선애는 최소현이 별로 마음에 안 드는 모양이다. 아줌마라고 부르는 걸 보면.

"아뇨. 그냥 상황이 재미있어서."

잠시 꿍한 표정을 머금던 최소현이 김선애를 설득하려 애를 썼다.

"아줌마는 너무했다, 시집도 안 간 언니한테."

역시나 내가 당했던 그대로 흘러간다.

"제 기준엔 아줌마여서요. 나이 차로 보나 뭐로 보나 아줌마가 당연한 거 아닌가."

그러자 최소현이 억울한 듯 나를 가리켰다.

"그럼 이쪽한테는 왜 오빠라고 하는데?"

"그야 최강 오빠는 오빠처럼 친근하니까."

"허……."

동생을 부르며 진우에게 다가가는 선애를 최소현이 멍한 얼굴로 쳐다봤다.

"쟤 말하는 거 들었어요? 지금 기가 차는 건 나뿐인가?"

"요즘 애들 말로 이겨 먹으려고 하면 본인만 속 터질걸요?"

"옷 골라주는 것 좀 도와달라고 해서 나왔더니, 어째 환영받는 느낌은 아니네요."

"그래도 도와줄 거죠?"

"일단 노력은 해 볼게요. 근데 재는 언니와 아줌마의 기준이 뭘까요?"

"음음, 친근함?"

잔뜩 부담스러워하는 선애를 데리고 명품관은 물론, 백화점에서 가격 좀 나가는 곳은 전부 돌아다녔다.

"이 아이들이 고르는 옷들 사이즈 대로 찾아서 전부 주세요."

"네? 전부요?"

그 말을 듣는 순간, 선애에게 점원들이 몇 명이나 달려들었다.

"손님, 신상으로 안내 드리겠습니다. 이쪽으로 오시죠."

누군가에게 대접받아 보는 건 처음인지 선애가 무척 부담스러워했다. 근데 입는 옷마다 얼마나 예쁜지. 사람이 달라 보였다.

애가 꾸미지 않아서 그렇지, 꾸미고 났더니 정말 예쁜 축에 속하는 아이구나 싶었다.

"어머~ 너무 예쁘다, 너. 거울 좀 봐. 처음 봤을 때하고는 완전 다른걸?"

"그, 그래요?"

최소현이 따라다니며 챙겨 줘서 그럴까, 둘은 금방 친해졌다.

결국 옷은 양 손으로도 들 수 없을 만큼 늘어 갔고, 우린 트렁크를 가득 채워서야 선애와 진우가 사는 집으로 도착할 수 있었다.

“오늘 정말 감사했습니다.”

“그래, 잘 입고, 부족한 게 있으면 더 사고.”

김선애가 어색한 표정을 머금었다.

“이렇게나 많이 샀는데, 부족할 게 있기나 할지 모르겠네요. 가방이나 신발도 너무 많이 사 주셔서…….”

“앞으로는 아낄 생각보단, 하고 싶은 걸 하고 살아. 그렇다고 너무 주어진 것에만 만족하면서 살면 안 되는 건 알고 있지?”

“제 것이 아닌 걸로 욕심부릴 생각은 없어요. 언젠가 제 힘으로 설 수 있을 때까지, 그때까지만 기댈게요.”

“그런 마음가짐이면 이 오빠는 무척 뿌듯할 것 같아.”

“학교도 오빠가 말씀하신 대로 옮길까 해요. 생각해 보니까, 그게 좋을 것 같아요. 딱히 이 학교에 미련이 남는 것도 아니고…….”

학교에서 학생이 믿고 의지할 수 있는 존재는 선생님이어야 했다. 하지만 세상은 그 당연한 이치를 가볍게 무시한다. 선생이 학생을 업신여기고, 무조건 참으라고 견디라고만 하는데, 누구인들 그런 학교에 남고 싶을까. 미련 같은 게 존재할 리가 없는 것이다.

“그래, 잘 생각했어. 새로운 사람들과 새로운 마음가짐으로. 그렇게 시작해 보는 것도 좋을 거야.“

“네, 저 정말 열심히 살게요. 공부도 정말 열심히 할 거예요. 학원, 다녀도 되죠?”

“당연하지. 이동시간 아끼고 싶으면 과외도 붙여 줄 수 있어.”

“에이, 그렇게까지는 아니고요.”

"하핫. 언제든 원하면 주저하지 말라고."

쇼핑에 지쳤는지 진우가 서서 졸다시피 하고 있었다. 선애가 그런 진우를 업고서 들어갔고, 나와 최소현은 그런 두 아이를 흡족한 얼굴로 지켜보았다.

"정말 스스로 목숨을 끊으려고 했던 애가 맞나 싶을 만큼, 많이 밝아졌네요."

"그래도 부모가 없는 빈자리는 무척 외롭고 시릴 겁니다. 내가 아무리 잘해 줘도 그 빈자리까지 채워 줄 순 없는 거겠죠."

"혹시 선애 부모님은……."

선애 부모님을 찾아는 보았는지 그걸 묻고 싶은 걸 거다.

그렇지만 그 물음에 나는 어쩐지 속이 막 답답해져 왔다.

"둘 다 재가해서는 새로 가족을 이루고 살고 있더라고요. 선애나 진우는 잊고 산다는 듯이……."

"그래도 말이라도 전해 봐야 하는 거 아닌가요?"

"할머니가 돌아가셨을 때, 이미 연락이 갔었다는군요."

"아……. 그래도 안 찾아온 걸 보면, 저 애들을 보살필 의지는 없었던 거네요. 후우, 좀 짜증 나네요. 무슨 부모가 그래? 낳아 놨으면 책임을 져야지."

"그들에게 저 아이들은 그저 아픈 과거인 겁니다. 더는 아프고 싶지 않은."

"정말 이기심만큼 잔혹한 것도 없는 것 같아요."

"어렵게 얻은 행복이기에 더욱 냉정해지는 걸 테죠. 부모자식간의 연조차도 아무것도 아니게 될 만큼……."

피가 물보다 진하다고 누가 그랬나. 그 말도 이젠 희망을 바라는 사람들만의 허상인 게 아닐까. 그런 생각이 들었다.

* * *

나는 오랜만에 국가정보원으로 들어오게 되었다.

각 차장들과 과장들이 한자리에 모여 있었고, 내가 도착하여 착석하자 곧바로 회의가 진행되었다.

"미국에서 개발 중인 첨단 레이저 광학기술이 도난되었다고 합니다. 추적 중에 있는 조직은 전문 해킹조직으로 총 일곱 명으로 구성되어 있는데, 그들 전부가 인터폴에서 적색수배를 받고 있는 이들이었습니다. 그리고 현재 중국 측에서 그들과 거래를 위해 접촉을 계획 중이라는 첩보입니다."

"무기화된 레이저 광학기술은 현재 미국의 이지스함에도 장착되어 있는 건 물론, 각국에서도 개발에 힘쓰고 있는 기술이 아닌가?"

"네, 그렇습니다. 그런데 이번에 미국에서 기존의 레이저의 20배에 달하는 위력과 굴절까지도 이겨 낸 기술을 완성했다는 거죠. 현재 그 기술이 도난된 것이고요."

"미국이 아주 초조할 만도 하겠군. 해서 미국 측에서 우리에게 그런 사실을 알린 이유는?"

"자신들은 중국에서 활동할 수 있는 인원이 한정되어 있다 보니,

우리 쪽에서 공조를 해 주었으면 한다고 전해왔습니다."

"총알받이가 필요하다는 거로군."

회의가 끝난 후, 나는 새로운 국가정보원 원장이 된 박도항과 독대를 했다.

그는 회의실에서와는 다르게 나를 깍듯하게 대했다.

"이쪽으로 앉으시죠."

상석을 권했으나 나는 거절했다.

"아니. 그냥 마주 보고 얘기하도록 하지. 누가 들어오기라도 하면 우리를 이상하게 볼 거야."

"그, 그렇겠군요. 그럼 이렇게 앞으로 앉겠습니다. 후, 근데 원로위원께서 저보다 낮은 직책에 계시니 어쩐지 대하기가 무척 어렵습니다."

"각자 맡은 바 역할에 충실하자고. 다른 사람들이 있을 땐 개의치 말고 아랫사람으로 대해도 좋아."

"그렇게 말씀해주시니 조금은 마음이 편해집니다."

"근데 나는 왜 따로 보자고 했지?"

"발라스의 유럽지부에서 요청이 들어왔습니다."

"혹시 이번에 도난당한 그 기술 때문인가?"

"네, 그렇습니다. 국가정보원 말고도 저희 쪽 발라스 지부에서도 같이 움직여 주었으면 하더군요."

안 그래도 유럽지부와는 접촉이 필요했었다.

"혹시 유럽지부 회주의 직접 요청인가?"

"네, 그렇습니다."

"잘됐군."

"회주께서도 최강 원로위원께서 들으시면 흡족해하실 거라고 하셨습니다."

"그 사람이 또 그런 계산은 빠르지. 아무튼 내겐 좋은 명분이야. 유럽지부 회주와 직접 접촉할 기회도 될 테고. 이번 일, 내가 맡도록 하지."

"국가정보원 쪽에서도 몇 팀 보내려 합니다만. 그래도 형식상 보는 눈들이 많아서……."

"내 쪽만 따로 움직일 수 있는 권한을 준다면야. 상관없겠지. 알아서 해."

* * *

조율자 조직의 로드, 제이슨에게 최강에 대한 정보가 들어왔다.

"그가 중국으로 향한다고 합니다."

"중국?"

"미국의 요청으로 해킹당한 기밀을 회수하는 게 목적인 듯합니다. 어찌할까요?"

제이슨은 고개를 주억거리더니 레이나에게 물었다.

"골드 등급에서는 전부 요청을 받던가?"

"제블런만이 요청을 받아들였습니다. 케리나와 조르센은 현재

쫓고 있는 귀물 때문에 몸을 뺄 수 없다고 답해 왔습니다."

"그렇군. 어쩔 수 없지. 귀물 사냥에서만큼은 참견하지 않겠다는 것이 서로 간에 맺은 계약이니까. 그럼 다른 레드 등급의 팀들은?"

"한 팀을 제외한 네 팀이 복귀를 알려 왔습니다."

"제블런의 크로노스의 힘과 레드 팀 넷이면 충분하겠지."

"당장은 움직일 수 있는 최대 인원입니다. 어떻게, 진행하시겠습니까?"

"그래. 제블런에게는 믿는다는 말을 전해 주고."

"부담을 잔뜩 얹어 주겠다는 말씀이시네요."

"훗, 그만큼 나도 초조하다는 게 아니겠나. 그리고 이왕 하는 일이라면, 이번만큼은 제대로 끝을 맺고 싶구먼."

* * *

나는 김윤석이라는 이름의 신분으로 비행기 표를 끊었다. 스무 명에 달하는 국가정보원 요원들이 다른 신분으로 중국행 비행기에 올랐고, 그들 중에는 몇몇 과장들도 포함되어 있었다.

"우리가 최강 과장하고 함께 임무를 수행하게 될 줄은 몰랐군."

"그러게 말이야. 최강 과장 하면, 우리 국가정보원에서는 최고 에이스니까."

"잘 부탁하네, 최 과장."

같은 직급이라고는 하지만, 가장 늦게 과장을 단 것도 그렇고 과장 중에서도 가장 어렸다. 그들의 하대는 당연했다.

"별말씀을요. 팀원들도 없이, 방해나 안 되면 다행이죠."

그들도 무척 궁금하다는 듯이 물어 왔다.

"근데, 팀원들은 어쩌고 왜 혼자인 건지 모르겠군."

"원장님 지시로 중요하게 비밀임무를 수행 중이어서요. 그 일도 워낙 중요한 터라 뺄 수가 없었습니다."

"그렇군. 그래도 뭐, 최강 과장 하나면 일당백이니까. 그거면 됐지."

원장의 지시? 당연히 거짓말이다. 누구보다도 은밀히 움직였으면 하는데, 팀원들이 함께이면 행동에 제약이 걸린다.

팀원들을 챙길 필요 없이, 거기에 다른 과장들의 지시도 받지 않아도 되니 이보다 편한 게 어디에 있을까. 이 또한, 원장을 마음대로 부릴 수 있으니 누릴 수 있는 특권이었다.

위이이이이잉-!

대한민국에서 떠난 비행기는 베이징 서우두 국제공항에 도착했다. 현지에 투입되어 있는 요원을 만나 호텔로 이동한 우리는 저마다 총을 지급받으며 무기를 점검했다.

그리고 과장들은 따로 미국 측 요원들을 만나 현지에서 입수한 정보를 통해 해킹 조직의 위치를 추정했고, 저마다 의견을 주고받으며 회의를 진행했다.

"근데 최 과장은 왜 아무 말이 없어? 무슨 의견이라도 좀 내보지 그러나?"

2과 과장 김선호의 물음에 나는 미소를 머금었다.

괜히 모두의 시선을 모아 주어 부담도 컸다.

"베테랑인 선배님들께서 이렇게 철저하게 계획을 짜시는데, 제가 나설 부분이 있어야 말이죠. 오히려 배우고 있는 중입니다."

"그 친구, 겸손하긴. 아무튼 놈들도 용병을 구해 둔 모양이니까, 혹시라도 총격전이 벌어지면 그때는 활약 좀 부탁해."

"네."

부담스럽게도 꽤나 의지를 해 온다.

뭐, 그 이유를 모르는 건 아니다. 개미굴 사건에서 혼자서 수십 명을 처리했던 걸 보았으니 그때와 같은 활약을 바라는 것일 터다.

누구 하나라도 그런 활약을 해 준다면 그만큼 다른 요원들이 덜 다치는 결과로 이어질 테니까.

회의를 마치고 나오는데, 케라가 불쾌함을 드러냈다.

-이놈들, 아무래도 너 혼자 칼춤을 추길 바라는 눈치구나.

"저를 이용해 먹겠다고 하는 소리는 아닐 겁니다. 누구든 자기 새끼들은 소중해서겠죠. 작전에서 총격전이 벌어지면 누구 하나 안 다칠 수는 없을 텐데, 그럼에도 자기 팀에서 그 사상자가 적게 나왔으면 하는 게 공통된 생각인 거죠."

-그렇다고 이놈들과 함께 움직일 건 아니지 않느냐?

"지금이야 구색을 갖춘다고 이러고 있지만, 확실한 정보를 얻게 되면 그땐 혼자 움직여야겠죠."

유럽 지부의 회주가 미국에 있다는 것만 알지, 그에 대한 정확한 신분은 아는 바가 없다.

물론, 그쪽에서도 이쪽 원로위원과 회주가 누구인지 모르는 건 매한가지다.

지금까지 이어 온 그러한 보안 시스템은 발라스를 지키고 유지해 오는 데 중요한 방패가 되어 왔었다.

그래서 도난당한 기밀을 내가 가장 먼저 얻어야 하는 것이다. 그래야 그걸 빌미로 유럽 지부 회주와의 만남으로 연결지을 수 있을 테니까.

* * *

베이징 외곽의 한 허름한 건물.

조엔이 작은 USB 메모리칩을 들며 웃어 보였다.

"이 작은 거 하나에 5억 달러라니. 정말 대단하군. 이번 그룹은 정말 잘 짠 것 같아. 아주 평생 먹고 놀 수 있겠어."

직접 미국 국방부 연구시설로 들어가 해킹이 가능할 수 있도록 한 침투전문가 미루엘은 불만이 많은 표정으로 경고했다.

"조심 좀 해 줄래? 너의 부주의로 수천만 달러를 날려 버리고 싶진 않아서."

격투에도 능할뿐더러, 생김새도 무서운 미루엘이어서 조엔은 살짝 부담을 느끼며 칩을 내려놓았다.

"워, 진정해. 그러다가 한 대 치겠어."

"치기만 할까. 그 돈이면 사람도 죽일 판인데."

"음음. 거, 말 참 무섭게도 한다."

곧 올리비아가 거실로 나오며 말했다.

"근데 말이야. 복제해 놓고 다른 나라로 재판매 하는 것도 생각해 봐야 하지 않아?"

"훗, 모든 나라가 다 가진 기술이면 중국에서 굳이 이걸 가지려 하는 의미가 있을까? 그리고 뒤통수 맞았다고 여긴 중국 요원들이 우리를 가만히 놔둘 거라고 생각해?"

"가만히 안 놔두면 어쩔 건데? 우리 중에 누구 적색수배 안 되어 있는 사람 있어?"

수년 동안 적색수배도 피해 왔는데, 중국이라 한들 무슨 수로 자신들을 잡겠냐는 말이었다. 미루엘이 거부 의사를 강하게 드러냈다.

"다른 일로는 얼마든지 하고 싶은 대로 해도 좋은데, 이번 일에는 절대로 그러지 마. 중국의 뒤통수 치는 일에는 난 빠지고 싶거든."

"뭐야, 힘 있는 척은 혼자 다 하더니, 겁먹은 거야?"

"지금 이 나라를 예전의 중국으로 알면 곤란해. 인터폴은 못 잡아도, 그놈들이 작정하면 순식간에 당할걸? 소리소문없이 납치돼서 숱한 고문을 받고 싶은 게 아니라면, 중국의 뒤통수를 치는 건 안 하는 게 좋을 거야."

"음, 이대로 한 곳에만 파는 건 왠지 아까운데."

그때, 카터가 들어오며 말했다.

"그러고 싶은 욕심은 알겠는데, 그런 의심만 보여도 여기에 있는 미루엘이나 내가 그 즉시 죽일 건데. 괜찮겠어? 우린, 우리 목숨 가지고 흥정하는 사람은 못 참아서."

올리비아가 그 소리에 얼른 꼬리를 내렸다.

"그냥 해 본 소리야. 무섭게들 왜 이래? 생각 정도는 해 볼 수 있는 거잖아. 아냐?"

"우리가 매번 다른 일로 짜이는 팀이긴 해도, 매수자를 찾는 건 결국 내 역할이야. 나의 경우엔 이번 일 때문에 다음에 다른 일로 만난 매수자한테서 죽지 말란 법이 없거든. 그러니까 우리가 나중에 서로를 추적하는 일은 만들지 말자고. 우리끼리도 믿어야 같이 일을 하지."

"뭐가 이렇게 살벌해. 그냥 말 한 번 해 본……!"

"아아……! 그 말도 조심하자는 거야. 우리가 자꾸 의심을 품고 감시라도 하길 바라는 게 아니라면."

"알았어. 알았다고. 저 칩에는 가까이도 안 갈게. 됐지? 나 없었으면 빼내지도 못했을 기밀인데, 참 너무들 하네."

"당신이 세계 일류라는 건 인정하니까. 그래서 말로만 경고하는 거야. 다른 사람이었으면 이미 머리에 총알부터 박혔어."

웃으며 말하지만, 더 말했다간 진짜로 그럴 사람이라고 생각했다. 올리비아는 짜증은 났지만, 얼른 이번 일을 끝내서 빨리 헤어졌으면 싶었다.

"그래서 접선은 언제인데?"

"이틀 후, 좌표를 알려 준다고 했어. 내일이면 접선할 사람이 이곳 베이징에 도착할 거고, 좌표를 알려 주면 곧장 만난 후에 이체 확인하고 헤어지면 끝날 거야. 일이 순조롭게만 진행되면 접선 후 10분도 채 되지 않아서 5억 달러를 나눠 가지게 될 테니까 이틀만 참자고."

카터의 뒤로 들어온 베론이 물었다.

"근데 만약, 중국에서 수작을 걸어오면 그땐 어쩔 건데?"

그러자 카터가 올리비아를 가리켰다.

올리비아는 설명을 이었다.

"파일의 완전 공개는 특정 암호로 막아 뒀어. 억지로 열려고 하면 내부 프로그램에 의해 펑~! 다 날아가게 되지. 그 코드는 칩을 넘긴 후에 따로 넘겨주면 돼."

"우리의 안전을 위한 안전장치인 거지."

베론은 다행이라는 듯 고개를 끄덕였다.

"철저해서 좋군. 근데 저쪽에서도 그걸 알고 있나?"

"당연히 몰라야지. 그 사실은 만나서 알려 줄 거야. 기밀의 확인 절차에는 절반만 공개할 거고, 나머지도 가지려면 우릴 안전히 보내 줘야 가질 수 있는 거지."

* * *

미국 요원들과 국가정보원 요원들은 해커 집단이 숨어있으리라

추정되는 지역으로 이동했다. 하지만 난 몰래 빠져나왔다.

"해커가 아무렴 우회로도 설정해 두지 않고서 위치를 드러낼까. 그놈들이 정말로 거기에 있으면 내 손에 장을 지진다."

-음? 위치를 알면 먼저 가서 치려는 게 아니었어?

"쫓아만 다니는 사냥은 힘만 빼는 사냥입니다. 놓치면 그 이후엔 아무것도 건질 수도 없고요."

-그래서 뭘 어쩔 건데?

"기밀을 팔려는 놈들을 쫓는 게 아니라, 기밀을 사려는 놈을 쫓을까 합니다."

-그렇군! 어차피 넘겨받는 놈이 있을 테니까!

"팔려는 놈들이야 온갖 조심성을 다 갖추겠지만, 넘겨받을 사람은 그런 게 없죠."

그래서 신정환에게 전화를 걸었다.

"접니다. 지금 바로 중국 정보부 소속 요원들의 위치와 하고 있는 일, 그리고 어디와 연락을 주고받는지 전부 조사해 주세요. 특히 고위직 중에 베이징으로 이동하는 사람이 있으면 알려 주고요. 김지혜 씨한테 연락하면 발라스의 정보망을 이용할 수 있을 겁니다. 그럼 중국의 요직에 앉은 사람들에게서도 정보가 들어올 거니까, 일이 쉬워지겠죠."

[이, 이렇게 갑자기?]

"이렇게도 일을 해 봐야 하지 않겠어요?"

[하아, 알았어. 지금 당장 해 볼게.]

"발라스의 정보망을 이용하면 더 쉬울 테니까, 괜히 힘 빼지 마시고요. 최대한 빨리 연락 주세요."

얼마 지나지 않아 김선호 과장에게서 연락이 왔다.

"네, 말씀하세요."

[금방 뒤쫓아 온다고 하더니, 지금 어디에 있는 거야? 왜 안 보여?]

"놈들의 위치는 확인이 되었나요?"

[아니. 빈집이었어. 미국 요원들도 지금 굉장히 당혹스러워하고 있는 것 같아. 그래서 지금 다들 이미 기밀이 넘어간 게 아닌가 걱정을 하고 있어.]

"그럴 거라고 예상했습니다."

[뭐? 알고 있었다고?]

"놈들의 위치는 따로 알아보고 있는 중이니, 알게 되면 연락드리도록 하죠. 원장님께 이미 허락받은 사항이니, 개별행동에 대해선 너무 서운하게 생각지 말아 주십시오."

[서운하긴 뭘. 같이 왔어도 어차피 허탕인 건 매한가지였을 건데. 알았어. 알아내면 바로 연락 줘. 여기서도 달라지는 상황을 알려 주도록 하지.]

저녁쯤 되었을 때, 신정환으로부터 연락이 왔다.

[알아냈어.]

"구매자를 찾았습니까?"

[왕웨이라고, 중국 내 특전대 소속 요원으로 20년 근무하다가,

얼마 전 부부장의 위치에 올랐어. 근데 이놈이 내일 베이징으로 가는 비행기 표를 끊었지 뭐야.]

"흣, 확실하군요."

[왕웨이뿐만 아니라, 그 휘하로 가장 뛰어난 놈들로 다섯도 함께 비행기 표를 끊은 걸 확인했어.]

"누가 알려 주던가요?"

[그 특전대 소속 요원 중 하나가 알려줬다더라. 그도 발라스 사람이고.]

공무원, 기술직, 심지어는 뒷조사까지 철저한 정보부 요원까지. 정말이지 발라스에선 침투해 있지 않은 곳이 없었다.

정말 무서운 조직이 아닌가 싶기도 하지만, 이럴 때 그들이 나의 편이라는 것은 더할 나위 없이 든든했다.

"알겠습니다. 내일을 천천히 기다렸다가 구매자를 만나면 되겠군요. 수고하셨습니다."

전화를 끊자 케라가 말했다.

-발라스의 조직 덕분에 일이 무척 쉽게 풀리는구나.

"악마 연기 몇 번으로 이 큰 조직을 장악했으니……. 작은 힘을 들여 정말 놀라운 걸 쥐게 된 셈이죠."

-이쪽 세계 사람들이 초자연적인 힘에 대한 두려움이 우리 쪽보다 강하기 때문일 거다.

"그러니까요. 그래서 그게 얼마나 다행인지 모릅니다."

근데 이렇게 매번 둘이서만 대화를 하니 뭔가 굉장히 어색했다.

그래서 나는 다시 한번 시도를 해 보았다.

"할아버지? 아직도 말씀을 하실 생각이 안 드시는 건가요?"

-…….

여전히 대답이 없다.

"하아……."

나의 한숨에 케라가 답했다.

-자기가 답답하면 언제고 말이 트이겠지! 대체 무슨 욕심으로 이러는 것인지. 행여 최강에게 해가 될 무언가를 계획 중이라면 당장에 때려치우는 게 좋을 거다. 그땐 절대로 내가 용서치 않을 테니까!

그런데 바로 그때, 갑자기 울분이 뒤섞인 감정으로 가슴이 빽빽해지는가 싶더니 제라로바의 음성이 머리를 가득 울려 퍼졌다.

-나를 그처럼 오해하는 게 섭섭한 것이다! 왜 나라고 해서 늘 뒤에서 딴생각만 품을 거라고 생각하는 것이야! 대체 왜……!

안 그랬다는 말은 나오지가 않았다. 의심하고 조심해 온 게 사실이니까. 솔직히 의심의 꼬리에 대한 것이 케라의 영향을 받은 건 사실이다.

그렇지만 그동안 나도 은근히 그런 느낌을 받아 왔던 걸 어째.

근데 그것이 오해라고 말하고 있으니, 참 뭐라 말을 해야 할지 뚜렷한 말들이 떠오르질 않았다.

"그게 저도 사실은 케라 형님이 자꾸만 할아버지를 조심하라고 하니까……. 그리고 솔직히 지팡이를 가지고 싶다고 하셨던 것도 그래요. 갑자기 조율자들의 마법 도구를 얻는 걸로 이어지는 건 좀 이상했다고요……. 처음부터 뭔가 솔직하게 다 털어놓으셨으면 최소한 뒤로 다른 계획을 품고 계시단 의심은 안 했을 텐데요."

-그래서 결국 나를 나쁘게만 보았다는 것이지 않느냐?!

"후……."

이대로는 서로 간의 미움과 악감정만 더욱 커질 것 같았다. 이쯤 되니 나도 내 속마음을 솔직히 털어놔야 하지 않을까 싶었다.

"솔직히 말씀드릴게요. 사실 전 두렵습니다. 처음 두 분이 제 몸에 빙의된 걸 알았을 때, 정말 놀란 것도 놀란 거지만, 그때 들었던 케라 형님의 말씀이 머릿속에서 한 번도 떠난 적이 없었습니다. 마법의 신비로움과 못 할 게 없는 그 능력을 알아 갈수록, 저는 늘 할아버지께 이 몸을 빼앗기게 될까 그게 두려웠다고요."

-어찌 나를 그렇게만 보았단 말이냐! 그동안 내가 네게 쏟은 정성이 얼마인데!

"제 입장이 되어 보십시오. 저는 두 분이 어떤 삶을 살아왔는지 전혀 모릅니다. 그저 두 분이 서로에게 풀어 대는 악감정과 설명으로만 두 분을 판단해야 했다고요. 근데 빙의된 그 순간에 몸을 빼앗길지도 모른다는 소리를 듣게 되었는데, 어떻게 그걸 머릿속에서 지우냐고요? 안 그래요?"

-크흠.

"저는 그냥……! 두려웠습니다. 정말…… 무서웠다고요……."

잠시 말이 없던 제라로바가 마치 오래 참았다는 듯이 말을 뱉어

냈다.

-나는 질투가 났다! 케라만 엄청난 것을 손에 쥔 것 같아서, 그래서 질투가 났단 말이다! 그래서 나만의 것을 가지고 싶었어!

"그게 무슨 말씀이시죠?"

-둔한 것들. 아직도 몰랐더냐? 가슴에서 요동치는 이 강력한 마력을?

"가슴?"

가슴을 더듬어 만져지는 건 칼밖에 없었다.

하여 나는 사람들이 없는 곳으로 조금 벗어나 칼을 빼어 들었다.

"강력한 마력이라니요? 아무것도 모르겠는데?"

-마력이라니, 아무것도 안 느껴지는데 무슨 말을 하는 것이냐?

-그날 이후로 칼을 쓴 적이 없었으니 알아차리지 못했겠지.

"그날이라고 하시면……. 혹시 조율자의 헌터들에게 공격받고, 그들의 무기를 파괴한 그날이요?"

생각해 보니 그때 이후로 칼은 날조차 빼어 본 적이 없는 것 같았다.

-그렇다. 그 파괴 직후에 거두어진 카우라의 틈으로 흩어지던 그 마법 무구들의 기운이 흘러들었다. 아마도 힘에 이끌려서 스며들었을 테지.

이건 또 무슨 말? 마력이 스며들어?

"그럼……! 지금 이 검이 마법검이 되기라도 했다는 겁니까?"

그랬다. 제라로바가 무리를 해서라도 비등한 능력을 얻고 싶었던 이유는 바로, 칼 때문이었다.

그걸 이제야 안 케라와 나는 동시에 같은 생각을 떠올렸다.

아니, 그걸 왜 이제야 말해?

* * *

제블런. 신 크로노스의 힘을 지녀, 시간을 통제하는 자. 그는 지금 로브를 쓴 채로 최강을 지켜보고 있었다.

"저자인가?"

"네, 그렇습니다."

"겉보기엔 평범해 보이는군."

"보고된 바에 의하면, 매우 위험한 자라고 들었습니다."

"그럼 얼마나 뛰어난 자인가 지켜보도록 하지."

함께 있던 자들은 그가 자신들의 능력을 보겠다는 뜻으로 받아들었다. 자신들과 최강과의 싸움에서 그의 능력을 판단하겠다는 뜻인 것이다.

"지금 이곳에서 말입니까? 그렇지만 저희에겐 결계의 능력을 지닌 자가 없습니다."

"파괴되는 것도, 죽는 자도 모두 내가 되돌릴 것이다. 그러니 너희는 너희의 일을 하라."

모두가 그의 말에 고개를 숙였다.

"네. 제블런 님께서 나서시는 일이 없도록 저희가 처리하겠습니다."

곳곳에선 서로 수신호가 오갔으며, 그렇게 곳곳에서 수많은 사람들이 긴장감을 지닌 채 최강에게로 모여들고 있었다.

* * *

나는 황당해서 물었다.

"아니, 그건 대체 언제 말씀해 주시려고 했어요?"

-나도 그럴듯한 걸 쥐고 난 후에 말하려 했다.

"아니, 저기요, 할아버지? 그럼 이 검 자체가 마력을 지닌 매개체가 되었다는 건데, 이걸로 마법을 증폭시키거나 할 수는 없었고요?"

-케라의 무기에 나더러 욕심을 내란 것이냐?! 어림없는 소리!

"아니……! 욕심을 내라는 게 아니라요. 어차피 한 몸이 쓰는 건데, 왜 굳이 따로 쓰냐고요, 내 말은."

-너에겐 그리 보일지 몰라도, 나에겐 아니었어!

"하아. 그러니까 결론은, 케라 형님의 능력이 더 돋보임으로써 할아버지의 마법 능력이 위축되어 보일까 봐. 그래서……."

-그리 단순하게 나의 뜻을 뭉개지 마라, 이놈아!

"그렇게 들리셨으면 죄송한데요. 솔직히 좀 어이가 없어서요. 와, 진짜 어이가 없네……. 진짜 그런 이유라고요?"

나이가 들면 점점 더 어린아이가 되어 간다는 말을 어디선가 들어 본 것 같기는 하다. 하지만 이런 유치한 이유로 그 오랜 나날을 말도 안 하고 화를 내고 있었다고?

리얼? 허탈한 걸 넘어서 살짝 짜증이 나려 한다.

그런데 그때, 케라가 경고를 해 왔다.

-최강아, 무언가가 다가온다!

그러게. 케라가 느끼며 나에게도 뭔가가 찌릿한 느낌이 전해져오긴 했다. 둘러보니 매서운 눈빛의 몇몇이 다가오는 게 보였다.

뒤이어 제라로바도 경고를 해 왔다.

-저놈들한테서 마력이 느껴진다! 그것도 매우 강력한!

마력? 그럼 설마, 조율자들? 하필 이때에?

얼른 미국의 기밀자료를 얻어야 유럽 지부의 회주를 만날 기회가 주어질 텐데. 중요한 순간에 참 제대로 나타나 훼방을 놓는다 싶었다.

"근데 수는 또 왜 이렇게 많아……."

케라가 자신의 의견을 말해왔다.

-아무래도 네가 지금껏 저들에게 보였던 베려는 헛수고였던 모양이구나. 놈들은 온 힘을 다하여 너를 죽이려는 것이야!

제라로바가 성질을 부렸다.

-그러게 내가 뭐라고 했느냐! 이쪽에서 먼저 쳤어야 했다! 어차피 놈들과는 적이 될 수밖에 없는 거였어!

"그래도 누군가 하나쯤은 심사숙고라는 걸 해 줬으면 했는데……. 하아…… 이젠 정말 봐줄 수가 없게 됐네요."

이대로 싸워? 그러기엔 수가 너무 많은 것 같고.

저들 하나하나에 무슨 능력이 있을지 알 수가 없으니 무엇에 대비하고 경계를 해야 하나 걱정도 들었다.

"일단은 피하도록 하죠."

-잘 생각했다. 하나씩 상대하는 게 유리해.

나는 그들을 쭉 둘러보고는 골목으로 들어갔다. 그리고 골목을 통해 반대편 길가로 가 사람들 사이로 섞여들었다.

몇 사람이 나를 뒤쫓아 골목으로 왔지만, 그들은 나를 발견하지 못하고 허둥댔다. 이미 나의 모습은 온데간데없고, 다른 사람의 모습을 하고 있어서였다.

모습 변환 마법. 이거 은근히 모습을 감추고 숨어다니는 데 편리해 보였다.

"훗, 과연 이들 사이에서 나를 찾아낼 수 있을까?"

* * *

최강을 찾던 자들은 곳곳에서 돌아다녔다.

최강은 수레를 끌고 장을 보러 나온 중년의 모습을 하고 있었다.

그들은 최강을 알아보지 못하고 그냥 지나쳤고, 최강은 자연스럽게 몸을 돌려 칼로 그들 둘의 옆구리를 빠르게 찔렀다가 다시 모습을 감췄다. 사람들 틈 사이에서 그들이 쓰러지자 조율자들의 동료가 놀라며 그들을 챙겼다.

"분명 여기에 있는 건 맞는데, 이놈이 대체 어디로 간 거야?"

"놈이 보이질 않아!"

그때, 대머리를 한 사내가 나섰다.

"내가 놈을 가려내도록 하지."

지이이이잉-!

그가 눈을 크게 뜨자 갑자기 강렬한 파동이 길을 걷는 많은 사람들을 스치고 지나갔다. 놀랍게도 사람들은 그 자리에서 멈춰 섰다. 멍해진 얼굴, 그리고 흐릿해진 눈빛. 그러더니 저마다 고개를 돌리고는 다른 곳으로 사라지기 시작했다.

"뭐야……! 설마, 정신 조종?"

초능력이 등장하는 영화에서나 볼 법한 일이 눈앞에서 벌어지자 최강은 살짝 놀랐다.

그리고 어느 순간 자신 혼자만 중앙에 홀로 있게 되었다.

"놀랍기는 한데, 왜 저 능력이 저에게만 안 통하는 걸까요?"

-카우라에는 모든 능력을 해체하고 파괴하는 능력이 있다. 그것이 저항력을 만들었을 거다.

"그걸로 잡힐 일은 없어서 다행이긴 한데, 이거 결국 들켜 버렸네요. 가려 줄 사람들도 더는 없는 것 같고."

우구구구국!

"어엇!"

잠시 당혹스러워하는데, 바닥에서 갑자기 나무뿌리가 올라와 온몸을 휘감았다.

너무도 순식간에 일어난 일이었고, 온몸을 강하게 조여 오는 힘에 사지가 찢어질 것처럼 고통이 밀려왔다.

오른손목에 손이 닿아야 문양을 만져 빠져나갈 텐데, 온몸이 결박되어 움직일 수가 없었다.

"크윽! 할아버지, 얼른요!"

주문은 신속했다.

"아스라무스크!"

나무뿌리 사이로 최강의 온몸이 다 파고들 무렵에야 펼쳐진 마법. 조율자들이 하나둘 모여들었다.

"끝난 건가?"

"의외로 시시하군."

그러나 어느새 뒤에서 나타난 최강이 그들 둘의 목을 베어 냈다.

서걱!

최강은 곧 엄청난 공격을 받기 시작했다.

콰광! 콰과광!

아무것도 없는 공간에서 폭발이 일어나고, 화염과 태풍이 날아들었다. 공간을 넘어 공격하는 이가 있는가 하면, 강철 같은 날개를 칼처럼 쓰며 달려드는 이도 있었다.

그때마다 최강은 모습을 감추고, 땅으로 꺼졌으며, 전기를 쏘아 내는 능력으로 대항했다.

-원소를 다루는 단계에만 진입했어도, 저깟 것들은 단숨에 쓸어버리는 것을!

"좀 버거운데……! 이번 한 번만 칼을 매개체로 뭐 좀 해 주시면 안 될까요?"

쿠궁-!

카우라를 최대한으로 발휘해 움직이는데, 온몸이 근육으로 똘똘 뭉친 자가 비슷한 움직임을 보이며 따라붙어 공격을 퍼부었다. 거기에 곳곳에서 서로 능력들을 연계해서 공격을 해 오니 정신이 하나도 없었다.

퍼벙-!

날아드는 화염을 근육맨을 끄집어 당겨 맞게 만든 후에 땅으로 꺼진 최강은 한 건물 옥상에서 나타나며 겨우 한숨을 돌렸다.

"와, 진짜 장난 없네. 도대체 나 하나 잡겠다고 몇이나 온 거야?"

그러나 방심할 틈은 없었다.

쿠콰과광-!

근육맨이 건물을 부술 듯 올라왔고, 강철 날개가 깃털을 마구 쏘아냈다. 거기에 공간을 넘어 목으로 칼이 날아드는데, 정말 빈틈을 제대로 노린 묘수였다.

"크윽!"

최강은 관통 마법으로 공격을 피한 후, 공간을 넘는 자가 사라지기 직전, 다리를 잘라 냈다.

스핫!

그와 동시에 공간 너머의 다른 곳에서 비명이 흘러나왔다.

"끄악!"

이어서 근육맨의 주먹이 날아들었지만, 아슬아슬하게 피한 최강은 칼에 카우라를 가득 집중하며 그의 무릎에 찔러 넣었다.

"끄아아악-!"

하늘에서 쇠로 된 깃털이 날아들었지만, 최강이 그 즉시 대포처럼 쏘아졌다. 깃털은 최강의 몸을 모조리 관통했고, 강철 날개에 근접한 그는 전기 마법을 쏘아 그를 떨어뜨릴 수 있었다.

터덕.

날아드는 화염을 칼로 쳐 내고 하나둘 베어버리기 시작하는 최강. 갑작스러운 폭발에 잠깐 날아가 벽에 처박히긴 했지만, 몸에 두른 카우라가 보호해 주었다.

"휴, 이 폭발은 언제 생기는지 종잡을 수가 없네. 그래도 하나둘 처리하다 보면 끝은 보이겠지. 그래, 어디 끝까지 해보자."

최강이 옷에 묻은 먼지를 털고 일어나는데, 바로 그때였다.

여기저기 쓰러지고 죽은 이들이 갑자기 변화를 보였다.

마치 시간을 되돌리듯 잘린 목이 도로 붙고, 공간을 넘나들던 이가 다시 이전 공간으로 돌아가며 발이 잘리기 전으로 되돌아갔으며, 다친 이들은 물론, 주변의 파괴된 건물들조차도 모조리 시간을 되돌리며 복구가 되고 있었다.

"이건 무슨……."

자신은 그대로인데, 특정 인물들과 구조물에만 시간을 되돌리는 신기한 현상.

-조심해라, 최강! 이 마력은 지금까지와는 다른 굉장한 것이다!

그리고 잠시 후, 되살아난 모두가 최강을 지켜보는 가운데, 로브를 쓴 제블런이 최강의 앞에 모습을 드러냈다.

"듣던 대로 정말 강한 존재로구나, 너는."

"당신은 뭐지?"

"뛰어난 신체 능력은 물론, 자유롭고 빠른 마법 발현까지. 그야말로 신이라고 해도 충분하겠어."

최강은 주변을 둘러보며 말했다.

"방금 전에 있었던 일들을 없던 거로 되돌리는 당신이 할 말은 아니지 싶은데."

"마지막으로 기회를 주겠다. 힘을 포기하겠느냐, 영원의 시간에 갇히겠느냐?"

"지금까지 죽이려고 해 놓고, 이젠 가두겠다고? 후우……. 이젠 나도 못 참아. 나는 타협을 원했지만, 너희들은 끝내 나를 죽이려고 했어. 그 대가를 지금부터 치러야 할 거야."

"나를 제외한 모든 것들은 선택의 되돌림을 부여받지 못하였지. 그대 또한 선택에 후회는 말도록."

"말 다 끝났어? 좀 지루해지려고 하는데!"

최강은 두 눈빛을 빛내며 제블런에게 달려들었다. 그 움직임은 빛처럼 빨라 그의 칼이 순식간에 제블런의 목으로 닿고 있었다.

최강은 그의 능력이 강력한 만큼, 일순간에 끝내지 못하면 안 된다는 걸 직감한 것이다.

그런데 그 찰나, 제블린의 반지에서 빛이 뿜어져 나왔다.

번쩍!

빛이 번뜩이고 난 직후 정적이 감돌았다.

놀랍게도 최강만 감쪽같이 사라진 거였다.

"역시 제블런 님……."

"그리도 강한 놈을, 이렇게 없애 버린 건가……."

조율자들이 다가와 제블런을 보았다.

"이제 끝난 겁니까?"

제블런이 모두를 보며 말했다.

"그를 순간의 흐름 속에 가두었다. 내가 허하지 않는 한, 그는 그 영원 속에서 결코 빠져나오지 못할 것이다."

자신의 할 일을 마쳤다는 듯, 제블런은 몸을 돌려 사라져 갔다. 그로 인해 목숨을 구할 수 있었던 조율자들도 하나둘 그를 따라 모습을 감추어갔다.

휘우우우웅…….

최강이 사라진 그곳엔 작은 돌개바람만이 잠시 머물 뿐이었다.

〈6권에서 계속〉

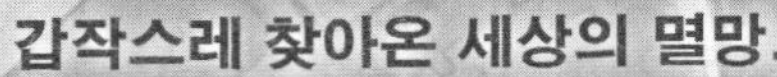

사람을 죽이면 죽일수록 강해지는 약탈자들과 갑자기 나타난 괴물들.
사람이든 사물이든 만져서 고칠 수 있는 능력을 얻은 고물상 주인 이성필.
위험해진 세상을 성필은 주변 사람들과 함께 헤쳐 나간다.

황폐해진 세상을 고쳐 나가는 아포칼립스 판타지!

손만 대면 다 고쳐

해우 현대판타지 장편 소설

DONG-A MODERN FANTASY STORY

동아
COMMUNICATION
GROUP

동아
COMMUNICATION
GROUP

동아

COMMUNICATION
GROUP

동아
COMMUNICATION
GROUP